사랑은 달이 깊은 곳

사랑은 들이시 끈쩍 핸것

박 상
본격뮤직
에쎄ー이

작가
정신

★ TRACK LIST

SIDE A

Intro	006
겟 럭키 아일랜드 · 다프트 펑크_Get Lucky	011
감상적인 플랫폼과 대치하다 · 에피톤 프로젝트_이화동	021
외로운 날의 펑크 정신 · 노브레인_한밤의 뮤직	029
드레스덴 축제의 매혹적인 단조 · 이오시프 이바노비치_다뉴브강의 잔물결	038
이탈리아의 친절한 헤비메탈 · 데르디앙_Black Rose	046
일요일 아침 이스트 런던 · 벨벳 언더그라운드_Sunday Morning	052
낡은 감상실의 핑크 플로이드 · 핑크 플로이드_Wish You Were Here	058
삭막함의 반대말 · 카멜_Stationary Traveller	066
걱정해봤자 소용없잖아 · 전인권_걱정 말아요 그대	073
무엇이 촌스럽단 말인가 · 롤링 스톤스_Paint It Black	081
아으, 한마디 말이 노래가 되고 시가 되고 · 김창완 밴드_내 마음에 주단을 깔고	090
사막의 방광 고비 · 노라조_니 팔자야	098
에너지를 촉진하는 노동요 · 메탈리카_Whiskey In The Jar	109
베를린에서의 성급한 반항심 · 람슈타인_Du Hast	115
공항 하면 딱 떠오르는 노래 · 거북이_비행기	124
지하에서 우주로 · 비틀즈_Across The Universe	132
울고 싶을 때 듣는 음악 · 블론드 레드헤드_Misery Is A Butterfly	139
사랑에 빠지고 싶을 때 · 이승철_My Love	145
후진 분위기를 경감시키는 감성 백신 · 크리스 가르노_Relief	155
현실을 이겨내는 댄스 댄스 · 아바_Dancing Queen	162

SIDE B

아플 때의 음악 친구 · 건스 앤 로지스_Patience   170

괜찮고, 잘될 거라는 단맛 · 이한철_슈퍼스타   177

안녕 플루토 · 데이비드 보위_Space Oddity   185

부조리에 저항하는 독보적 관록 · 블랙홀_라이어   191

가을 타다 봉변 · 마릴린 맨슨_Sweet Dreams   197

울림 있는 목소리들 · 비욘드_광휘세월   208

공공장소의 음악 수준 · 스탠 게츠&주앙 질베르토_O Grande Amor   215

세상에 평화를 좀 · 카에타누 벨로주_Cucurrucucú Paloma   222

나가사키에서 힘 빼고 릴렉스 크리스마스 · 멜 토메_The Christmas Song   231

사랑은 달아서 끈적한 것 · 다이도_White Flag   240

음악과 함께 행운을 빌어요 · 제이슨 므라즈&콜비 카레이_Lucky   250

우수의 신호등이 켜질 때 · 정차식_나는 너를   258

헬조선에 기 빨리지 말자구요 · 뉴클리어_악몽   264

위험하고 아름다운 추억 · 못_날개   270

봄밤의 추억 앓이 · 버스커 버스커_봄바람   279

이게 봄입니까 · 유앤미 블루_비와 당신   285

기차 여행과 신해철 · 넥스트_불멸에 관하여   290

그때 들었다면 좋았을 음악 · 빅뱅_Loser   297

음악은 소음을 이긴다 · 베토벤_피아노 협주곡 제3번   306

Bonus Track

카오산 로드의 외다리 타법 · **316**   물개가 웃는 호수 바이칼 · **327**

저 바람둥이 아닌데요 · **351**   숙취와 엿 바꾼 파리 · **366**

Thanks To   373

안녕하세요? 무명작가 박상입니다.

저는 이름이 생소한 걸로 유명합니다.

저는 웃기는 것에 매혹을 느끼며 살아왔습니다. 인생이란 것도 웃기는 것의 아름다움과 그 허무 사이의 진창을 헤매는 시간이 아닐까 생각합니다.

이 글들은 웃기기 위해 한 웹진에 연재한 음악 칼럼과 몇몇 여행기를 함께 묶은 것입니다. 초고를 쓸 때부터 지금까지 3년 이상 연애를 못 했네요. 그건 정말 안 웃긴 일이었습니다.

모아놓고 보니 웃기기는커녕 외롭고 쓸쓸한 이야기를 해버린 것 같습니다만, 부디 외롭고 쓸쓸한 걸로 웃긴 책이 된다면 좋겠습니다. 가만히 있으면 울적해지는 게 인생 아니겠습니까.

그럼, 모쪼록 달콤한 사랑이 쩍쩍 달라붙는 날들 되시길.

SIDE

A

일러두기

일부 맞춤법 및 외래어 표기는 저자 고유의 글맛을 살리기 위해 그대로 두었습니다.
노래 및 영화, 뮤지컬 제목은 〈 〉, 앨범 및 잡지 제목은 《 》, 책 제목은 「 」로 표시했습니다.

겟 럭키
아
일
랜
드

다프트 펑크_Get Lucky

이 음악을 난생처음 들은 곳은 스페인의 이비사Ibiza 섬이었다. 이비사가 위치한 카탈루냐 식으로 발음하자면 '에이비싸Eivissa' 라고 한다. 그래서인지 섬에 들어가는 비행깃값이며, 숙박비 며, 맥줏값을 낼 때마다 '에이, 비싸'라는 말이 저절로 나왔다 (젠장, 첫 문장부터 이런 잔망스러운 언어유희 따위를……).

흠흠(헛기침이 나는군요) 제주도 3분의 1 크기인 이비사 섬은 세 상에 흔하지 않은 환락의 섬이자, 섬 전체가 거대한 일렉트로

닉 클럽이라고 해도 무방한 곳이다. 춤추는 사람들에게 거품을 내리 끼얹는 파티로 유명한 암네시아, 탐스러운 궁둥이 두 쪽 같은 빨간 앵두 마크로 유명한 파차를 비롯해 어깨에 힘 좀 주고 다녀도 되는 클럽들이 즐비하고, 유명세에 걸맞게 유명 디제이들이 줄줄 찾아와 높은 수준의 공연을 자행하는 곳이다. 여름 성수기엔 호텔마다 클럽의 이벤트 일정을 도표로 만들어 게시한다. 아니 그러니까, 이비사만큼 클러버들이 대놓고 정신없이 흔들기 좋은 판을 깔아놓은 섬은 이 세상에 또 없을 것이다.

문제는 이비사가 아니라 나였다. 그 섬에 도착해 헤벌쭉 즐거워하는 순간, 내가 클럽 문화를 신나게 즐길 수 있는 사람이 아니라는 걸 기억해냈다. 깜빡깜빡하는 것도 정도가 있지, 여행지를 깜빡하고 잘못 선택하는 식의 개그를 하고 싶진 않았는데 꽤 심각한 문제였다. 인생이 초라하고 울적해서 찾아간 환락의 섬에 오자마자 울적해야 한다니 잔혹한 비애감이 심장을 파고들었다.

내가 클럽 문화를 즐길 수 없게 된 건, 어느 날 내게 생긴 밀집 공포증 때문이었다. 회사 다닐 때 2호선 만원 지하철에 하도 시달려서인가. 죠리퐁을 먹다 죽도록 사레가 들린 적이 있어서인가. 원인은 모르겠지만 나는 뭔가 바글바글한 것을 견딜 수 없다. 한번은 홍대 클럽에 갔다가 사람들에 떠밀려 앞쪽으로 밀려 나갔는데 갑자기 격심한 요의가 시작되었고, 화장실 쪽으로 움직이지도 가만히 있을 수도 없는 상태에 직면하게 되었다.
그 순간 다리 관절들이 제 맘대로 부들부들 떨렸다. 사람들은 내가 웃기려고 개다리춤을 춘다고 생각했겠지만 내 표정은 낯선 공포심에 사색이 되어 있었다.

아무튼 이비사의 클럽들 사진도 바글바글한 인파를 자랑하는 장면이 대부분이라 공포심을 자극했다. 이비사에 왔으니 화려한 조명과 특수 효과 속에서, 멈춘 심장도 다시 뛰게 만들 것 같은 비트에 맞춰 춤을 추면 좋긴 하겠지만 아무래도 무리가 따를 것 같았다.
더구나 섬을 지배하는 드레스 코드는 '헐벗는' 것이었다. 남자고 여자고 길거리에서 수영복 정도나 달랑 입고 맨살을 노출하며 다니는데, 단단한 근육이나 매끈한 몸매 라인을 강조하는 패션을 나는 미처 준비해 가지 못했다. 나로선 최소 3년 이상

꾸준히 운동해도 될까 말까 한 몸들이 대세였고 흐름이었고 경향이었다.

그렇다면 나는 왜 운동도 안 하고 이비사에 왔단 말인가. 또 한 번 후회가 밀려왔다. 클러버들의 성지에 와서 의식을 거행하길 거부하는 이단자가 된 기분이었다. 게다가 이비사 섬의 신도들이라면 하루에 오십 번씩 〈Get Lucky〉를 들어야 한다는 교리가 있는 듯했다. 섬 어느 술집이나 식당에 들어가도 한 번씩은 꼭 듣게 되는 곡이 다프트 펑크의 〈Get Lucky〉였다. 아예 이비사 섬의 찬송가가 아닐까 생각되었다. 곡의 경쾌한 리듬이며 노랫말이 이비사의 분위기와 딱 떨어지면서 착착 감기니 그럴 만도 했다. 이단자인 나조차 그 음악을 하염없이 듣고 있자면 '겟 럭키'(땡잡기?)를 위해 클럽에서 춤추고 밤새며 놀고 싶어지는 경건한 신앙심이 생기곤 했다. 노랫말에 따르면 마치 전설 속의 불사조처럼 모든 끝은 새로운 시작이므로.

그러나 클럽은 과감하게 포기했다. 클럽 입장료를 보니 에이비싸, 라는 말이 또 튀어나왔기 때문이었다. 유머 감각은 포기하면 안 되겠지만 그런 건 포기하니 편했다.

그런데 이비사 섬은 클럽 문화의 에너지로 리드미컬할 뿐 아니라 굉장히 너그러운 섬이었다. 불경스러운 이교도인 내게 섬은 다른 종교를 권했다. 그것은 '자연이 조성한 아름다운 해변에 감탄하기'교였다. 풍경을 경배하지 않고는 배겨낼 도리가 없는 해변들이 잔뜩 있었다. 이비사 섬은 클럽으로 유명해지기 이전에 미친 듯이 아름다운 해변들을 가진 섬으로도 유명했다. 저마다 특색을 뽐내는 해변이 대략 50개쯤 있었다.

나는 그 해변들의 매력에 설렘을 느꼈고 이내 한없이 빠져들었다. 수영을 잘하는 편이 아니지만 이비사 섬의 해변에서 헤엄을 치고 있으면 수영 실력이 좋건 말건, 이 지구 위에서 인간으로 사는 자존감이 극도로 향상되는 기분이었다. 클럽에 가고 싶다는 생각이 전혀 나지도 않을 만큼 해변들은 내게 융숭한 환대와 축복을 베풀었다. '깔라 꼼떼'처럼 꼰대같이 유명한 곳은 말할 것도 없고, 숙소 근처의 손바닥만 한 해변도 기가 막힌 색채와 구성의 미학으로 은혜를 베풀었다. 오늘은 깔라 꼰따, 내일은 깔라 바싸! 갈 곳이 넘쳐났다. 지중해 바다에 몸을 던져놓고 하루 종일 수영하거나 모래톱에서 책을 읽고, 저녁이 되면 맛있는 맥주를 마시는 패턴으로 지내자 몸과 마음에 점점

아니 뭐,

이런 게 하나쯤 있어야 사람이 살지.

울적한 순간들이 찾아오면 다프트 펑크의 〈Get Lucky〉를.

에너지도 넘쳐났다. 또한 발랄한 에너지를 뭉게뭉게 발산하는 젊은 여행자들과 분위기 좋은 바에 섞여 앉아 농담을 주고받으며, 〈Get Lucky〉를 수십 번씩 듣는 하루하루를 보내자 굳이 클럽에 가지 않아도 그 시간들이야말로 '썸씽'이고 '겟 럭키'라는 생각이 들었다.

사람들이 거리에서, 식당에서 아무렇지도 않게 비키니 차림으로 싸돌아다니는 섬이라 해변에선 그나마 걸친 수영복도 벗어 던지는 사례가 빈번한 것도 부가적인 즐거움이었다. 그들이 아름다운 바다에 대해 표하는 그런 경의는 신성해 보였고, 마땅히 존경받아야 하는 신앙심이라고 생각했다. 게다가 나는 이비사 섬에서 클럽 근처에도 가지 않고 바다에서만 놀다 온 경험으로 웃길 수 있게 되었다는 생각에 뜻밖의 소득을 올린 기분이었다. 그 모든 장면과 경험에 BGM으로 깔린 〈Get Lucky〉라는 음악이 인생이란 어느 정도 흥겨워야만 유연하게 유지된다는 메시지를 각인시켜 준 건 보너스.

인생엔 초청하지 않은 울적한 순간들이 자꾸만 찾아오고 뭔가를 잘못 선택하거나 바보 같은 짓을 해버리는 경우가 정말 많지만 그럴 때마다 나는 어깨를 늘어뜨리는 대신 다프트 펑크의 〈Get Lucky〉를 듣는다. 이 신나는 곡의 리듬에 맞춰 몸을 흔들고 머리를 까딱거릴 때마다 마치 이비사 섬의 클럽에서 일생의 스트레스를 해소한 사람들과 같은 기분이 되고, 이비사 바다의 투명한 물속에서 훤히 보이는 물고기들 사이를 유유자적 수영하는 장면이 연상된다. 맛있는 맥주를 건배하며 짓는 은근한 미소나, 유쾌한 농담을 듣고 빵 터지던 표정을 반추하는 마법 같다.

인생을 살면서 이만한 약을 갖고 산다는 건 행운이라고 생각한다. 나는 이비사에 다녀온 뒤 맥주와 〈Get Lucky〉를 함께 섭취하는 걸 마치 종교적 제의로 숭앙하듯 살고 있으며 생의 초라함과 울적함을 튕겨낼 카드로 고이 간직하고 있다.

아니 뭐, 이런 게 하나쯤 있어야 사람이 살지.

이비사에 가보지 못한 분들이더라도 다프트 펑크의 〈Get Lucky〉를 들으면 그 섬을 여행한 것과 유사한 기분을 느낄 수 있을 것이라고 믿는다. 이 글을 읽는 누구에게나 좋은 약효를 가진 유쾌한 기억이 잔뜩 생기길 빈다.

싹싹 빈다.

그럼 모두 모두 겟 럭키!

감상적인
플랫폼과
대
치
하
다

에피톤 프로젝트_이화동

지독하게 파란 어느 가을, 이탈리아 베로나 역 플랫폼에서 일어난 일이다. 나는 이탈리아 여행의 종착지인 베네치아로 가는 중이었다. 포근한 기온 때문에 후드 티를 벗어 손에 드는 순간 어째서인지 플랫폼에 나 혼자뿐이라는 사실을 깨달았다. 마치 세계가 멸망했는데 나만 모르고 기차를 기다리는 것처럼 어색했다. 주위를 둘러보니 철길의 침목 주변엔 잡초가 드문드문 돋아 초록초록 싱싱했고, 카푸치노 거품처럼 부드러운 햇살이 선로를 번쩍번쩍 빛나게 만들어 눈이 부셨다. 그것들은 우동우

동만큼 생생했다.

현실의 사물들이 너무 가깝고 선명하게 느껴지자 오히려 현실
감이 결여되는 기분이었다. 풀과 하늘과 햇빛과 선로와 플랫
폼 벤치가 인격을 가진 채 내게 본 조르노? 하고 좋은 목소리
로 인사를 건네는 것 같았다. 내가 대답이 없자 잠시 후 진공처
럼 아무 소리가 없는 상태가 쭉 늘어져 순간적으로 호흡이 곤
란했다. 갑자기 그런 낯선 분위기에 사로잡히자 뭔가 비현실적
인 행동을 해야만 할 것 같았다. 이럴 땐 뭘 해야 할까? 아무것
도 생각나지 않자 초조해졌다. 나는 내 마음에게 반문했다.
왜 이래? 촌스럽게. 기차를 기다릴 땐 사실 아무것도 안 해도
되잖아.
하지만 플랫폼이 입을 열었다.
이봐요, 이건 비현실이 아니에요. 단지 가을만의 조금 특별한
한순간인 거죠. 음악을 듣는다거나, 뭐든 감상적인 폼을 좀 잡
아보면 어떨까요?

나는 그 말을 듣는 순간 불편한 압박감을 느꼈다. 내가 기차 타
러 왔지 가을 타러 왔냐. 평범한 플랫폼이 갑자기 분위기 잡고

이래라저래라 하다니 이거 뭐냐.

하지만 나는 투덜거리면서도 결국 가방 속에서 음악을 주섬주섬 꺼냈다. 묘한 분위기를 버티기 힘들었고, 이럴 때 음악을 듣지 않는 건 내 인생의 큰 후회가 될 것 같았다.

어머, 그런데 안타깝게도 음악을 재생할 수 있는 시디플레이어의 배터리가 간당간당 메롱이었다. 지난밤 맥주를 마시며 내내 켜놓고 있었던 기억과 진득한 숙취가 동시에 밀려왔다. 긴 여행에 시달린 내 체력도 딱 방전 상태였다.

시디플레이어에게 감정이 이입되려 했다. 우린 둘 다 지쳤고, 외롭고 불쌍하구나. 그런데 나는 화들짝 정신 차렸다.

별것 아닌 풍경에 십 대 소녀처럼 쉽게 감상에 빠지면 이 험난한 세상을 어떻게 사니?

나는 분위기고 음악이고 나발이고 무시한 다음 벤치에 가만히 앉아 적극적으로 멍 때리고 싶었다.

그때였다. 음악을 못 들으면 직접 부르면 된다네, 친구. 슬렁슬렁 지나던 바람이 내게 훅 하고 속삭였다. 옆머리가 살짝 나부꼈다. 오오, 아침에 귀 옆에 딱 붙이느라 애먹은 내 머리카락을 함부로 헝클어놓다니, 만만치 않게 집요한 플랫폼이었다.

그렇지만 그것은 옳은 충고였다. 아무도 없는 이국의 플랫폼에서 기차를 기다리며 노래를 부르면 멋질 것 같았다. 한번 불러볼까, 생각만 해도 몸 깊은 곳 어디에선가 예비 전력이 가동되는 움직임이 느껴졌다. 가사가 전부 기억나는 노래가 뭐 있을까. 나는 이런저런 곡을 흥얼거려 보았다. 그러자, 초조했던 마음이 조금 엷어졌다. 나는 비로소 이상하고 감상적인 플랫폼이 원하는 행동을 하기 시작한 듯했다. 문득 로드리게즈의 〈Suger Man〉이 떠올랐으나 플랫폼의 분위기랑 잘 맞지 않는 듯했다. 다음으로 포넌 블론즈의 〈What's Up〉이 생각났으나 앞부분 가사가 기억나지 않았다. 나는 산울림의 모든 노랫말을 다 외우고 있으니 그걸 불러볼까 하다 그만두었다. 산울림은 한번 부르면 1집부터 13집까지 정규 앨범을 쭉 다 불러야 하니까(산울림 팬이라면 알 것이다) 곤란했다.

그런데 갑자기 분위기에 딱 어울리는 곡이 하나 떠올랐다. 에피톤 프로젝트의 〈이화동〉이었다. 나지막이 그 노래를 처음부터 끝까지 불러보는 동안 플랫폼엔 나 혼자였다. 가을의 맑고 부드러운 날씨란, 배낭여행 중인 낯선 이방인에게도 공평하게 포근했다. 뜬금없이 이탈리아에서 서울시 종로구 이화동이 떠오른 건 어떤 조화인지 알 수 없었으나 참 잘 어울렸다. 별 것 없는 기차역 플랫폼이 그 순간 무척 경이롭게 느껴졌다. 다음 순간엔 그동안 무수히 보고 지나온 아름다운 건물들과 골목들과 예술 작품들과 바닷가의 예쁜 마을들을 그 플랫폼 하나가 압도해버리는 듯한 감명이 철렁였다. 그 장면과 그 순간을 다른 어떤 장소와 시간과도 바꾸고 싶지 않은 기분이었다. 분명 두뇌의 미적 판단력이 일종의 오작동을 일으킨 것이겠지만 플랫폼의 가을 햇빛은 특별한 이데올로기를 가진 것으로 보였다.

아름답게 눈이 부시던

그해 오월 햇살

그대의 눈빛과 머릿결까지

이 노랫말을 부를 때 어이없게도 눈에 눈물이 뽀로롱 생겨났다. 빌어먹을, 헤어진 옛 애인이 떠오르고 그녀의 머릿결과 표정과 내게 건네던 미소와 함께 〈이화동〉을 들으며 와인을 마시던 빈티지 테이블이 생생하게 기억나버렸다. 가을이란 하늘만 높고 맑게 하는 계절이 아니라 한 남자의 기억도 깊고 맑게 하는 것이란 말인가. 그 선명한 추억 때문에 아름답게 눈이 부셨다. 부시다 못해 아렸다. 쑤셨다.

그 시절이 내 생애 단 하나의 핵심적인 순간으로 아름다웠다는 걸 뒤늦게 깨닫는 느낌이었다. 가슴의 압통이 점점 커졌다. 지나간 시간의 아름다움을 잊을 수 없는 가슴이 아팠다. 베로나의 '푸르게 빛나던' 가을 햇살이 그것을 쿡 찔러버린 것이었다.

이건 무슨, 당차게 여행하다 말고 대차게 가을을 타면 어쩌나? 나는 감상에 빠져 〈이화동〉을 여러 번 부르면서 자꾸 눈물이 나 좀 남세스러웠다. 누가 플랫폼에 나타나 "저기 좀 봐, 어떤 동양인 남자가 여행 가방을 끌어안고 질질 짜!" 하며 신기하게 구경하거나 카메라에 찍힐까 봐 쑥스러웠다. 나는 감정을 추스르고 대합실로 나갔다. 기차 시간은 15분 남아 있었다.

간단히 세안을 하고 건전지를 사서 플랫폼에 다시 돌아오자, 기차를 기다리는 사람들이 스마트폰이나 책을 보며 서 있었다. 매우 일반적이고 상식적이고 현실적인 플랫폼 풍경이었다. 방금 전까지 나 혼자 있던 플랫폼은 세상에 없는 어떤 4차원의 관문을 통과해야 다시 만날 수 있는 곳인 것만 같았다. 그 사실이 또 가슴을 아련하고 애틋하게 만들었다.

지나간 5분 전의 시간도 다시 돌아갈 수 없는 추억이 된다고 생각하니 또 아팠다.

현재를 살지만 미래에는 분명 과거를 그리워할 거라는 생각을
하자 그것도 아팠다.

여행이 끝나간다는 게 느닷없이 슬펐다. 잠시 스쳐가는 여행도
이러는데 몇 년을 사귄 사람을 떠올리며 아파지는 건 대체 어
떻게 감당해야 할지 알 수 없었다. 그러나 아픔이 다가 아니었
다. 비록 비현실적인 플랫폼은 사라졌지만, 가슴속에는 그리움
과 애틋함과 그 시절을 아름답게 보낸 시간과 그것을 기억한
순간의 감정이 비현실적으로 고스란히 남아 있었다. 그것은 사
실 아픈 게 아니라 아름다운 것이었다. 비현실적인 아름다움으
로 귀결되기 위해 현실의 대기권을 통과하는 마찰인 것이다.

기차가 역에 도착하는 순간 빌어먹을 옆머리가 또 바람에 휙
날리면서 뻗쳤다. 현실의 기차가 일으킨 바람은 내게 아무 얘
기도 하지 않았다.

열차에 오르기 전 고개를 들자 새파란 가을 하늘이 잔인할 만
큼 아름답게 느껴져 다시 울컥했지만 간신히 참고 배낭을 어깨
에 멨다. 베네치아에 도착할 때까지 이화동의 멜로디와 가사는

끝내 떨쳐지지 않았다. 사실, 떨치고 싶지 않았다. 잊을 수 없
는 소중한 사람이 있었다는 것과, 그 사람을 생각하며 부를 수
있는 노래가 있다는 것은 인생의 어느 한 순간을 특별하게 만
드는 문을 열어줄지도 모르니까.

외로운 날의
펑크
정
신

노브레인 _ 한방의 뮤직

얼마 전 너무 외로워서 부산에 여행 갔다가 충동적으로 현해탄을 건너고 말았다. 부산행 KTX 편도 가격보다 싼 후쿠오카 왕복 승선권을 득템했기 때문이기도 했고, 부산에서도 아무 '썸'이 일어나지 않아 계속 외로워서였다. 어째서인지 가방에 여권이 들어 있었고, 나는 일말의 기대감을 부풀렸다. 만약 나처럼 가을 특가 요금을 발견하고 충동적으로 후쿠오카에 가는 여자 여행자를 배에서 만난다면? 살짝 마음이 통할 거고, 별일 없으면 함께 여행하는 거다. 서로 사진도 찍어주고, 어쩌면 밥도 같이 먹을 수 있을 거고, 쇼핑하면서 바보 같은 물건을 고르지 않도록 조언을 주고받을 수도 있을 거다. 심지어 그녀도 솔로라면 아름다운 썸을 탈 수도 있을 테고. 뭐가 됐든 외롭지는 않을 것이다. 오, 예.

배가 떠나는 날은 태풍이 지나간 다음 날이었다. 하늘은 맑았지만 꽤 뒤끝 있는 태풍인지 파고가 높았고, 충동적 여행으로 인한 내 기대감도 덩달아 높아졌다. 그런데 출항을 알리는 선내 방송의 내용은 이랬다.

　　이봐요 승객 여러분, 우린 여차하면 회항할 수도 있어요.
　　날씨 때문에요. 그러니 좀 흔들릴 거임.

아닌 게 아니라 먼바다에 나가자 록 정신을 가진 파도가 출렁이고 있었다. 난 뱃멀미를 하지 않기로 유명하지만 배가 많이 흔들리자 멀미 증세를 느끼고 말았다. 아시다시피 멀미가 시작되자 괴로워하는 것 말고는 아무것도 할 수 없었다.
아뿔싸. 이런 예상치 못한 변수가 생길 줄이야. 여행 출발부터 이게 뭐니.

내가 상상한 여행은 이랬다. 갑판에서 캔맥주를 마시며 바다를 지긋이 바라보고 있을 때 나처럼 바다를 하염없이 바라보는 외로운 여행자를 발견해 슬쩍 눈인사를 건네는 그림.

그러나 그건 초현실주의 화풍이 되고 말았다.

내가 탄 배는 쾌속선이라 선실 바깥으로 나갔다가는 배가 흔들릴 때 나가떨어지기 딱 좋아서 아예 바깥 출입이 금지되어 있었다. 게다가 내 앞뒤 좌석은 알콩달콩 커플들이었는데, 뒤에선 '아잉 우리 자기가 미리 멀미약 챙겨주지 않았음 어쩔 뻔했어. 고마운 자기' 같은 개떡 같은 소리나 찍찍 내뱉고 있고, 앞에 앉은 서양인 커플은 아예 부산에서 대마도를 지날 때까지 입술을 한 번도 안 떼는 쇼를 하고 있었다. 뿐만 아니라 내 옆자리에 앉은 촌스러운 스웨터 차림의 중년 남자는 세로쓰기로 된 일본어 문고판 책을 마치 도서관인 듯 물끄러미 읽고 자빠져 있어 내 멀미 증세를 더 악화시키기만 했다. 심지어 화장실에 갈 땐 내게 '실례 좀 하겠습니다' 하고 유창한 한국어를 구사해 어지럼증이 극에 달했다.

결국 후쿠오카에 도착해 시간이 한참 지나서도 멀미는 가라앉지 않았다. 대체 그 중년 남자의 국적은 어디인 걸까. 서양인 커플은 후쿠오카에서도 계속 입술을 붙이고 다닐까. 고마운 자기는 후쿠오카에서 어떤 호텔을 예약했을까. 다 필요 없고 내 외로움의 끝은 어디인 걸까.

나는 일단 숙소에서 쉴 생각이었지만 어째서인지 내 방 앞에 맥주 자판기가 있어 일단 한 캔 마셨다. 그제야 어지럼증이 좀 가라앉아 나는 거리로 나섰다. 외롭지만 관광은 해야지. 우선 유명하다는 덴진이나 하카타에 가서 반짝반짝 쇼윈도 사이를 바쁘게 걸어 다니다 보니 재미도 없고 의미도 없고 의외로 지루했다. 내 눈에 예쁜 건 비싸고, 싼 건 전혀 살 마음이 안 들었다. 뭔가 가격이 적당하면서 후쿠오카다운 건 돈고츠 라멘뿐이었다. 그런데 한 라멘집에 매운 라멘 메뉴가 있었다. 맵기의 단계를 선택할 수 있었는데 일본 사람들은 매운 음식에 대해 좀 호들갑을 떤다고 판단해서, 가장 센 '초특급' 단계를 주문했다. 그건 못 먹을 정도는 아니었지만 생각 이상으로 매웠다. 매운 걸 먹고 나자 가슴 한구석이 불을 지핀 듯 뜨거워졌다.

자, 나는 외로운데 가슴도 뜨거워졌다. 여행의 신은 장난꾸러기.

해가 저물자 번화가를 떠나 아무도 안 다닐 것 같은 남모를 골목에서 느긋한 걸음걸이를 하고 싶었다. 장난에 놀아줄 기분이 아니었다.

혼자 술 마시기도 궁상맞고 해서 나는 정처 없이 한적한 골목을 걸어 다녔다. 기왕 외로운 거, 나 자신의 은밀한 구석구석을 점검하고 되새기고 정돈할 좋은 기회라고 판단했다.

어느 이국적이고 아담한 골목 귀퉁이에서 낮게 떨어지는 가로등 조명에 반짝 빛나는 조그만 카페를 보았다. 그곳에는 손님이 하나도 없었고, 아예 하나도 없을 것 같은 위치에 있었다.

그런데 안에서 기타 소리가 들려왔다.

평범한 스리 코드를 긁어대는데 펑크 스트로크 주법이었다. 입술에 피어싱을 한 남자가 기괴한 창법으로 연주에 맞춰 노래하고 있었는데, 음정이 1초에 두 번씩 벗어났다. 이걸 어떻게 욕할까 잠시 생각했지만 노래가 개판인 대신 펑크 정신이 살짝 느껴졌고, 동시에 내 가슴속 어떤 부분이 꿈틀, 했다. 초특급 매운 라멘을 먹을 때 잠시 뜨거워졌던 부위였다.

그곳을 더블클릭 해보니 우아, 펑크록을 미친 듯이 좋아하던 시절과 그때 즐겨 듣던 곡들과 방방 뛰며 춤추던 내 모습이 고스란히 남아 있었다.

그 모습은 내게 와락 달려들더니 다짜고짜 하이파이브를 청했다. 이봐, 친구. 펑크록이 있는데 외로워했어? 난 네 친구였잖아.

느낌 괜찮았다.

마음 깊이 묻어둔 내 자존감이 그런 형태로 생생히 살아 있을 줄은 몰랐다. 그렇게 된 이상 펑크록 음악을 더 찾아 들어야 했다. 그럴 때 노브레인 말고 누가 있나. 나는 스마트폰을 켜고 당장 노브레인 앨범을 처음부터 쭉 들어나갔다. 수없는 명곡이 있지만 그중에서 〈한밤의 뮤직〉을 들으며 발걸음이 몹시 가벼워졌고, 지난 세월과 상처들을 잊게 되었으며, 혼자 술 마시기 싫다는 마음이 쏘옥 사라지면서 발길이 저절로 이자카야로 향했다. 나는 아무 이자카야에 들어가 아무 안주나 시켰다. 일본어가 서툰 내가 주문한 게 꼬치구이 세트였다는 건 주인장이 꼬치를 종류대로 구워 내게 하나씩 가지고 올 때 알았다.

접시에 꼬치가 쌓이는 속도에 보조를 맞추기 위해 나는 맥주를 계속 마셨고 노브레인을 계속 들었다. 그것은 혼자 마시는 게 아니라, 나 자신의 옛 자존감과 마시는 거였고, 노브레인과 함께 마시는 거였다. 그 작은 이자카야 안에는 나처럼 혼자 온 사람이 많았다. 스모키 화장을 하고 혼자 줄담배를 피우는 정장 차림의 여자와 꼬치 두 개에 맥주 한 잔을 슬로비디오라도 돌리듯 천천히 음미하는 점퍼 차림의 2대 8 가르마 남자, 블라우스에 생머리를 하고 양손으로 사케 잔을 들고 홀짝이는 여자, 왜 그러는지 몰라도 사시미에 콜라를 마시고 있는 짧은 머리의 젊은 남자 등등이었다.

그들은 혼자였지만 절대 외롭거나 쓸쓸해 보이지 않았다. 아주 자연스럽게 혼자 술을 마시고 있었다. 나 역시 그 분위기에 녹아들며 노브레인의 〈한밤의 뮤직〉을 한없이 반복해 들었다. '작지만 커다란 꿈을 안겨주던 너의 목소리'가 떠오르는 '아련하던 그 기억'을 만끽하며, '때 묻은 기타 한 대와 나를 울려주던 낡은 라디오'를 그리워했다. 내 자존감은 바로 그 노랫말들 사이에 남아 있었다.

외로워서 낑낑거리다 발견한 나 자신은 사실 외로움 같은 건 신경도 안 쓰고 살던 펑크록 마니아였던 것이다. 하도 신나 있어서 외로워도 외로운 줄 몰랐던 것이다. 외롭다고 부들부들 떠느니 춤추면 되고, 기타 줄이 끊어져라 펑크 코드를 긁으며 소리 지르면 되는 거였다. 힘들면 매운 라면을 먹었고, 지금과는 사뭇 다른 분위기의 홍대에서 개판(?)치면서 외로움이 뭐 어쩌고 개입할 틈을 주지 않았다. 그날 이자카야에서 혼자 꽤 마셨지만 취하지도 않았다. 숙소에 돌아와 쉬려는데 어째서인지 내 주머니에 편의점에서 산 피스타치오 봉지가 있었고, 복도의 맥주 자판기는 편의점보다 싸서 엔화 동전이 떨어질 때까지 맥주를 뽑아 먹었다. 노브레인의 음악과 함께 밤이 깊도록 머리를 흔들자 외로움 같은 건 어딘가로 꺼졌는지 코빼기도 보이지 않았다. 그 상태가 정말 좋았다. 자존감이 가득했다. 가을이라 외로움을 세게 탔지만 의외로 그 안에서 자존감을 건져냈으니 풍성한 수확을 한 기분이었다.

돌아오는 배 안에선 옆자리에 분위기 좋은 어떤 여자가 앉았다. 국적을 짐작할 수 없었지만 그녀는 혼자였다. 파도가 잔잔해 멀미도 안 났고, 끝없는 수평선과 드넓은 바다 위에 태양이 쏟아지는 광경이 무척 아름답고 열정적인 펑크록처럼 느껴지는 기현상을 목도했다.

나는 숙취를 가라앉히기 위해 노브레인과 크라잉 넛이 서로의
노래를 바꿔 부른 《96》이란 최신 앨범을 내내 들었다. 그리고
전혀 외롭지 않았으므로 옆자리 여자에게 말을 한마디도 걸지
않았다. 외로움이 나를 지배하려고 해? 웃기시네. 난 아무리
혼자 있어도 외롭지 않아. 아무리 많이 마셔도 취하지 않아.

국내에 돌아와 남은 기분은 후회였다.
…… 아차, 내가 왜 그랬지? 미쳤구나. 어우, 딱 내 스타일이었
는데.

드레스덴 축제의
매혹적인
단
조

드레스덴은 옛 동독 지역에서 가장 아름다운 도시라는 소문을 들었다. 미치광이 히틀러가 가장 좋아라 한 도시였다고도 하고, 2차 세계대전 때 승기를 잡은 연합군이 마치 분풀이하듯 다 때려 빠개놓은 도시이기도 했다.

실제로 방문해보니 드레스덴은 큰 상처를 입었지만 티 내지 않고 굳건히 살아가는 인상을 건넸다. 특히 성모교회는 다 부서지고 불에 타 그슬린 돌들을 재건할 때 다시 사용해 딱 그 느낌을 상징하고 있었다. 하지만 중세도시 같은 잿빛 건물들과 밋

밋한 현대식 건물들이 공존해 있는 모습은 묘한 이질감을 불러
일으켰다.

나는 느긋하게 구시가 골목을 걷다가 드레스덴 한복판을 관통
하는 엘베강을 만났다. 강은 살랑살랑 잔물결을 일렁일 뿐 그
이질감에 대한 대답을 해주진 않았다. 문득 은유적으로 그 강
이 도시를 아래위로 찢고 있는지 위아래로 촉촉하게 적시고 있
는지 구분하기 힘들었다. 모르겠고 나는 아름다운 강변에서 소
시지에 맥주나 호로록거려야겠다고 생각했는데, 도시는 마침
주말이었고 무슨 축제 중인 것 같았다. 축제 기간이라면 사람
이 북적거려 정신없을 것 같기도 했고, 우연히 들렀는데 축제
라니 재수가 좋다는 생각도 들었다. 두 견해는 100분 토론을
시작했다.

아우구스투스 다리 건너에 있는 대성당 앞 광장에 조그만 무대
가 설치되었고 그 주변엔 음료나 음식을 파는 가판대와 천막들
이 세워져 있었다. 전통 의상을 입은 여자들이 분주하게 맥주
노즐을 닦고 있거나 지글지글 소시지를 굽고 있었다. 키다리
분장을 한 녀석도 성큼성큼 지나갔다. 마음속 토론은 어느 쪽

으로든 결론이 나지 않았다. 그러니까 맥주를 마시며 팔랑팔랑 축제를 구경할지, 조용한 골목에 있는 노천카페에서 쉬엄쉬엄 차를 마실지 정하기 어려웠던 것이다.

그때 한 소프라노가 무대에서 노래를 부르기 시작했다. 그것은 제목을 알 수 없는 아리아였는데 내 귓구멍엔 굉장히 구슬프게 인식되었다. 고음을 처리할 때 소프라노 언니의 표정엔 오만 가지 시름이 스쳐 가는 듯했다. 심지어 그녀는 검은 드레스에 검은 모자를 쓰고 검은 장갑까지 끼고 있었다. 축제라면서 왜 까맣게 입고 슬픈 노래를 불러재끼는 거지? 몹시 의아했다. 나는 조용한 곳을 찾아 멍 때리겠다는 의견을 단박에 철회하고 궁금증을 해소하기로 했다. 그러기 위해 우선 맥주와 소시지를 사서 한구석에 자리 잡았다. 맥주는 무슨 필스너 종류였는데 시원하게 넘어가면서도 쌉쌀한 맛이 입 안에 오래 남아 좋은 맛인지 나쁜 맛인지 알 수 없었다. 다만 가벼운 여운은 아니었다.

'여러모로 헷갈리게 만드는 도시로군.' 중얼거리며 나는 소프라노의 구슬픈 아리아를 끝까지 감상했다. 듣다 보니 이상하게 눈물이 날 것 같았다. 무슨 곡인지 알고 싶어 중간에 스마트폰을 꺼내 음원 검색 어플을 켰지만 소리를 입력시키려 할 때마다 옆에 앉은 덩치 큰 아저씨가 타이밍 좋게 코를 풀어대 실패했다.

검은 차림 소프라노의 진정성과 실력을 겸비한 독창이 끝나자 사람들은 환호 대신 잔잔한 박수를 보냈다. 엘베강도 잔물결로 화답하는 듯했다. 그리고 음악은 뚝 끊겼다. 그 쓸쓸한 아리아를 필두로 축제가 시작되는 게 아니라 행사와는 상관없이 그냥 누가 나와서 노래 한 곡 뽑고 들어간 기분이었다. 나는 그 알쏭달쏭한 축제에 점점 흥미를 느껴 맥주를 원샷한 뒤 잔을 반납하고 성모교회 쪽으로 걸었다. 교회 앞에는 그랜드피아노가 한 대 놓여 있었고, 연미복을 입은 남자 피아니스트가 연주를 하기 위해 호흡을 가다듬고 있었다. 이 축제는 여기저기 게릴라성 공연으로 승부하는 콘셉트인 건가. 피아니스트는 사람들이 모여들자 조금 경직된 표정이었지만 이내 간단한 목례를 건넨 다음 여유를 찾고 연주를 시작했다. 그의 손가락이 건반을 두드리기 시작하자 나는 멈칫 놀랐다. 아니, 또 단조의 슬픈 음악이었다. 우리에게 〈사의 찬미〉라는 윤심덕의 번안곡으로 알려

진 개슬픈 멜로디였던 것이다. '광막한 광야를 달리는 인생아
~'라는 가사로 시작하는 그 음악은 피아노로부터 창궐해 전
광장에 퇴폐적 허무주의를 와락 끼얹는 듯했다.

물론 그 피아니스트는 〈사의 찬미〉가 아니라 이오시프 이바노
비치의 왈츠곡인 〈다뉴브강의 잔물결〉이라는 곡을 연주하고
있었으며, 다만 상당히 음울한 음색으로 해석할 뿐이었다. 소
리를 증폭하는 앰프나 스피커도 없이 길바닥에서 그랜드피아
노만의 생소리로 퍼지는 그 음률들은 흔치 않은 소리의 맛을
선사했다. 더구나 연주엔 군더더기가 없었고, 불어넣은 숨결
이 건반에 실리는 듯했다. 전쟁 때 다 부서졌다가 꾸역꾸역 재
건한 바로크양식의 웅장한 성당 앞에서 울려 퍼지는 그 피아노
소리는 내겐 파괴된 도시를 기리는 진혼곡처럼 느껴졌다.

'어째서지? 왜 축젠데 다 슬퍼하지? 뭘까, 왜 그럴까?'
연주가 끝난 뒤 나는 하도 궁금해 옆에 서 있던 할아버지에게
물었다.
"축제……인 거죠?"
"물론이지. 하지만 나도 매년 헷갈린다네."

할아버지는 그렇게 대답하곤 자기 갈 길을 갔다. 앙코르도 없고 이어지는 레퍼토리도 없었다. 정말 축제라면 좀 울적하지 않아도 되잖아. 다 부서진 건물들을 훌륭하게 복원해놨고, 다시 아름다운 도시를 만들었는데 왜 이토록 우울하고 슬픈 음악으로 기리는 걸까. 그러나 궁금증은 내 고정관념에 대한 비판으로 이어졌다. 축제라고 꼭 시끌벅적 경쾌한 음악을 틀어놓고 희번덕거리는 것이어야만 하나. 형식을 너무 좁게 보면 못생긴 것 아닌가 싶었다.

〈다뉴브강의 잔물결〉을 작곡한 이바노비치는 루마니아의 군인이었다. 요한 슈트라우스 2세의 〈아름답고 푸른 다뉴브〉라는 곡에 영감을 받아 작곡했다고 하는데 그 곡은 언제 들어도 경쾌한 왈츠로만 느껴지지만, 〈다뉴브강의 잔물결〉은 같은 왈츠지만 단조인 데다 여러 가지 스펙트럼을 가지고 있는 묘한 음악인 셈이다. 군악대를 위한 행진곡으로 작곡된 이 곡은 미국에서는 앨 졸슨이라는 분이 '기념의 노래The Anniversary Song'라는 제목으로 번안해 불렀으며, 그걸 톰 존스 아저씨도 특유의 쫀쫀한 음색으로 다시 불렀다. 그리고 우리에겐 현해탄에 뛰어들어 자살한 여가수의 〈사의 찬미〉로 알려진 곡인 것이다. 최초엔 군인들을 위한 곡이었다가 기념곡으로 만들거나 생의 허무를 쿡 찌르는 곡으로 만드는 등 여러 가지로 해석 가능한 희한한 멜로디인 셈이다.

한국에 돌아와 가을이 깊어가고 추위가 찾아오기 시작할 때 나는 참지 못하고 옷장에서 후드 티를 꺼내 후드득 털다가 문득 이 음악을 떠올렸다. 그런데 이 곡을 다시 감상하며 당당하게 겨울 속으로 행진해야 할지, 또 한 번의 가을이 사라지는 걸 쓸쓸히 기념해야 할지, 모르겠고 소주를 마시며 퇴폐적 허무주의에 젖어야 할지 헷갈렸다.

드레스덴이라는 딱딱하면서도 화려한 도시의 작은 축제에서 피아노 독주로 감상한 〈다뉴브강의 잔물결〉을 떠올리면 그 문제에 대한 답은 간단했다. 단조로 노래한다고 해서 축제가 아닌 것은 아니며 겨울이 온다고 해서 무조건 쓸쓸한 건 아닐 거라고. 나름의 매혹이 있을 거라고. 그 느낌으로 다시 이 곡을 감상했다. 부서졌다 재건된 도시를 유유히 흐르던 그 강물이 간직한 시간의 층위를 느끼면서 나는 숙연해졌다.

아, 근데 드레스덴을 관통하는 강은 다뉴브 아니잖아. 다뉴브

강은 독일 남부에서 오스트리아, 헝가리, 루마니아를 거쳐 흑해로 빠져나가는 미친 듯이 긴 강이고 드레스덴이랑은 상관없는데 왜 거기서 굳이 그 곡을 연주한 걸까. 맥락이 잘 연결되는 것 같았는데 이게 뭐야. 아아, 이 음악에 대해서는 여전히 혼란스럽다.

이탈리아의 친절한
헤
비
메
탈

데르디앙_Black Rose

10년 전에 이탈리아에 갔었는데 그때 제 점수는요, 굉장히 저렴했다. 사람들의 인간성이 개떡 같았기 때문이었다. 길에서 생선을 메고 가는 남자 모습도 화보의 한 장면일 정도로 비주얼이 뛰어났으나, 내면은 아주 못생긴 사람들이라는 표본을 잔뜩 수집할 수 있었다. 운이 나빴는지 모르겠지만 하필이면 만나는 사람들마다 다혈질이고, 갖은 지랄로 내게 까칠함을 선사했다. 성질 더러우면서 잘생긴 걸로는 나 역시 한반도에서 만만치 않았는데도 이탈리아 반도에선 오징어 신세였다.

그런데 웬일인가. 작년에 다시 이탈리아에 갔을 때는 그 성질 머리들 다 전학 갔나 싶을 만큼 분위기가 싹 달랐다. 만나는 사람들이 죄다 착하고 살가웠다. 아니 무슨, 길을 묻는데 친절하게 안내해주질 않나, 물건을 살 때 고맙다는 말을 하질 않나, 심지어 숙소의 리셉션 여직원은 내가 지나갈 때마다 상큼한 뻐꾸기까지 날려줬다. 이게 뭐지? 내가 이탈리아 말고 삼탈리아에 왔나?

아마도 10년 전엔 내가 돈 안 쓰게 생기고, 꼬질꼬질한 냄새가 나는 백패커라서 배척당했던 건지도 모르겠다. 아니면 기성세대의 격심한 까칠함에 시달리다 못해 요즘 세대들이 반항적으로 친절한 분위기를 형성한 건지도. 다만 사람들의 비주얼은 예전에 비해 현저히 떨어져 보였다. 외면을 포기하고 인격의 아름다움을 신장한 걸로 보였다. 믿거나 말거나.

아무튼 나로선 받아들이기 참 요상했다. 운이 좋았을 뿐, 이탈리아에서라면 분명 어디선가 잘생긴 생양아치들이 대기하고 있다 보란 듯이 튀어나올 것 같았다. 그러나 이탈리아를 한 달 넘게 여행하도록 까칠한 경험을 한 번도 맛보지 못했다. 다만 피렌체에서 아앙, 그 아름다운 피렌체에서 만난 할머니만 내 기대를 충족시켜 줬다.

나는 싼 숙소를 찾아 피렌체 외곽의 스칸디치라는 곳에 묵었
다. 사람이 별로 없고, 매표소도 없는 트램 역이 하나 있는 동
네였다. 플랫폼에는 십 대 양아치로 보이는 남자애들 서넛이
새도복싱을 하며 어슬렁거리고 있었다. 매표기는 영문 지원이
안 되어 나는 그 앞에 서서 잠시 연구를 하고 있었다. 그때 어
디선가 나타난 할머니가 이탈리아 축구 선수 발로텔리처럼 공
간을 파고들며 나를 밀쳤다.
"요 버튼 누르고, 돈 넣으란 말이야! 이러면 표가 나오잖아!!
이게 어려워!!!"
이탈리아어였지만 딱 그런 얘기가 아닐 수 없는 행동과 말투였
다. 할머니는 엔터 키에 해당하는 버튼을 누를 땐 주먹으로 뻑
때리기까지 했다. 발로 차지 않은 게 다행이다 싶을 만큼 맹렬
한 분노였다.

"오호, 역시! 이래야 이탈리아지!"
나도 모르게 환호가 나왔다. 그녀는 표를 뽑고 나서도 계속 씩
씩거렸다. 할머니 입장에선 트램이 곧 들어올 텐데 내가 버퍼

링 중이라 마음이 다급해진 것일 수도 있었다. 그러나 전광판을 보자 5분이 남았다고 적혀 있었다. 혹시 그 할머니는 소싯적에 글로벌 소개팅을 나갔다가 동양 남자한테 대차게 바람맞은 적이라도 있는 걸까. 살면서 굼뜬 사람 취급 받아본 적 없던 나는 그 아날로그 기계를 현지인처럼 사용하지 못한다고 욕먹은 게 좀 억울했다. 십 대 남자애들은 섀도복싱을 멈추고 나와 할머니를 빤히 쳐다봤다. 나는 할머니에게 따지고 싶었다.

"거 모를 수도 있지, 화부터 내다니 너무한 거 아니오? 한국에 초대할 테니 지하철 표나 제대로 끊는지 한번 봅시다."

그렇지만 자기 동네 할머니에게 응전한다고 판단하면 껄렁한 십 대들이 개입할까 봐 나는 꾹 참았다.

그런데 다시 표를 끊기 위해 이탈리아어 스캔 어플을 켜는 내게 남자애들이 슬금슬금 다가왔다. 어우, 젠장, 피렌체 외곽의 칙칙한 동네에서 뭔가 투닥투닥 싸움이 나겠다는 걱정이 밀려왔다. 거참, 액션 활극 찍기 딱 좋은 날씨였다. 한데 십 대들 중하나가 띄엄띄엄 영어를 썼다.

"우리가 도와줄게. 어디까지 가?"

"산타마리아 노벨라."

"그럼 이거 누르고, 여기 1. 20유로 투입."

가까이서 보니 아주 착한 눈빛을 가진 친구들이었다.

"고마워. 너희 엄청 친절한데?"

"됐다고. 할머니 대신 우리가 사과할게. 부디 잊고 즐거운 여행하는 걸로."

그 친구들은 내가 트램을 타자 창밖에서 손까지 흔들어줬다. 아아, 여기가 이탈리아 맞나. 애들이 미소 지으며 손을 흔들어.

그렇다. 이탈리아가 정말로 뭔가 달라진 거라고 인정할 수밖에 없었다. 사실 내게 이탈리아란 호감이 많이 가는 나라다. 오래전 이탈리아 프로그레시브 록 밴드의 빠돌이었고, 이탈리아 음식은 뭘 먹어도 혓바닥에서 절로 감탄사가 튀어나오며, 한 번쯤 살아보고 싶은 장소가 넘치는 나라다. 예쁘고 감각적인 물건은 이탈리아 사람들이 죄다 만드는 데다 이제는 유일한 단점이었던 성질머리도 착해지는 추세인 것이다.

피렌체를 떠날 무렵 사람들의 친절과, 특히 그 십 대 청소년들의 미소를 떠올리자 이탈리아 밴드의 음악을 듣고 싶어졌다. 나는 와이파이 빵빵한 어느 카페에 앉아 페로니를 마시며 데르디앙의 음악을 기분 좋게 들었다.

데르디앙은 힘 있고, 시끄럽고, 빠르고, 묵직한 음악을 하는 헤비메탈 밴드다. 헤비메탈을 하는 친구들답게 일단 생양아치 같은 인상을 쓰고 있지만 자세히 보면 다들 눈빛이 선하다. 패션은 전혀 이탈리아 사람이라는 느낌이 안 들 만큼 촌스럽게 입었으나 좋아하다 보니 나름 감각적으로 보이기도 한다. 또한 그들의 음악은 강력하지만 쉽고 친절하고 신나는 뉘앙스를 품고 있다. 분명 스래시, 파워, 스피드메탈을 추구하는데 멜로디가 뚜렷하고, 일말의 서정성도 번뜩인다. 뮤직비디오를 보면 기타 치는 폼이 웃겨서 유머 감각까지 담겨 있다. 굳이 카테고리를 대입해 이 친구들은 무슨 장르를 하는 밴드다, 그렇게 규정하는 게 어렵다. 사실 그러는 게 의미도 없고. 그냥 데르디앙의 음악 안에는 여러 종류의 음악적, 감각적 센스들이 녹아들어 있는데 이탈리아 음식들처럼 유난히 내 입맛에 다 맛있는 소리라는 생각이다.

그들의 음악 중에서 나는 〈Black Rose〉라는 곡을 가장 좋아한다. 백문이 불여일청, 찾아서 들어보시길.
어우, 노래도 영어로 부르거든요. 거참 친절하죠?

일요일 아침
이스트
런
던

벨벳 언더그라운드_Sunday Morning

요즘엔 눈뜨자마자 침대에서 스마트폰으로 음악을 듣는다. 스마트폰 스피커의 알량한 음색이 정말 싫었는데 지금은 아무렇지도 않은 일상이 되었다. 그래도 언젠가는 블루투스 스피커를 사야지 하면서 지갑 눈치만 보고 있다.

아침에 음악을 듣는 습관이 생긴 건, 낭만적이고 싶어서가 아니라 침대에서 기어 나올 빌미가 필요하기 때문이다. 지금은 땡 겨울이라 더더욱 이부자리를 못 벗어나겠다. 그러나 어차피 눈뜨면 쥐게 되어 있는 스마트폰으로 음악을 듣다 보면 좋아서

잠도 홀딱 깰뿐더러 뮤지션들이 최선을 다해 만들어낸 결정적 소리들이 자빠져 누워 있는 나를 부끄럽게 만든다. 그래서 벌떡 일어나게 되는 효과가 있다.

요즘 더 이상 미루거나 개길 수 없는 책 원고를 마감하느라 날짜를 모르겠고, 요일도 관심 없고, 폐인처럼 작업하는데 오늘은 딱 일요일이라는 걸 알았다. 유난히 창밖에서 경적 소리가 많이 나면 일요일인 거다. 집 뒷골목에 교회가 있는데 하나뿐인 진입로가 좁아 차들이 엉키기 때문이다.

그래서 ~~짜파게티를 끓여 먹고 싶었~~ 《더 벨벳 언더그라운드 앤 니코》의 〈Sunday Morning〉을 듣고 싶었다. 1967년에 나온 노래인데, 문득 너무 오래된 음악만 좋아하는 것 아닐까 고민했다. 어릴 땐 스펀지처럼 수많은 음악을 흡수하고, 소화해내면서도 계속 배가 고팠다. 어른이 된 지금도 그러고 싶지만 시간이 많이 걸리거나 심지어 체하기도 한다. 아, 쓸 만한 기능을 하나씩 세월에게 내주다 보면 어느 순간 정말 좋은 음악을 만나도 시큰둥한 꼰대가 될까 봐 무척 쫄린다. 뱀파이어가 아닌 이상 주름살은 어쩔 수 없지만 감각의 쇠락에 대책 없이 당하긴 싫다. 고로 침대에서 발딱 일어났다.

각설하고, 〈Sunday Morning〉의 음울하면서도 달달한 멜로디를 흥얼거리며 라면 냄비에 물을 올리자 런던의 한 성당이 떠올랐다.

어느 안개 낀 일요일 아침, 나는 이스트 런던의 칙칙한 거리를 쓰레빠 끌며 지나가고 있었다. 내가 가진 돈으로 방을 구할 수 있는 유일한 동네였다. 대책 없이 런던에 체류 중이던 나는 그곳에서 가장 은혜로운 가격의 식료품인 감자님을 구입하기 위해 마트에 가는 길이었다. 쓸쓸하고 춥고 가난한 거리가 내 주머니 신세 같아 손을 주머니에 넣고 걸었다. 그런데 동네 분위기에 맞게 평소에 낡고 초라한 모습으로 고요히 찌그러져 있던 성당에서 문득 음악 소리가 들려왔다. 문틈으로 빠져나오는 묘하게 몽롱한 소리에 호기심을 느끼곤 살짝 들어가보았다. 마침 일요일 미사 중이었고 몇 명 안 되는 신도들이 모여 앉아 성가를 부르고 있었다. 신도 수가 급감해 고민이라는 영국성공회 성당의 분위기도 어쩐지 그 무렵 내 신세와 비슷한 것 같아 괜히 마음이 애잔했다. 그런데 남루한 동네 사람들이 모여 앉아 부르는 노래는 의외로 그레고리안 성가풍이 아니라 현대적인 리듬감이 있었는데 신자 대부분이 흑인이라 애절한 흑인영가

처럼 들렸다. 노래하면서 박수를 치기도 하고 춤추듯 몸을 흔들기도 하는데 경건하고 아름다운 느낌이었다. 나는 슬그머니 뒷자리에 끼어 그 경건함에 탄복했다.

런던 한복판에 있는 세인트 폴 성당의 미사에 간 적도 있었는데 ~~미사 시간에 가면 입장료가 공짜니까~~ 거대하고 아름다운 대성당에 울려 퍼지는 엄청난 파이프 오르간 소리와 최정예 성가대의 화음을 들으면서도 나는 그다지 경건함을 느끼진 못했다. 오히려 내 인생과 동떨어진 화려함만 잔뜩 느꼈을 뿐이었다.

그날 만난 볼품없이 작은 성당의 소수 정예 신도들이 훨씬 더 경건하고 현실적인 모습으로 예배드리는 것 같았다. 시간이 지나 사제의 짧은 설교가 이어지자 조금 듣다 슬쩍 빠져나왔다. 런던 생활이 한 달도 안 된 시기라서 영어를 전혀 알아들을 수 없었고, 내 ~~쓰레빠~~ 차림이 경건한 분위기를 망칠까 봐 미안했기 때문이었다.

〈Sunday Morning〉을 들으며 시작한 오늘 아침, 나는 그 몽롱하면서도 쓸쓸하던 경건함을 선명하게 다시 느꼈다. 그때 런던의 가난한 성당에서 들었던 성가는 분명히 빈자를 위안하고 천상을 앙망하는 영적인 힘이 있었고, 다시 들어보니 〈Sunday Morning〉은 성가가 아니라 팝 음악이지만 경건함을 준다는 점이 비슷했다. 벨벳 언더그라운드의 (일부 착한) 음악들은 묘하게 지친 마음을 위안하는 영적인 힘이 있다. 어떤 음악을 오랫동안 좋아하면 신앙심이 생기는 걸까. 그들도 나처럼 힘들었기 때문인 걸까. 아니면 런던에서 가장 많이 들었던 음악 중 하나였고, 감자만 먹으며 버티던 그 시절의 쓸쓸함을 조건반사로 떠올리게 만들기 때문일까.

아무튼 보컬 루 리드 아저씨가 발성하는 차분하면서도 쓸쓸한 목소리와 멜로디에서 록 정신의 기본 교리중 하나인 소외와 고통의 근원적인 심장을 느꼈다.

그리고 아침 식사로 처연하게 ~~아, 호로록호로록~~ 짜파게티를 먹었다.

벨벳 언더그라운드는 활동 당시 인기가 많지 않았다. 앤디 워홀의 적극적인 후원을 받아 앨범을 내긴 했지만 잘 팔리지 않으니 가난하고 스산했을 것이다. 비틀즈가 다 해먹던 시절이었다. 그들은 〈Pale Blue Eyes〉처럼 우리에게 알려진 예쁜 곡을 만든 밴드이기도 했지만 사실 퇴폐적으로 막가는 어둠을 주로 표현한 밴드였다. 대중이 생깠던 그들의 코드는, 그 뒤로 낸 기괴한 불협화음으로 더욱 비틀린 채 표출되었을 것이다. 다만 첫 앨범의 첫 곡인 〈Sunday Morning〉은 세상에 정상적으로 접근하고 싶은 그들의 친절한 껍데기였는지도 모르겠다.

그럼에도 이 곡의 노랫말은 친절하지 않다. 해석해보면 일요일 아침, 등 뒤에 있는 새벽을 상기하는 내용이다. 노랫말에 따르면 그 새벽은 쉬지 못한 감정이고 낭비한 날들이고 알고 싶지 않은 느낌이고 얼마 전에 건너버린 모든 길이다. 주위엔 부를 수 있는 사람들이 항상 있지만 그것도 개뿔 소용없는 일요일 아침이라는 것이다.

뭐라는 건지 모르겠다는 마음이 먼저지만 시를 읽듯 음미하면 깊은 허무가 느껴진다. 일요일 아침 이스트 런던의 쓸쓸한 성당과 가난한 나날들이 내게 건네던 그 경건한 허무처럼.

벨벳 언더그라운드의 기타 겸 보컬 루 리드 아저씨는 작년 가을에 다른 세상으로 가는 길을 건넜다. 일요일 아침이었다고 한다.

낡은 감상실의
핑크
플
로
이
드

핑크 플로이드_Wish You Were Here

대학 때였다. 내가 문학 천재인 줄 알고 바보 같은 행동만 골라서 하고 다녔는데 신기하게도 사랑하는 사람이 생겼다. 지금 생각해보니 몹시 관대한 여자였다. 아니면 나처럼 상태가 좋지 않았는지도 모르겠다. 학우들이 그녀를 여자 박상이라고 불렀으니까.

그녀와 부산 가는 무궁화호 기차를 탔다. 내 인생에서 여자와 함께하는 첫 여행이었다. 대전쯤 지났을 때 그녀가 물었다.

"오빠가 제일 좋아하는 노래는 뭐야?"

"하나만 꼽기 아니꼬운데."

"그럼 지금 가장 듣고 싶은 노래는?"

나는 시디플레이어를 꺼내 이어폰을 귀에 꽂아주었다. 안에 들어 있는 앨범은 핑크 플로이드의 《Wish You Were Here》였다.

"노래가 아니라 라디오가 나와."

"앞부분이 그래. 좀 있으면 나온단다."

"볼륨이 너무 작아."

"잠시 후 커진단다."

곧이어 그녀는 전설의 명반이 건네는 서정성에 빠져들었다—고 생각한다. 턱을 괴고 하염없이 창밖을 바라보기 시작했으니까.

차가운 겨울, 이 음악을 다시 들으며 방구석에 찌그러져 있다 보니, 그때의 기차 여행이 사무치게 그립다. 당장 부산 가서 아나고와 소주 앞에서 흡성대법을 쓰고 싶다. 여자와 함께 부산에 가 부산스런 크리스마스를 즐기고 싶다. 그러나 지금 곁엔 아무도 없다. 대학을 졸업하고도, 나이를 먹어서도, 21세기가 되어서도, 방금 몇 분 전까지도, 내가 문학 천재인 줄 알고 바보 같은 행동만 골라서 하고 다니기 때문일 것이다.

이 앨범은 나 같은 바보가 아니라 진짜 천재들이 만들었다. 언제 다시 들어도 완벽한 짜임새와 아름다운 음률에 몰입되어 몸이 부르르 떨린다. 이런 앨범이 존재할 수 있다니. 핑크 플로이드는 존재 자체가 예술의 반열에 든 거장 아닌가 싶다. 오늘 소개하는 앨범의 타이틀곡 〈Wish You Were Here〉를 듣다 보면 음악적인 측면은 둘째 치더라도, 내가 쓴 어설픈 습작보다 이천 배쯤 시적인 가사에 전율하게 된다.

그 무렵 부산에는 음악다방이 남아 있었다.
"여기서 음악이나 좀 듣고 갈까."
부산에 도착해 회도 먹고, 바다도 보고, 할 짓이 없어졌을 때, 내가 겨우 생각해낸 이벤트였다. 여자는 공감보단 단순한 호기심인 듯 고개를 살짝 끄덕였다.
우리가 들어간 음악다방의 벽엔 엘피판이 잔뜩 꽂혀 있는 디제이 부스가 한복판에 있고, 그걸 바라보는 극장식 테이블이 있었다. 주말 저녁인데 손님이 몇 없는 걸로 보아 망해가는 중인 것 같았다. 나는 안타까운 마음에 맥주를 많이 주문하고 신청곡을 써 내려갔다. 내가 신청한 곡을 틀어주기에 앞서 디제이 엉아가 긴 머리칼을 한번 쓸어 넘겼다. 그는 목소리를 밑장 빼기 하는지 어지간히 낮게 깔았다.

"오우 〈Wish You Were Here〉. 이 명곡을 신청한 분이 계시군요. 이 곡에 얽힌 믿거나 말거나 일화가 생각나요. 건강이 나빠져 핑크 플로이드 활동을 함께할 수 없게 된 기타리스트 시드 배럿이 병원에 입원하자 베이시스트 로저 워터스가 문병을 갔답니다. 그때 병상에서 시드 배럿이 악보를 하나 건넨 거죠. 자기가 새로 쓴 곡이라면서. 근데 집에 돌아와 펼쳐보니 그건 백지였어요. 로저 워터스는 잠시 눈물을 흘린 다음 백지에 즉흥적으로 곡을 써 내려갔답니다. 그 곡에 '네가 여기 있다면'이라고 제목을 붙였죠. 이 앨범에 담긴 〈Shine On You Crazy Diamond〉라는 곡도 시드 배럿을 향한 우정과 애도의 뜻이 담긴 곡으로 알려져 있어요. 이 좋은 곡을 신청해주신 분은 음…… 해방촌에서 온 천재 시인, 이라고 씌어 있는데 오오, 누구시죠……? 부끄러워서 손을 못 드시는군요. 그럴 줄 알았습니다. 부디 좋은 시 많이 쓰시기 바랍니다. 그럼 우리 〈Wish You Were Here〉 같이 들을까요."

정말 믿거나 말거나 처음 듣는 얘기였지만 그럴듯한 스토리라

이 좋은 곡을

신청해주신 분은

음……

해방촌에서 온 천재 시인. 이라고 씌어 있는데

오오, 누구시죠……?

부끄러워서 손을 못 드시는군요.

고 생각했다. 그때 음악 감상실의 키 큰 스피커가 뿜어낸 엘피 레코드의 고풍스러운 음색을 감상하면서 이 곡을 더욱 사랑할 수밖에 없었다. 얼마 전 리마스터링 된 이 앨범을 다시 들었을 때 매끈해진 음질이 정말 좋았지만, 그때의 고슬고슬 공명하던 음악 감상실의 질감만은 여전히 그리웠다.

밤이 되자 우리는 광안리 해변에 앉았다. 여자는 파도 소리를 들으며 내 어깨에 머리를 기댔다. 그 여행에 나는 통기타를 들고 갔었다. 서정적인 낭만이 파도치는 듯했다.

문득 그 순간이 인생에 다시없을 것처럼 느껴졌다.

먼 훗날 그리운 장면이 될지도 몰랐다. 나는 그 감정을 표현하기 위해 대뜸 기타를 꺼냈다. 난 기타에 매우 소질이 없지만 그때 이 곡을 죽어라 연습하고 있었다. 내가 전주 부분을 다섯 마디쯤 치자 그녀가 기타 목을 콱 잡았다.

"하지 마, 오빠. 여기서 분위기를 왜 망쳐?"

나는 주섬주섬 기타를 집어넣었다. 연습 좀 더 하고 들려줄걸.

잠시 후 그녀는 내 등짝을 강스매싱으로 후려쳤다. 나는 이유를 알 수 없었지만 친절한 그녀가 설명해줬다.

"생각하니 선곡도 열 받네. 내가 지금 여기 있잖아. 왜 또 누가 있길 바라는 거야?"

오랜만에 〈Wish You Were Here〉를 다시 듣고 있자니 음악도
아련하고, 뜨거운 문장을 쓰던 그 후배도 아련하게 그립다. 그
리고 등짝이 아직도 아프다.

삭막함의
반
대
말

카멜_Stationary Traveller

새해를 베트남 하노이에서 덜컥 맞았다. 쌀국숫값과 맥줏값과 호스텔 숙박비가 굉장히 착해 보여 안 올 수가 없었다. 보일러 땔 돈에 감기약값을 보태면 얼추 여행 비용이 되겠다는 계산도 했다. 그러나 와보니 계산이 틀렸고(아아, 비행깃값을 간과하다니 바보 아냐) 한파에 싸늘하게 얼어붙은 고독한 가슴은 이곳의 날씨에도 전혀 녹지 않는다.

게다가 나는 하노이 구시가를 걸으며 삭막한 오토바이 떼와,

매캐한 매연과, 자비 없는 경적 소리에 영혼을 빼앗길 뻔했다. 멈출 생각이 없는 오토바이 사이로 길을 건널 땐 인생의 존속을 위한 일련의 문명적 행동에 회한도 느꼈다. 음악이 필요했다.

나는 오토바이 떼로부터 달아나 카페로 피신했다. 진하고 달콤한 베트남 커피를 마시며 음악을 귀에 꽂았다. 하지만 낯선 이국에서 너무 많이 걸어 지친 상태로 달콤한 음악을 진하게 들었더니 긴장이 풀리면서 헐렁해져 버렸다. 그것은 음악의 유일한 단점이다.

그래서 숙소에 갈 때 흥정도 안 하고 시클로에 타고 말았다(아아, 계속 바보 아냐). 그저 귀에 흐르는 카멜(담배 아닙니다)의 〈Stationary Traveller〉(문방구 여행자 아닙니다. 정체된 여행자?)에 경탄하며 하노이 시내를 바라보았다. 음악의 힘으로 혼란스럽기만 하던 풍경이 낭만적인 뮤직비디오가 되는 느낌이었다.

그러자 정초부터 추억의 턴테이블이 뱅뱅 돌면서 어떤 강력한 기억이 떠올랐다. 서울 거리가 베트남처럼 무척 혼란스럽고 시끄럽던 시절의 기억이었다.

나는 서울의 기동대에서 군 복무를 했다. 데모가 무진장 많은 시절이었고 그걸 막는 전투경찰 부대였다. 우리가 출동할 땐 페퍼포그 차라는 게 동행했다. 그것은 최루탄 발사기를 장착한 장갑차다. 그 시커먼 게 시위대 한복판에 다연발 지랄탄을 우다다 터트리면 웬만한 시위대는 개다리춤을 추며 이리저리 흩어져야 했다. 열 받은 시위대가 뒤집으려 하면 차체에 전류를 흘리는 기능도 있었다. 참 삭막한 장비였던 셈이다. 몸으로 쇠파이프와 화염병(시위대도 삭막했다)에 부닥쳐야 하는 일개 기동 대원으로선 그 차에 탑승하는 놈이 정말 부러웠다.

그 부러운 친구는 사회에서 음악을 하다 온 녀석이었다. 그가 그 어려운 '잉베이 맘스틴'의 곡을 기타로 연주하면 둘이 듣다 하나가 탈영해도 몰랐다. 아무튼 상황 출동을 하면 차에서 음악을 들을 수 있겠다며 그는 카세트테이프를 챙기곤 했다. 차벽이 두꺼워 훌륭한 음악 감상실이 된다는 거였다. 그 삭막한 차에서 군 복무 중에 음악이라니, 상당히 부러운 보직이었다.

우리는 어느 날 대규모 시위 현장에 투입되었다. 정부에 화가 난 사람들이 너무 많았다. 그냥 군대에 왔을 뿐인데 공권력의 앞잡이로 거리에 나가 시위대의 샌드백이 되는 내 팔자가 한탄스러웠다.

그날은 평소와 비교할 수 없는 일촉즉발의 긴장감이 감돌았다. 시위대가 정예 네임드였고 평화 시위 따윈 기대할 수 없는 상황이었다.

오옷, 그런데 시시한 해산 안내 방송이 나와야 할 우리 페퍼포그 차량에서 뜬금없이 빵빵한 음악 소리가 터져 나오는 게 아닌가. 그 음악이 바로 〈Stationary Traveller〉였다.

앞서 말한 기타리스트가 차에서 음악을 듣다 실수로 외부 스피커를 켜버린 것이었다.

시위대와 전경들은 순간 멈칫하며 잠시 그 아름다운 팬플루트 소리로 시작하는 음악을 들었다. 삭막한 시위 현장 한복판에 퍼지는 음악의 이질적인 황홀함이란! 이 곡의 끝내주는 톤을 가진 기타 솔로 부분이 나오자 캬아, 그건 뭔가 상황을 그림처럼 달라 보이게 만들었다.

카멜의 음악은 싸우기 직전의 대치 국면에 마치 '뽀샵질'을 하는 듯했다. 수많은 시위대와 전경들이 내 눈엔 카멜 콘서트에 몰린 팬들로 보였다. 무거운 국방색 진압복과, 시위대의 처절한 눈빛과, 등 뒤에 숨긴 쇠파이프와, 땀에 전 방독면과, 지휘관의 신경질적인 고함 소리 또한 평소와는 다르게 꿈을 꾸는 것처럼 인식되었다. 그대로 음악을 계속 들었다면 모두가 이게 다 무슨 소용이지?라는 마음이 들어 진압도 안 하고, 시위도 그만두고 그것참 좋은 선곡이었다며 악수한 뒤 헤어질 수 있을 것 같은 분위기였다.

그렇지만 음악이 나가고 있다는 걸 지휘관이 알았는지 소리가 뚝 멈췄다. 감상적인 분위기도 뚝 끊겼다. 동시에 음악의 톤과 주파수가 차지하던 자리에 화염병 하나가 빨간 선을 그으며 날아왔다. 경찰 무전 음어로 '꽃병'이라 부르는 것이었다. 음악의 여운이 남아 내 눈엔 정말 꽃병이 날아오는 걸로 보였다. 그리고 그게 바로 옆에서 터지자 현실로 돌아와야 했다.

그러고는 자세히 묘사하고 싶지 않은, 폭력 진압과 폭력 시위의 악순환이 이어졌고, 그날 우리 중대는 개박살이 났다. 나는 쫓기다 어느 막다른 골목에서 시위대에게 포위되어 발가벗겨졌다(아잉, 부끄).

그런데 따뜻한 동남아에서도 현실은 차갑고 냉정한 법. 목적지에 내릴 때 감상에 빠졌던 대가를 지불해야 했다. 시클로 아저씨가 바가지 금액을 요구한 것이다(나는 평생 돈이 넉넉했던 적이 없는데 타고난 귀티 때문에 꼭 있는 놈인 줄 안다니까).

"5분 탔는데 이십만 동(만 원)을 부르다니, 꽁안(경찰)을 부르겠소."

라고는 했지만 경찰 번호가 뭔지 모르고, 내 휴대폰은 데이터만 되는 심카드고, 아저씨가 너무 삭막하게 바락바락 우겨 게임오버.

〈Stationary Traveller〉를 오랜만에 들은 값이 아주 비쌌던 셈이다. 어쨌든 이 곡을 들으며 떠올린 그놈의 비싼 추억을 이야기하지 않으면 돈 아까워서 안 되겠다.

다음 날 베트남에서 오토바이를 빌려 타보니 그때의 시위 현장에서 느꼈던 막막함이 다시 연상되었다. 나름 오토바이끼리 합의된 질서가 있었지만 적응하기 쉽진 않았다. 마구 누르는 시끄러운 경적 소리는 직접 달려보니 이해가 갔다. 이 사람들 습관이기도 하지만 엽기적인 교통 상식을 가진 사람이 많아서 '좀 그러지 마라'고 경고해야 하는 순간이 많은 거였다. 역주행에 신호 위반, 차선 위반에, 아무 데서나 유턴해대는데 안 박으려면 나도 경적에 의존해야 했다. 오래전 군 복무 당시 대한민국 수도가 그토록 시위로 시끄러웠던 것도 엽기적인 정치 수준에 '아 좀 제발 그러지 마라'는 경적 소리가 난무했기 때문이었다는 생각을 그 오토바이 위에서 했다.

어쨌거나 베트남의 빠른 경제 발전이 문화 발전으로도 잽싸게 이어지길, 나는 새해 소망으로 빌어보았다. 나 역시 문제나, 아픔이나, 분노 없이, 그래서 싸울 일도 없이 평화로운 한 해가 되면 좋겠다고 빌었다.

그러려면 음악을 많이 들어야 할 것 같다. 음악이야말로 삭막함의 반대말이다. 경제고 사회고 정치고, 삭막하게 정체된 우리의 지금 여행이 음악의 '뽀샵빨'로라도 좀 아름다울 필요가 있지 않을까.

걱정해봤자
소용
없
잖
아

전인권_걱정 말아요 그대

새해가 시작되고 몇 주가 훌렁 지나버렸다. 그동안 새로 시작한 건 없고 걱정만 늘었다. 작년엔 매너리즘에 빠져 못 웃겼는데 올해는 어떻게 웃길까, 어우 올해는 또 뭘 해서 먹고사나, 과연 다시 연애할 수 있을까 없을까, 확 금연을 해버리면 웃길까, 왜 나는 웃기려는 강박에 시달리며 사는 걸까 등등 참으로 중대하고 막중한 고뇌들이 머리통을 무겁게 만들었다.

문득 전인권 아저씨의 폭탄파마 머리가 생각났다. 왜 그게 연상되는지 모르겠지만 〈걱정 말아요 그대〉를 갑자기 듣고 싶었다. 음악을 검색하자 한 오디션 프로그램에 출연한 김필, 곽진언 씨가 부른 버전이 먼저 나왔다. 듣다 보니 너무 좋아 한참 따라 흥얼거렸다. 그리고 홀린 듯 전인권 아저씨의 오리지널 넘버를 다시 들었다.

내게 음악이 없는 삶은 지루하다. 너무 평면적이라 그럴 것이다. 길은 길이고 운전은 그냥 이동이고 카페는 목을 축이는 데고 로또 판매점은 걸리지 않을 종이 쪼가리를 파는 곳이며 식사는 에너지를 보충하는 행위에 불과하다. 그런 게 평면이다. 그러나 음악이 거기 끼어들면 입체적인 분위기가 형성되면서 현상들의 의미가 확장된다.

길은 시가 되고 운전은 이벤트가 되고 카페는 이야기와 향기가 되고 로또 판매점은 꿈을 파는 상점이 되며 식사는 쾌락이 된다. 이어폰을 귀에 꽂으면 세상과 내가 단절되는 게 아니라 음악적 감각이 더해지며 아름답게 쩍 벌어지는 것이다.

〈걱정 말아요 그대〉를 들으니 내 쓸데없는 걱정들 또한 새해부터 마치 사색적인 태도를 취하는 듯 멋져 보였다.

나는 아직 베트남 여행 중이다. 내가 베트맨이면 돈 걱정, 힘 걱정 안 해서 참 좋겠는데 그냥 베트남이다. 슬슬 여비가 떨어져가니 걱정이 많다. 내 숙박비 예산(하루 만 원)으로는 정말이지 형편없는 곳뿐이었고 잠을 잘 잔 적이 거의 없다. 하긴 방이 싼데 상태가 좋으면 주인이 미친 것일지도 모른다.

하필 도미토리에선 꼭 옆 사람이 코를 골았고, 어떤 방은 습기와 곰팡이 냄새와 벌레가 이미 투숙하고 있어 사람이 거기 끼어 자도 되나 싶었고, 어떤 방은 옆 건물이 나이트클럽이라 새벽 5시까지 쿵쾅거렸고, 또 어떤 방은 창문 앞이 닭 농장이라 울음소리 때문에 잘 수 없었다. 베트남 닭은 깡다구가 상당했다. 울다 말겠지 했는데 그런 거 없었다. 목이 쉬어 '꼬끼오~'에서 '끼'가 자꾸 삑사리 나는데도 계속 울었다. 그쯤 되면 끼부리려고 우는 게 아니라는 판단이 들었다. 울고 싶고, 울 수밖에 없는, 뭔가 처절하고 지독한 근성이 느껴졌다. 계속 잠을 설친 나도 따라서 목 놓아 울고 싶었다.

어떤 창 없는 캄캄한 방에선 자꾸만 귀신이 나왔는데 내가 베트남어를 모르니까 뭐라 그러는지도 모르겠고, 발음이 재미있기도 해서 무서워하지 않고 그냥 잤다.

공통적으로 모든 침대에서 고린내가 났으며, 베갯잇엔 땀이 배어 있고, 허리 부분이 꺼져 있거나 매트에 쿠션이 없고, 뜨거운 물이 잘 안 나오거나 하수구 물이 안 내려갔다. 그럼에도 나는 숙박비 예산을 전혀 올리지 않았다.

〈걱정 말아요 그대〉를 들으면 자꾸만 괜찮아지기 때문이었다. '그대여 아무 걱정 하지 말아요, 우리 함께 노래합시다~'라는 가사에는 어쩐지 가스펠송 같은 종교적 위안과 당부가 있다. 그러니까 음악이 있는데 왜 걱정했지? 내가 잘못했네, 하면서 풀어지는 것이다.

그래선지 암만 안 좋은 숙소에서도 이어폰을 꽂으면 암울한 현실을 극복할 수 있었다. 사실 편하고 좋은 침대에서 잘 거면 집에 있지 여행으로 고생할 필요가 없는 것이다.

짧고 굵게 훌륭한 리조트나 근사한 호텔에 묵는 휴양 여행이 아니라 나는 베트남 지도처럼 최대한 가늘고 길게 버티는 중이니 숙소 사정은 신경 꺼야 했다.

그동안 하노이에서 다낭, 호이안을 거쳐 호치민까지 남하했다. 호치민은 수도 하노이에 비해 훨씬 세련된 도시였다. 시내버스 차창이 더러워 거의 반투명이던 하노이와는 달리 이곳은 창이 깨끗해 바깥을 볼 수 있다. 그리고 차량이 훨씬 많지만 경적 소리도 하노이보다 덜하다. 뭔가 하노이에선 앞에 아무것도 없는데 경적을 마구 누른다면 호치민 시민들은 필요한 이유가 있을 때 누르는 편이다(그 이유가 좀 많긴 한 것 같지만). 그런데 나름 하노이에서 오토바이 퍼레이드 사이로 횡단하는 데 적응했다고 생각했는데, 호치민에선 그게 오만이라는 걸 알았다. 도로가 넓고 교통량이 많아 도저히 도로로 발 디딜 엄두가 나질 않았던 것이다. 대로엔 신호등이 있기도 하지만 벤탄 시장에서 로터리를 가로질러 버스 정류장까지 갈 땐 신호등도 없고, 어휴 이건 내가 건널 수 있는 난이도가 아니라는 판단이 들었다.

하지만 건너지 않으면 버스를 탈 수 없었다. 타국의 도시에서 시내버스 타는 걸 좋아하는 건 궁상을 떨어 웃기려는 게 아니라 현지 생활에 깊숙이 동화되는 재미가 상당해서다(라고 쓰지만 엉엉, 택시비가 없다. 엉엉).

어쨌든 길을 건널 때 오토바이를 피하는 건 쉽다. 차폭이 작아서 피할 수 있는 각도가 크고 서로 리듬만 잘 맞추면 천천히 한 발씩 디딜 수 있게 된다. 문제는 버스나 자동차다. 차폭이 크고, 피할 수 없을뿐더러, 멈춰주지도 않는다. 그런데 차와 오토바이가 섞여 있고 자기들끼리도 복잡하게 엉키는 로터리에서, 관광객 수준의 초보 보행자가 길을 건넌다는 건 정말 불가능에 가까워 보였다. 절망하고 있는데 현지인 한 명이 쓰윽 길을 건넜다. 중년의 아저씨였는데 그는 마치 그곳에 차가 한 대도 없다는 듯 도로에 내려섰다. 그러고는 차와 오토바이 사이를 유유히 지나갔다. 그것은 마치 초식이 없는 무공으로 알려진 '독고구검'과 흡사했다. 로터리 안쪽으로 갑자기 회전해 온 버스에 치이는 게 아닐까 싶었지만 그는 내력을 이용한 '허공답보'를 구사한 듯 순식간에 길 건너편에 도달해 있었다.

나도 흉내 내고 싶었지만 걱정되었다. 택시비를 아낄까, 목숨을 아낄까. 당연히 목숨이 더 아까운 건데 돈도 걱정이고, 아아 그 순간 〈걱정 말아요 그대〉를 입으로 웅얼거리고 말았다. 그리고 음악이 로터리의 카오스를 입체적으로 재구성하는 것을 보았다. 항상 무언가를 걱정하느라 내 인생이 진취적인 성취를 거두지 못했다는 깨달음이 들었다. 게다가 위험하긴 해도 어차피 사람이 건너다니는 길이며, 희미하긴 해도 바닥에 횡단보도 표시까지 있는데 건널 수 있다는 희한한 자신감이 피어올랐다. 나는 전인권 아저씨처럼 짙은 선글라스를 쓰고 〈걱정 말아요 그대〉의 멜로디를 휘파람으로 부르며 도로에 한 발을 디뎠다. 오토바이 한 대가 발 앞을 쌩 지나갔지만 오토바이들과 눈을 맞추며 한 칸씩 전진했다. 아, 그런데 갑자기 버스 두 대가 겹쳐 왔고, 그 사이엔 몸을 옆으로 세울 공간뿐이었다. 두 대가 동시에 경적을 울렸다. 나는 그 자리에 가만히 딱 멈췄다. 그럴 때 피하려 하면 더 위험하다는 걸 본능적으로 알았던 것이다. 버스 두 대는 나를 사이에 두고 부르릉 지나갔고, 인간이란 얼마나 고독한 존재인가, 그 순간 생각했다. 마침내 나는 오토바이 다섯 대와 롤스로이스 한 대를 더 피한 뒤 건너편 육지에 상륙했다. 건너고 보니 등에 식은땀이 흐르고 있었으며, 〈걱정 말아요 그대〉의 '우리 함께 노래합시다' 부분을 종교의 기도문처럼 반복하고 있다는 걸 알았다. 그리고 다음 순간 달콤한 성취감이 와르르 밀려왔다. 기어코 해낸 것이다.

걱정한다고 문제가 해결되는 법은 거의 없다. 걱정 그만하고 문제 속으로 한 발을 쭉 내디뎌야만 어떻게든 그 문제를 풀 실마리가 시작되는 것이다. 호치민에서 길을 건넌 뒤 나는 그런 깨달음을 얻었다.

헉, 그런데 이번 글은 결론이 교훈적이라 걱정된다.

아아, 재미없다고 하면 큰일인데. 아아, 내 얼굴이 못생겨질 텐데.

무엇이
촌스럽단
말
인
가

롤링 스톤스_Paint It Black

여전히 베트남이다. 아니 3연속 베트남 얘기냐고 식상해하실까 봐 쫄린다. 이번이 마지막이고 이 원고가 업데이트 될 즈음엔 귀국할 것이며, 여독에 지쳐 엉망진창 뻗을 예정이니까 딱한 번만 봐주세욤(귀여운 척을 하다니! 이미 여독이 발작했네).

오늘은 베트남의 고원 도시 달랏에서 들은 음악 얘기다. 기온은 사시사철 딱 우리의 가을 날씨고 예쁘장한 프랑스풍의 도시라 베트남 신혼부부가 허니문을 많이 와 있었다. 나 역시 순식간에 달랏을 사랑하게 되었다. 하지만 카페들마다 틀어놓는 음악만은 곤란했다. 예외 없이 8, 90년대 팝 발라드인데 목에 힘주는 창법, '연주'가 아니라 '반주'인 신시사이저, 감정이 과잉된 후렴구 등이 내 귀엔 너무 촌스럽게 들렸다.

아, 그래도 오랜만에 들으니 빛바랜 추억이 새록새록⋯⋯은 개뿔, 조악한 스피커로 어찌나 쨍쨍하게 트는지 고문에 가까웠다. 베트남 시외버스에서 몇 시간 동안 강제로 베트남 뽕짝을 듣는 것에 비하면 덜 고통스러웠으나 카페만 가면 자꾸 몸이 스크류바처럼 꼬였다.
아니, 근데 달랏에선 왜 21세기에 이런 음악을 듣지? 이유를 예상해봤다.

1. 달랏 시민들이 현재 가장 좋아하는 음악이라서.

2. 아무 팝송이나 틀어놓으면 외국인 관광객들이 좋아할 거라고 오판해서.

3. 촌스러운 음악만 모아 대량으로 싸게 유통하는 개똥 같은 업자가 있어서.

답은 모르겠다. 인터넷에 따로 달랏만의 뮤직 차트도 없어서 궁금증만 커져갔다.

어쩐지 현장감 있는 음악을 듣고 싶다는 욕망이 생긴 나는 물어물어 달랏의 어느 뮤직 라이브 클럽을 찾아갔다. '매일 밤 8시부터 10시 30분까지 생음악'이라는 안내가 적혀 있고 안에선 기타 조율하는 소리가 나고 있었다. 오오, 이거야 이거 하고 들어갔는데 객석은 캄캄하고 손님은 나 혼자였다. 내가 들어서자 촌스러운 별 조명이 설치된 무대에서 반짝이 셔츠를 입은 중년의 연주자들이 주섬주섬 일어나 구성진 색소폰과 함께 공연을 시작했다. 머릿속에 떠오르는 단어는 딱 세 음절이었다.
카. 바. 레.
술값이 시중의 세 배였지만 매니저 겸 남자 보컬이 내 옆에 앉아 어찌나 친절하던지 나가기도 애매했다. 왠지 영화 〈와이키키 브라더스〉 같은 애잔한 느낌도 들고 해서 탈출은 포기했다.

나중에 베트남 중년들이 한두 테이블 오긴 했지만 손님이 별로 없어선지 연주자들도 점점 흥을 잃었고 음향도 좋지 않았다. 주 레퍼토리는 엘레지 트로트였고, 톰 존스의 〈Delilah〉 〈Green

Green Grass Of Home〉 같은 올드팝을 종종 섞었다. 팝은 번안 가사로 불렀는데 '쎄시봉' 같은 분위기가 날 뻔했지만 아쉽게도 아쉬운 수준이었다. 그곳에 나 말고 또 한 외국인이 들어오기에 반갑게 눈인사를 했는데 그는 얼마 버티지 못하고 나가버렸다.

상당히 촌스러운 곳에 낚여 술값을 꽤 많이 써버린 후회감을 해소하기 위해 다음 날 폭풍 산책을 하는데 낯익은 얼굴의 남자와 마주쳤다.

"엇, 너는?"

"아니, 너는 어제 거기?"

그 카바레 같은 곳에 들어왔다 맥주 한 잔만 마시고 탈출에 성공한 친구였다. 서로 알아본 우리는 함께 맥주를 마시러 갔다. 그는 촌스러운 스웨이드 무스탕을 입었지만 얘기를 나누다 보니 의외로 통하는 점이 많았다.

이름은 테오. 영국인이고 음악하는 사람이며, 관광객이 아니라 달랏에 살면서 재능 나눔을 하고, 관광업 이면에 소외된 빈민들을 도울 방법이나 뭔가 가르칠 방법을 찾고, 커피 농장에서 죽어라 일하고 돈도 못 버는 사람들을 도울 계획이라고 했다.

어우, 그의 내면을 보니 그가 입은 무스탕이 전혀 촌스러워 보이지 않았다. 오히려 아무 생각 없이 관광이나 하고 자빠진 내 인생이 촌스럽게 느껴졌다.

"너 꽤 멋지잖아."

"아냐, 그동안 의미 없이 살았기 때문에 이제라도 찾고 싶을 뿐. 잘해낼진 모르겠어."

내 촌스러운 영어 실력 때문에 굉장히 띄엄띄엄 소통했지만 정중하고 눈이 맑고 배울 점이 많은 친구였다. 그런데 그와 맥주를 마시며 음악 이야기를 나누다 보니 생음악에 대한 식탐이 또 발작했다. 우리는 동네 악기 가게 주인에게 물어 한 클럽을 소개받았다. 주소만 듣고 어렵게 찾아간 그곳엔 이미 거나하게 취한 늙다리 미국인 사장이 있었다. 베트남 여자와 결혼해 현지에 정착한 케이스였다. 클럽엔 온통 서양인들뿐이었다.

"어서 와, 친구들. 로큰롤을 즐기기 딱 좋은 밤이라구."

그 말을 하는 사장의 입에선 술 냄새가 확 풍겼다. 로큰롤이라. 좋아하는 장르고 베트남 젊은 친구들로 구성된 밴드의 실력도 훌륭했지만, 몇 곡 듣다 보니 으음, 연주에 영혼이 없었다. 〈Sweet Home Alabama〉라던가 〈Wind of Change〉 같은 지나간 정서를 아마도 매일 밤 똑같은 레퍼토리로 연주하면서 영혼을 담기는 힘들지도 몰랐다. 잘 알려진 히트곡만 똑같이 연주할 뿐인 공연은 듣는 쪽이나 하는 쪽이나 참 의미 없는 일이다.

실망감이 밀려왔다. 테오도 한숨을 내쉬며 고개를 저었다. 나중엔 술 취한 사장이 트롬본, 색소폰, 하모니카 등등 각종 악기를 들고 나와 곡의 의미나 분위기와 상관없이 과도한 음역대의 재롱을 부리기까지 했다. 박자를 놓치기 일쑤고, 숫제 연주를 방해하는 수준이었다. 밴드는 자기들 고용주라 어쩔 수 없어 하는 표정이 역력했다. 덕분에 겨우 음악적일 뻔한 분위기도 계속 망쳐졌다.

"음악이라기보단 쇼 타임에 불과한데?"
테오의 말에 동의했다. 우리는 탈출을 결심하고 일어서려 했다. 그때였다. 사장의 베트남인 아내가 남편에게 "술 좀 그만 마셔, 이 주정뱅이야!" 하고 외치면서 등장하자 사장이 찌그러지면서 분위기가 달라졌다. 그것도 쇼의 일부인가 했는데 아니었다. 그녀의 잔소리엔 록 정신이 충만했고 급기야 무대에 올라 베트남어로 된 알 수 없는 장르의 힘 있는 노래를 불렀다.

"아, 이건 진짜 음악이야!"

테오와 나는 동시에 외치며 스르륵 다시 주저앉았다. 하도 찌찌뽕이라 아직 친해지기 전인 영국인 볼때기를 잡아당길 뻔했다.

그 이름 모를 신선한 진짜 음악에 이어 굉장히 진보적이고 창의적인 기타 소리가 이어지더니 롤링 스톤스의 〈Paint It Black〉이 자연스럽게 연결되었다. 록 스피릿 사모님으로 인해 각성의 스위치가 켜졌는지 연주자들 눈빛이 갑자기 궁서체였다. 오오, 더구나 롤링 스톤스 저리 가라 싶은 독창적인 솔로 파트를 섞으며 훌륭하게 재해석해 내고 있었다. 비로소 자신들의 소리를 들려주는 것이었다. 사실 카페에서 듣던 마이클 볼튼이나 필 콜린스보다 롤링 스톤스가 한참 더 오래된 아티스트인데 전혀 촌스럽게 느껴지지 않았다. 결국 오래된 게 문제가 아니었던 것이다.

〈Paint It Black〉은 아시다시피 베트남전이 한창이던 시절, 그 바보 같은 전쟁에 대해 시적 상징을 가진 자책의 노랫말을 외친 전설의 명곡이다. 그리고 그 연주는 각성한 클럽의 밴드가 하고 싶은 말을 대변하는 것 같았다. 훌륭한 실력으로 외국인 관광객들 앞에서 쇼에 불과한 연주나 하는 스스로를 자책하는 느낌이었다. 그래선지 연주에 혼이 담겨 있었고, 나는 그들의 돌변에 금세 감정이 이입되었다.

클럽에선 관광객들이 비싼 술을 마시며 쇼를 즐기고, 밖에선 무거운 봇짐을 진 행상 아주머니들이 다 떨어진 신발을 신고 언덕길이 많은 달랏 시내를 지친 모습으로 걷는다. 누군가는 서양인 관광객을 위해 철 지난 로큰롤 쇼를 하고 누군가는 이곳의 약자를 도와야 한다고 나선다. 나는 그냥 음악 탐욕에 속만 시커멀 뿐이었다는 게 부끄러워 〈Paint It Black〉의 노랫말이 착착 감겼다.

아름다운 달랏에 왜 8, 90년대 팝 발라드가 흐르는지 그제야 알 것 같았다. 일부 관광업은 시끄럽게 쿵짝거리며 밀고 들어오는 서양식 로큰롤인 반면, 대다수의 소외 계층 현지인들은 구슬픈 엘레지나 호소력 짙은 발라드가 착착 감기는 중인지도 모른다. 그 음악들이 현재 그들의 정서를 대변하는 소리라면 단지 촌스럽다고만 할 게 아니었다.

다음 날부터는 카페에서 암만 옛날 팝을 들어도 이상하지 않았다. 작은 고원 도시 달랏의 순박한 사람들이 자기 듣고 싶은 음악을 듣는데, 뭐. 도대체 시대에 뒤떨어져 촌스럽다는 게 뭔가. 서구적 우월감에서 비롯된 편협한 시각이지 않았나. 아니, 좋아하는 음악을 듣겠다는데 팝 발라드면 어떻고 엘레지면 어떻고 롤링 스톤스면 어떤가.

모든 음악은 시대를 초월하는 아름다운 의미가 있음을 깨달았다. 음악은 마음을 열고 들을 때 비로소 빛나는 보석인 것이다. 음악이 비즈니스가 되는 게 세상에서 가장 촌스러운 것이다. 달랏의 음악을 잠시 촌스럽게 생각한 내 편협한 감각이 몹시 부끄러웠다.

아으,
한마디 말이
노래가 되고
시
가
되
고

김창완 밴드_내 마음에 주단을 깔고

이 에세이를 구상할 때 가장 먼저 든 생각은 '오 그럼, 산울림 얘기해야지'였다. 좋아하는 건 아끼고 있다 나중에 꺼내 먹는 성격이라 이제야 슬며시 꺼내본다.

산울림은 내 성장기를 비롯한 인생의 주요 시기를 왕창 흔들어 놓은 밴드였다. 산울림이 한창 활동할 7, 80년대엔 성장기가 아니라 꼬꼬마였고(저 생각보다 어려요), 친구들이 정신 차리고 입시 공부를 시작한 나이에 뒤늦게 산울림 음반들을 중고 레코드점에서 수집해 들으며 나만 계속 정신 못 차렸다. 음악 들으면서 하염없이 걸어 다니는 걸 좋아해 반에서 제일 힙업이 잘 돼 있던 그 소년은 산울림 음악에 홀딱 경도되면서 이렇게 외쳤던 기억이 난다.

"이 음악들은 여태 새로워!"

지나간 음악이 문득 신선하게 느껴지는 건 TV 프로그램 '무도 토토가'를 통해서 경험해본 분들이 계실 것이다. 미디어에서 화제로 삼은 엄정화 누나가 아직도 얼마나 섹시한지, 김정남 형이 아직도 얼마나 춤을 잘 추는지는 음악과 별로 상관이 없다고 생각하지만, 어쨌든 시간 속에 묻힌 한 시절의 음악을 다시 꺼내볼 때 아련한 시각이 생기는 걸 즐길 수 있었다.

그처럼 뭔가 빤한 게 지겹다고 느낄 때마다 나는 허겁지겁 산울림 음악을 찾아 들곤 한다. 그럼 내 궁둥이가 탱탱하던 시절을 추억할 수 있기 때문……은 아니고 실험적인 산울림 사운드의 여전히 신선한 생명력을 충전할 수 있기 때문이다.

드러머 김창익 아저씨가 불의의 사고로 세상을 떠나면서 사상 초유의 삼 형제 록 밴드 산울림은 더 이상 새로운 앨범을 낼 수 없게 되었지만, 리더이자 맏형인 김창완 아저씨는 김창완 밴드로 여전히 산울림 음악의 명맥을 유지하고 있다. 그동안 김창완 밴드는 동생의 허망한 죽음에 대해 '난 지게차만 보면 쫓아가서 걸어차지(〈FORKLIFT〉)' 하고 쓸쓸한 목소리로 노래했고, '내가 스무 살이었을 때 일천구백칠십 년 무렵 그날은 그날이었고 오늘은 오늘일 뿐이야(〈열두 살은 열두 살을 살고 열여섯은 열여섯을 살지〉)'라고 인생의 한시성을 담백한 톤으로 노래했고, '인생 그거 별거 아니에요 서로서로 아껴주세요 그 사람이 그 사람이에요(〈금지곡〉)'라며 교훈적인 목소리로 설파하기도 했지만 전혀 꼰대 같지 않았다. 그렇게 노래하는 동안 김창완 밴드의 연주 톤은 산울림 때와는 달리 살짝 시시할 만큼 무난해졌고, 멜로디는 가급적 단순해졌지만, 그 내용만은 점점 더 깊어져간다고 생각했다.

그리고 최근에 김창완 밴드 3집 《용서》가 나왔다. 웬 떡이냐, 새해 선물인가 하고 듣기 시작하는데 나는 첫 번째 트랙을 듣자마자 놀라야 했다.

"아니, 이 아저씨 〈내 마음에 주단을 깔고〉 또 넣었네. 너무 우려 드시는 것 아냐?"

산울림 음악에 홀딱 경도되면서

이렇게 외쳤던 기억이 난다.

"이 음악들은 여태 새로워!"

그러나 그 곡은 엄청난 실력의 국악 밴드 잠비나이와 조화를 이룬 신곡이었다. 우려낸 사골 같은 음악이 아니라 새롭고 맛 있는 퓨전 음식이었던 셈이다.

인터넷 커뮤니티가 세상에 처음 활성화되던 시절, 산울림 음악 커뮤니티가 생겼다. 이 세상에 나 말고 산울림 빠가 또 있다는 사실에 나는 경악했고, 그렇게나 많다는 점에도 충격받았던 기억이 난다. 산울림 동호회의 운영진이었던 K형의 홍대 술집에 옹기종기 모여 산울림 엘피판을 커다란 스피커로 감상하던 때의 전율은 절대 잊을 수가 없다. 혼자 이어폰으로 산울림 음악을 듣고 다닐 때와 음색의 차원이 달랐다. 또한 같은 음악을 좋아하는 사람들과의 공감대가 그렇게 찐빵처럼 따뜻하고 푹신하다는 걸 거기서 처음 알았다. 우리는 '울림교' 신도들이고 김창완 아저씨는 교주였던 시절이라, 산울림을 모르는 사람들에게 음악을 전도한 경험을 간증하는 시간까지 갖는 등 재미있게 놀았다. 채팅 방에서 산울림 퀴즈를 내고 맞히며 밤늦도록 수다를 떨기도 했다. 그렇게 팬들이 수면 위로 드러나자 활동을 중단했던 산울림 삼 형제가 다시 모여 공연을 하는 현재형 환희까지 찾아왔다. 아, 그렇지만 그땐 수험생 시절에 이어 또 내 인생의 주요 시기였다. 대학을 졸업하고 한창 진로를 개척해야 할 시기에 나는 산울림 공연을 쫓아다니며 계속 정신 못 차려야 했다.

나는 〈내 마음에 주단을 깔고〉의 긴 전주에 나오는 굉장히 사이키델릭한 기타 솔로 부분을 너무나 사랑했고, 똑같이 따라 연주해보고 싶어 죽을 뻔했다. 그렇지만 기타에 재능이 없어 정말 많은 한계에 부닥쳤다. 노력으로 돌파하는 수밖에 없었다. 친구들이 취업 이력서를 열심히 쓰고 있을 때 나는 옆에서 그 기타 솔로를 연습하고 앉아 있었다. 24시간 오픈된 내 자취방에 학교 동창들이 술을 마시러 수시로 놀러왔는데 하루는 내가 좋아하는 여자애가 끼어 있었다. 어떻게든 어필하고 싶어진 나는 연습이 덜 끝난 〈내 마음에 주단을 깔고〉를 들려주겠다며 폼을 잡았고, 전주 부분을 베이스 반주도 없이 연주하기 시작했다. 이 곡의 전주 부분은 무려 3분이 넘는다. 길고 어설퍼 듣기 괴로워진 여자애가 그 아름다운 입술로 말했다.
"오빠, 미안한데 노래는 언제 부르는 거야?"

실패였다. '그대는 아는가 이 마음, 주단을 깔아놓은 내 마음~'

지금 듣기엔 조금은 촌스럽게 느껴지는 폭발적인 고백의 노랫말을 그녀에게 전달해보지도 못했다. 꼭 산울림 때문은 아닌데 아무튼 산울림 곡을 들려주려 나는 좋아하던 여자애로부터 예능감 떨어지는 오빠로 인식된 것이었다(아, 지금 눈가의 습기는 겨울비 때문이겠지).

산울림을 원망하진 않는다. 지금도 여전히 산울림이 좋고, 그들을 통해 록 정신과 실험 정신이라는 에너지와 포크적 감수성을 내 인생에 접목시킬 수 있어 고마울 따름이다.

산울림의 노랫말처럼 지나간 시간에 머무를 수는 없으므로 최신 앨범을 조금 더 소개하고 마칠까 한다. 이 앨범에선 〈E메이저를 치면〉이 가장 좋았는데, 뭔가 그녀가 입던 초록색 점퍼가 생각난다며 계속 구시렁댄다. 일상적 말이 노래가 되는 그만의 표현력이 산울림 11집의 전설적 명곡 〈도시에 비가 내리면〉이후 오랜만이라 감탄하며 나도 기타를 잡고 따라 칠 수밖에 없었다(노랫말로 코드를 다 불러주니까 어쩌나 좋은지). 그리고 한 곡만 더 얘기하자면 〈아직은〉에선 '아직 내 가슴이 아직 내 추억이 아직 내 인생이 아직은 힘들다'고 노래하는 그의 고백에 내 막막한 인생이 고스란히 대입되어 가슴이 몽실몽실해졌다.

산울림과 김창완 아저씨의 음악은 〈내 마음에 주단을 깔고〉의 노랫말인 '아, 한마디 말이 노래가 되고 시가 되고'라는 심정을 언제나 동의하게 한다. 이젠 한마디 말뿐만이 아니라 점점 더 그의 삶이 노래가 되고 시가 되는 중이라 생각한다. 나날이 늙어가지만 기존에 해왔던 걸 답습하는 고장 난 기계가 되거나 고약한 꼰대 어른이 될 기미가 눈곱만큼도 안 보이는 김창완 아저씨.

저는 언제까지나 팬으로 남겠습니다.

그리고 혹시 독자님들 중에 산울림 음악을 잘 모르시는 분이 계신다면 1집부터 쭉 들어보시길 강력 추천합니다. 여태 신선하게 들릴 것임을 보장할게요. (그나저나 잘살고 있습니까? 울림교 광신도였던 형, 누나들.)

사막의
방광
고
비

노라조_니 팔자야

노라조의 〈니 팔자야〉를 처음 듣는 순간 떠오르는 게 있었다.
몇 년 전 용하다는 점쟁이를 만난 기억이었다. 친구 지인의 지
인의 잘 모르는 사람인데 어째선지 모든 걸 맞힌다고 했다. 나
와 우연히 같은 자리에서 술을 마시게 된 그는 범상치 않은 역
학 지식과 예지력과 직관력을 가진 것임에 틀림없는 눈빛과 기
세를 하고 내게 딱 잘라 말했다.
"오줌 마려우면 못 참지?"
나는 즉시 빵 터졌다. 실례였지만 몹시 웃겼다. 아니 오줌 마려

운데 누가 참는다고. 겨우 그런 거나 맞히면서 용하다는 건가. 그는 기분이 나빴는지 그 뒷얘기는 일체 하지 않았다.

그런 일이 있고 한참 뒤 나는 기획 프로젝트로 몽골에 여행 갔다가 그 점쟁이의 말을 새롭게 상기해야 했다. 장소는 고비사막 한복판에 있는 만년얼음의 신비한 계곡 '욜린암'이었다. 말 타고 한참 들어가 계곡 입구에 진입했을 때 나는 투어를 진행하는 몽골인 가이드에게 물었다.

"저기, 갑자기 오줌 마려운데 여기서도 자연을 이용하면 되나요?"

가이드가 즉시 정색했다.

"아니오! 절대 싸면 안 돼요. 여기서 오줌 싸면 한 달 안에 죽어요. 여긴 굉장히 신성한 장소예요."

고비사막과 몽골 초원에서 대자연이 아닌 화장실을 쓴 적이 거의 없었는데 농담인가 싶었지만 그의 표정은 사뭇 진지했다. 전날 밤 함께 보드카를 마시며 끝없는 저질 농담 레이스를 겨룰 때와는 정반대의 태도였다.

"네? 진짜 죽나요?"

"예. 여긴 산양들이 다음 세계로 가는 곳이에요. 전에 한 유럽인이 여기서 오줌 쌌다가 비행기가 추락했대요."

"어우, 저런!"

요의가 쏙 들어가는 말이었다. 그러나 그 계곡에는 빈 페트병이나 담배꽁초가 잔뜩 버려져 있었다. 저런 걸 막 버린 사람은 괜찮나 의문이 들었다. 사실 산등성이에 산양들의 실루엣 같은 바위들이 보이는 것 말고는 신성함과는 거리가 멀어 보이는 곳이었다. 그저 대자연일 뿐이고 동물들은 거기서 다 볼일 보는데 인간만 규제한다니 샤머니즘을 이해할 수 없었다. 더구나 목숨이 걸릴 정도로 중요한 사항이면 계곡에 들어오기 전에 미리 알려줬어야 하는 것 아닌가 싶었지만 나는 성인답게 참기로 했다. 그런데 앞서 소개한 그 웃긴 점쟁이의 말이 불현듯 떠오르더니 방광에 무한 반복되는 게 아닌가.

오줌 마려우면 못 참지? 오줌 마려우면 못 참지? 오줌 마려우면 못 참지?

이게 뭐야, 젠장. 나는 집요한 요의를 잊기 위해 깔끔한 도시인처럼 이어폰을 끼고 음악을 들으며 걸었다. 그런데 재생 목록에서 엘비스 코스텔로의 〈She〉가 나왔다. 아아, 왜 하필……

하필이면. 그 음악을 듣자 갑자기 요의를 참을 수 없어 미칠 것 같았다. 질질 끌 문제가 아니었다. 평소에 안 그랬는데 어쩌다 이런 일을 그때그때 해결하지 않으면 곤란한 사람이 된 건지 알 수 없었다. 이유야 모르겠고, 가이드를 따라 계곡 안쪽까지 들어가는 동안 나는 방광이 찢어질 것 같은 고통에 시달렸다. 그리고 정신이 혼미한 상태로 계곡을 건너다 발을 헛디뎌 얼음처럼 차가운 물에 빠져버렸다.

"세상에, 발 시리죠? 말리고 천천히 오세요. 얼음 계곡은 저 모퉁이 끝에 있어요. 우린 거기서 기다릴게요."

가이드가 말했다. 감각이 없을 만큼 발이 시렸다. 일행들이 내 시야에서 사라지자 나는 신발을 벗고 양말을 말렸다. 그런데 구조적으로 매우 적절해 보이는 구석진 바위틈이 보이는 게 아닌가. 싸야 했다. 아아, 나는 미안하지만 거기서 문제를 해결하기로 결심했다. '죄송합니다. 부디 한 번만 자비를, 신성한 곳에서 바지에 싼 다음 울고불고 할 수는 없잖아요' 하고 뇌까리며 청바지 단추를 풀었다.

"아아, 쌀 것 같았는데 이제야 살 것 같아."

그런 안 웃긴 언어유희가 바로 생각날 만큼 당장 고통으로부

100
—
101

이게 뭐야, 젠장. 나는 이어폰을 끼고 음악을 들으며 걸었다.
그런데 재생 목록에서 엘비스 코스텔로의 〈She〉가 나왔다.

아아, 왜 하필…… 하필이면.

터 해방되었다. 정상의 인격으로 돌아온 나는 흔적을 남긴 자리에 대한 문명인으로서의 수치심에 손 바가지로 계곡물을 떠다 몇 번이고 바위틈을 씻어냈다. 손 시려 죽는 줄 알았다. 아, 그런데 그 계곡에선 신기하게도 젖은 양말이 금방 말랐다. 내가 볼일을 본 자리도 몇 분 만에 흔적도 없이 말짱해져 있었다. 그런 곳에서 계곡물이 어떻게 안 마르나 놀라울 지경이었다. 몹시 건조한 곳이거나 몹시 신비한 곳임에 틀림없었다. 그런 거룩한 곳에서 일을 저질렀으니 가이드가 말한 죽음이라는 단어가 머릿속에 뚜렷이 명멸했다.

"흥, 사람은 언젠가는 죽는데, 뭘." 그런 혼잣말로 무서움을 떨치려 애쓰는 수밖에 없었다.

그날 밤 저주가 현실이 되기 시작했다. 게르에서 곤충의 습격을 받은 거였다. 자다가 느낌이 이상해 깨보니 게르 안에 새카맣게 나방 떼가 날아들어 있었다. 나방들은 날갯짓으로 하나같이 나를 힐난하는 것 같았다. 끝없는 초원 어디서 이렇게 많은 나방이 날아왔을까. 진짜 욜린암의 저주인 걸까. 내겐 바퀴벌레 다음으로 끔찍한 게 나방인데 혼비백산해 게르 문을 열고 달아났다. 어쩐지 나무 문짝이 푹신하다고 생각했는데 거기 나방이 빽빽하게 달라붙어 있어 그런 거였다. 으아아아, 손을 털며 캄캄한 어둠 속으로 뛰다 나는 내 발에 걸려 자빠졌다. 얼굴을 보호하기 위해 본능적으로 손을 짚었는데 앞에 뭔가 있는 것 같았다. 라이터를 켜보니 끝이 뾰족한 원뿔이었다. 손을 짚지 않았다면 내가 뛴 속력의 관성과 자빠지는 중력을 합친 힘으로 뿔에 미간을 폭 찔렸을 것이었다. 어째서 사막에 이런 게 세워져 있지? 왜 하필 거기서 자빠졌지? 신기하고 무서워 머리카락이 쭈뼛거렸다. 저주 때문인지, 나방 가루 때문인지, 얼굴을 찔릴 뻔했기 때문인지, 다음 날 나는 눈에 커다란 다래끼가 생겨버렸고 한쪽 눈을 뜨지도 못하고 눈퉁이 반탱이 상태로 남은 일정을 여행해야 했다. 아무래도 내가 제어할 수 없는 신비한 일이 내게 일어나는 중인 것만 같았다.

사실 금지된 곳에서의 방뇨라는 중대 잘못을 저질렀으니 고난을 당하며 죽더라도 억울하진 않을 것 같았다. 다만 겁에 질려 죽고 싶지는 않았다. 무서움을 극복할 게 필요했다. 내게 그런 도움을 줄 건 역시 음악뿐이었다. 가져간 음악은 몇 곡 되지 않았는데 그중에서 엘비스 코스텔로의 〈She〉를 들으면 자꾸 오줌 마려운 증상이 반복되었고 '쉬~' 할 때마다 웃겨서 죽음이

나 저주의 공포가 신경 쓰이지 않았다. 웃겨도 꼭 일차원적으로 방광이나 방귀 같은 걸로 웃기는 내 팔자가 한숨 섞인 쓴웃음을 짓게 했다. 내가 웃긴 걸 너무 좋아한 나머지, 웃을 때 방광에 자꾸 힘이 들어가서 용적량이 계속 작아지나 추론해보기도 했다. 그리고 그런 말도 안 되는 생각을 할 만큼 내가 죽음을 두려워한다는 게 더욱 웃겼다.

……아아, 어쨌든 그로부터 3년이 지났다. 이렇게 글을 쓰는 걸 보면 아직 안 죽었지만 그때를 생각하는 지금도 마음 한쪽이 불편하고 서늘해지며, 남의 나라 신성한 장소에 볼일을 본 게 죄송스럽다. 내가 차가운 계곡물을 퍼서 뒤처리를 잘했기 때문에 영험한 율린암이 딱 한 번 봐준 건지도 모르겠지만.

아무튼 엘비스 코스텔로의 감미로운 음악이 그 일 때문에 자꾸 웃게 들리는 게 안타까울 뿐이다. 그래서 이번에는 엘비스 코스텔로가 아니고 뮤직비디오로 우리를 충격과 공포에 빠트려버린 '노라조' 얘기다.

〈니 팔자야〉의 뮤직비디오를 본 사람은 알겠지만 도대체 이게 뭐야? 하는 감정에서 출발해, 약 빨았나? 드디어 미친 건가? 등등으로 감정이 흐르는 걸 느낄 수 있다. 그러나 나 같은 노라조 광팬은 급기야 이 음악을 무한 반복하며 즐길 수 있었다.

노라조는 그동안 내 삶을 웃기고 울린 음악들을 만들어왔다. 인생살이가 힘들다고 느낄 때 〈형〉을 들으면 매번 눈물이 찔끔 났고, 〈Rock Star〉를 들으면 눈물이 펑펑 났고, 〈슈퍼맨〉 〈고등어〉 등 그들 특유의 기괴하고 유쾌하며 록 정신 가득한 전위적인 히트곡을 들을 때마다 속이 시원했으며, 가장 좋아하는 곡인 〈포장마차〉를 포장마차에서 들으며 빚더미에 앉은 나를 달래곤 했다. 그들이 베토벤의 〈운명〉 교향곡을 샘플링한 이번 신곡은 내게 과연 용한 점쟁이처럼 말한다.

가슴 쫙 피고 어깨 쫙 피고 완전 쫙 피는 인생
이것이 바로 니 팔자야 (아 대박 아 대박 아 대박)
…… 걱정은 개나 줘

'오줌 마려우면 못 참지?'에 비하면, 아아 이 얼마나 아름다운 예언이란 말인가! 내가 노라조의 팬인 건 팔자인가 보다. 음악만으로도 너무 좋은데 가공할 뮤직비디오 또한 훌륭한 전위예술을 만끽할 수 있게 해줬다. 얼마나 황홀한 보너스란 말인가

(최면에 걸린 건지도 모르겠지만). 노라조가 나날이 '똘끼'를 더해가며 존재감을 자랑할수록 대중음악의 천편일률에 대한 실망을 잊을 수 있어 나는 노라조가 너무 너무 너무 좋다.

그러고 보니 노라조 음악을 전부 챙긴 다음 쫙 펼쳐진 몽골 초원에 다시 한 번 가고 싶다. 내 잘못을 눈감아준 욜린암에 감사 인사도 할 겸. 빌어먹을 기저귀도 꼭 챙기고.

에너지를 촉진하는
노
동
요

메탈리카_Whiskey In The Jar

최근에 이사를 때렸다. 굉장히 저렴한 반면 굉장히 상태가 안
좋은 집을 구했다. 싸고 훌륭한 집이란 이 세상에 존재할 수가
없나 보다. 이사할 때마다 그랬듯, 이번에도 싸고 엉망인 집을
리폼해서 잘 버텨보기로 했다.

이삿짐을 올린 직후부터 나는 정리할 겨를도 없이 집을 꾸며
나갔다. 사람을 쓰면 돈이 드니까 페인트 몇 통 사서 시작한
셀프 인테리어 작업이었다. 친구들이 인테리어로 밥벌이를 하
지만 그들도 먹고살기 빡세 아무 소용이 없었다. 내가 암만 작

가라도 친구들이 홍보 문구를 부탁했을 때 마감에 쫓겨 도움이 안 됐던 것과 마찬가지로.

서울 접근성을 과감히 포기하고 집을 원룸에서 투룸으로 바꿨더니 넓어서 문제였다. 공사 기간이 질질 끌렸다. 이사 오기 전에 쓰던 글을 공사 끝나고 다시 쓰고 있으니 2주를 잡아먹힌 셈이다. 더구나 집이 워낙 낡아서 손볼 곳이 많았다. 내 경험치와 기술은 터무니없이 부족했고 재료나 장비를 살 돈은 그보다 더 엽기적으로 부족했지만, 핑크색이 난무하는 공간에 남자 혼자 살기는 너무 민망해 어떻게든 해내야 했다.

일하면서 나는 내내 중얼거렸다. 17년밖에 안 된 빌라가 어떻게 이만큼 낡을 수 있지? 더구나 전에 살던 사람은 얼마나 삶이 각박했거나 방만했던 것인가? 구석구석에서 화가 치밀었다. 하지만 나는 내 17년 전 과거를 떠올렸다. 집을 탓할 게 아니었다. 17년 전의 팽팽하고 총명하던 나에 비해 지금의 나는 대단히 각박하고 방만한 상태다(특히 피부가 그렇다). 그땐 열 번 웃기려고 하면 세 번 이상 성공했는데 지금은 한 번도 웃기기 힘든 사람이 되어버린 것이다. 그토록 형편없는 몰락이 어디 있다고 집이 좀 낡아버린 걸 탓하겠어.

나는 곰팡이에 점령당한 베란다를 탈환하고, 미친 핑크색 문을 화이트로 칠하고, 때가 덕지덕지 탄 벽을 페인트로 지워나가며 지난 17년 늙어간 내 나이를 덮고 싶다는 심정을 대입했다. 하지만 그런 어설픈 동기 가지고는 빡센 노동을 견딜 당위성과 에너지가 쉽게 부여되지 않았다. 그래서 쉽게 지쳤고, 포기하고 싶었다.

아니 무슨 내 집도 아닌 월셋집을 꾸미고 앉았지? 기술이나 감각 없이 일하다 보니 예뻐지지도 않자 회의감이 들었다. 적어도 쪽팔리지 않는 공간에 살아야 하지 않겠는가, 하는 명제가 나를 채찍질했지만 작업 속도는 더뎠다.

결국 썩어서 뒤틀린 문짝을 아귀가 안 맞아 끝내 못 달고 주저앉아 버렸을 때, 아 내 한계는 여기까지인가, 느끼는 절망적인 순간이 왔다. 그때였다. 나는 음악이라는 영롱한 단어를 떠올렸다.

내가 왜 빙다리처럼 침묵 속에서 일했지? 음악이 노동 에너지를 뻥튀기 시켜주는 걸 잘 알면서 깜빡했다. 그냥 걸을 때보다 음악을 들을 때 좀 더 오래 걸을 수 있지 않은가. 음악은 언제나 무언가를 견디게 해주지 않았던가.

문제는 선곡이었다. 자, 어떤 음악이 일할 때 듣기 좋을까 고르다 음악을 너무 기능적으로 이용하려는 게 미안해 우선 최근의 플레이 리스트를 틀어놓고 작업했다. 그런데 요즘 좀 조용하고 차분한 음악들만 좋아해서 그런지 작업 속도가 안 났다. 일이고 나발이고 차 마시면서 쉬고 싶어지기만 했다. 인테리어 노가다는 크리스 가르노나 다니엘라 안드레아의 감미로운 목소리와 어울리지 않는 법이었다. 그렇다면 리듬감 있는 곡을 듣자룽 싶어 좋아하는 2NE1을 틀어보았다. 그제야 작업 속도가 났다. 2NE1의 좋아하는 곡을 모두 듣자 방 하나를 말끔하게 칠할 수 있었다.

좋았는데 곧 한계가 왔다. 하루하루 공사만 하며 대충 먹고 쓰러져 자는 일과를 반복하다 보니 점점 체력이 떨어지고 몸살기가 오는 것이었다. 그래도 다 끝내고 앓아야 하지 않겠니? 몸을 다독였지만 몸은 자꾸만 아오 더 이상 못 해, 배 째 하고 시위했다. 어릴 때의 무구한 체력이 그리웠다. 동시에 어릴 때 미친 듯 듣던 시끄러운 음악이 확 땡겼다. 지금 다시 들으면 힘과 스피드만 내세우거나, 애네들은 왜 이렇게 부산스럽고 화가 나 있지? 하는 느낌이 드는 헤비메탈 넘버들이었다. 그러나 피로를 물리치고 체력을 뻥튀기해 줄 음악으로 딱 적절할 것 같았다.

그렇게 헤비메탈의 제왕 메탈리카의 플레이 리스트를 틀어놨더니 신기한 일이 벌어졌다. 이건 뭐 몸이 뿌아아 살아나면서 작업 속도가 엄청나게 올라가는 것이었다. 젖 먹던 힘이 아니라 메탈리카 듣던 팬심이 다시 넘치는지 근력이 팽팽해졌다. 페인트칠이 마르길 기다리는 동안 쉬기는커녕 헤드뱅잉을 하고 슬램댄스를 출 정도였다. 물리적인 에너지 법칙이 뭔지 몰라도 무언가를 무구하게 좋아했던 심정적 에너지가 몸을 활발히 움직이도록 만드는 게 틀림없었다.

힘 있고 시끄러운 곡이 요즘의 트렌드는 아니지만 메탈리카의 빠워풀한 음악을 노동요로 삼은 초강수 끝에 나는 끝내 일을 끝내버렸다.

그때 듣던 곡 중에서 〈Whiskey In The Jar〉가 최고였다. 슬슬 늙어버릴 줄 알았던 메탈리카가 1998년에 낸 앨범에 수록된

곡이다. 내가 이사 온 집 준공 연도와 같다. 그들은 젊었을 때
만큼의 에너지와 광기와 시끄러움이 건재함을 증명했다. 헤
비메탈의 인기가 시들해진 시대에도 여전히 힘 있는 모습을
꾸준히 보여준 것이었다. 바로 그 점에 막강한 에너지가 숨
어 있었다.

원곡인 아일랜드 민요를 신 리지가 록 넘버로 커버했고 그걸
다시 리메이크한 곡인데, 뮤직비디오는 그들이 어떤 하우스
파티에서 연주를 하며 집 하나를 작살내는 내용이다. 그런 파
괴적인 뮤직비디오를 보면서 집을 꾸미고 있다는 아이러니가
재미있었다.

파괴와 일탈의 욕구는 재건과 복귀에 대한 열정과 비슷한 것일
까. 만약 또 셀프 인테리어를 해야 한다면 우아한 음악보다는
가장 개판이고 폭발적인 음악들의 리스트부터 먼저 만들기로
결심했다.

아무튼 집은 꽤 아름다워졌다. SNS에 사진을 올렸더니 친구들
이 놀라워했다. 별로 감각적이진 않지만 온통 싸구려 일색이었
던 노동력, 페인트, 도구, 기술, 감각, 조명 기구 등등으로 지낼
만한 집을 만든 건 순전히 메탈리카 형님들 덕분이다.

베를린에서의
성급한
반
항
심

람슈타인_Du Hast

여러 나라 출신의 남자들이 회담을 나누는 TV 프로그램을 보다 독일인 대표 다니엘 린데만이 미남 투표 1위를 차지하는 장면을 보았다. 점잖고 안 웃고 이지적인 그는 내가 겪은 전형적 독일인 이미지와 달라 생소했다. 화끈한 마초 이미지가 독일에 대한 내 고정관념이었다. 나는 괴리감을 느껴 한때 독일을 대표하던 인더스트리얼 헤비메탈 밴드 람슈타인의 음악을 오랜만에 찾아 들었다. 그러고 보니 10년 전 독일을 여행할 때 끼고 다닌 아티스트였다.

그때 나는 베를린 중앙역에 내리자마자 아름다운 미술관과 박물관을 섭렵하기 위한 기대에 부풀었고, 안내 부스를 찾아가는 길이었다. 그런데 어느 모퉁이에서 딱 스킨헤드 양아치 셋을 만났다. 눈빛에 장난기가 없으며 스터드 박힌 가죽옷을 입고 있었다. 아마도 지나가는 외국인을 위협하는 게 하루 일과인 네오나치 애들로 보였지만 차림새가 너무 전형적이라 오히려 장난 같았다. 게다가 헤비메탈을 좋아하게 생긴 친구들이라 나로선 친근감마저 느꼈다. 내가 입은 '헬로윈HELLOWEEN' 티셔츠를 알아봐주길 내심 기대하기도 했다. 그때 양아치들이 화난 얼굴로 소리쳤다.

"어이, 거기 잘생긴 자식, 당장 너희 나라로 안 꺼질래!"

독일어를 잘 모르지만 아마도 그런 말이었을 것이다. 내 뒤엔 아무도 없었다. 분명 나한테 하는 말이고, 욕인 것 같았다. 내가 잘생긴 건 어떻게 알았을까. 그런데 어쩐지 찰지지가 않았다. 듣는 순간 모욕감을 느낀다거나 기분이 나빠지지 않았다. 독일어 딕션은 아무 말이나 해도 욕처럼 들릴 수 있어 매우 유리한 고지에 있는데 참 실망스러웠다. 형이 소싯적에 욕 좀 하고 다닐 때 쓰던 18단 콤보 기술을 전수해주고 싶을 정도였다.

하지만 그런 말을 진짜 하려던 건 아니었는데 나는 가는 길을 멈추고 말았던 것이다. 그러자 빡빡머리 세 녀석의 눈빛이 독일제 카메라 렌즈처럼 번뜩였고 초점이 내게 맞춰졌다.

"&Affe@! X#Hundesohn*#!Mistkerl@$%!!!"

오, 그건 맹견 짖는 소리와 흡사했으며 섬찟한 찰기가 있었다. 모르는 독일어 단어들이었지만 딱 들어도 뉘앙스가 쌍욕이었다. 이야, 욕이 수준급이네, 하려는데 하필 걔네들은 역광으로 서 있었다. 나는 눈이 부셔 찡그리고 말았다. 그러고 보니 놈들을 노려본 셈이 되었다.

내 반응을 응전으로 간주한 그들은 벌떡 일어나더니 나를 향해 달려왔다. 아차, 빌어먹을! 양아치들한테 시선을 마주치며 인상을 써버렸어. 엿 됐다. 어떡하지.

어떡하긴, 닥치고 쨌다. 10년 전이라 젊고 잘생겼을 때니까 내 얼굴을 지켜야 했다. 사실 외국에서 현지인 양아치들이 시비 걸면 뭐라고 지랄하든 생까고 피하는 게 상책이다.

긴 배낭여행에 지쳐 있었고, 등에 멘 짐은 무거웠지만 나는 꽤 빨리 달렸다. 아마도 100미터 달리기 개인 기록인 16초는 넉넉히 깼을 것이다. 뒤도 안 돌아보고 달리다 정신을 차려보니 나는 어느 패스트푸드 가게 안에 피신해 있었다. 다행히 녀석들은 더 이상 나를 쫓아오지 않았다. 어느 나라를 가든 독일인 여행자들과는 쉽게 친구가 되고 꽤나 유쾌한 캐릭터도 많이 만났는데, 본토에서의 이미지가 확 나빠져버렸다. 자리에 앉아 햄버거를 처묵하는 사람들도 남녀를 불문하고 음식이 몹시 맛없거나, 삶은 너 따위가 즐길 수 없을 정도로 엄숙한 것이라는 표정을 한 사람이 대부분이었다.

갑자기 뜀박질을 해서인지 강력한 시장기가 밀려왔다. 다른 식당을 찾기엔 발도 아프고, 피신처가 되어준 게 고마워서라도 별로 좋아하지 않는 햄버거를 먹어야 했다. 함부르크도 아니고 베를린에서 하필 햄버거라니. 한데 메뉴 중에 'Kinder'라는 게 있었는데 꽤 저렴했다. 나는 가격이 더 친절한 메뉴인가 보다 하고 주문했다. 그러자 주문받는 직원이 나를 이상하게 쳐다봤다. 잘생긴 동양인 처음 보나요, 생각했는데 나온 음식을 보니 어린이용 메뉴였다. 아아, 부끄러워서 음식을 받아 갈 때 '냠냠 맛있게땅' 하고 어린이인 척했는데 하고 보니 그게 더 부끄러웠다. 떡대 좋은 직원이 고개를 살짝 꺾으며 나를 딱하다는 듯 바라보던 눈빛을 잊을 수가 없다.

양 적고 쪽팔린 햄버거를 먹는 동안 내 표정도 독일인들처럼 딱딱해졌다. 애들이 먹다간 당장 뱉고 울어버릴 것 같은 맛이었다. 제기랄. 나는 가슴이 비딱해지기 시작했다. 쫓기듯 사는 게 싫어 배낭여행을 와서 양아치들에게 쫓기고, 미국식 패스트푸드로 쫓기듯 끼니를 때우는데 맛대가리 없고 이러기야.

그런데 그 햄버거 가게 안에는 람슈타인의 〈Du Hast〉가 깔려 있었다. 성질 급한 사람이 듣기 좋게 쿵쿵거리는 비트에다 게르만족 마초같이 짧고 굵게 외치는 노랫말 톤이 내 반항심을 일깨웠다. 그것은 마치 독일 친구 람슈타인이 내게 보내는 격려 같았다.

가사를 알아들을 수 없었지만 특히 중간에 "나인Nein!" 하고 두 번이나 외치는 부분은 내가 아는 독일어였다. 영어론 NO, 한국말론 아니 아니. 그 낱말은 곧 베를린에 대한 내 견해가 되었다. 나는 이렇게 중얼거렸던 것 같다. 그때 한국의 유행어였다.

"를린 언니, 저 맘에 안 들죠?"

잔뜩 기대했던 베를린 미술관들의 현란한 컬렉션도 흥미롭지 않았다. 베를린이 나를 싫어한다는 느낌이 들어버린 데다 일정대로 움직여야 한다는 의무감도 싫었다. 베를린에서 꼭 봐야

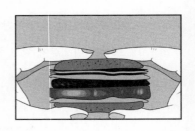

나는 가격이 더 친절한 메뉴인가
보다 하고 주문했다.

아아, 부끄러워서 음식을 받아 갈 때
'냠냠 맛있게땅' 하고
어린이인 척했는데 그게 더 부끄러웠다.

할 것들을 본다는 게 배낭여행자들이 쫓기듯 치러야 하는 전형적인 숙제처럼 느껴졌다. 가슴속엔 오랜 여행으로 지친 피로감과 혼자 여행하는 쓸쓸함과 공허함이 스멀스멀 자리를 폈다. 그쯤 되자 베를린에 더 머물 기분이 아니었다. 숙소를 예약한 것도 아니니 여행에 대해 반항심을 부릴 찬스였다.

내가 가진 유레일패스는 날짜별 플렉시블이라 하루에 몇 번을 타든 상관이 없었다. 나는 꽤 반항적인 심정으로 뮌헨행 기차에 올라버렸다. 햄버거 하나 먹고 베를린을 떠나긴 아까웠지만 반항심이 그보다 컸다. 첫인상에 빈정 상한 것이다. 처음부터 생양아치들을 만난 건 단순히 운이 나빴던 거지만 어린이 메뉴를 먹어선지 애처럼 베를린 탓을 하고 싶었다. 기차가 베를린을 떠나 미끄러지기 시작할 때 나는 〈Du Hast〉를 귀에 꽂았다. 강력한 비트가 내 반항심과 연동하자 위로받는 것 같아 다시 기분이 좋아졌다.

이 글을 쓰며 람슈타인의 〈Du Hast〉를 다시 듣는 지금은 기분이 좋지 않다. 이 음악은 내재된 반항심을 발화시키는 데 탁월한 명곡인가 보다. 이번엔 나 자신에 대한 반항심이 터졌다. 아니 이봐, 유럽에 자주 갈 수 있는 인생도 아니고, 베를린에 어마어마한 컬렉션과 즐길 문화가 얼마나 많은데 그걸 다 무시하고 떠났단 말이냐. 양아치에 쫄고, 애들 거 먹고 쪽팔려서 '너랑 안 놀앙'을 시전하다니. 어린애 바보 똥구멍 같은 짓이었다. 후회스럽다.

지금은 양아치들을 또 만나더라도 베를린에 다시 가보고 싶어 죽겠다. 반항심이란 부조리와 불의를 지나칠 수 없을 때나, 지루한 반복을 탈피하고 싶을 때 좋은 효과가 있지만 그냥 삐친 놈한테는 아무 의미가 없는 것이었다.

독일어 사전을 찾아보니 〈Du Hast〉의 뜻은 이랬다. Du-, 너, 자네. Hast-, 조급, 성급.

이럴 수가. 'hast'는 영어의 'have'에 해당하는 단어로 쓰이는 것 같은데 모르겠고, 람슈타인은 내 반항심을 부추기는 게 아니라 경고하고 있었던 것이다.

"이봐, 자네 성급해."

공항 하면
딱 떠오르는
노
래

거북이_비행기

최근에 알바를 구했다. 인천공항에서 승객들의 위탁 수화물을 비행기에 싣고 내리는 일이다. 퇴근하고 이 글을 쓰는데 오타가 많이 난다. 무거운 짐을 하도 들어선지 손가락이 비실거린다. 나는 소설가로서 참 아이러니한 인생을 사는 것 같다. 건축 설계를 하듯 짜임새 있게 구상하고 유려하게 시공하는 게 소설가의 특기 아닌가. 근데 내 생계에 대해선 한 번도 꼼꼼히 구상해본 적 없는 것이다. 설마 굶어 죽진 않을걸? 하며 안일하고 무모하게 달려왔다.

그랬더니 글을 쓰기 위한 최소한의 밥벌이를 육체노동 알바로 투닥투닥 때우는 신세다.

바보라고 자랑하려는 것 같지만 아니다. 당분간 월급을 타서 월세를 낼 수 있게 되었으니 영 바보는 아니지 않는가. 후훗. 심지어 비행기를 남달리 좋아해 이번 일이 꽤 흥미롭다. 비행기란 사람이나 화물을 하늘 위로 날려 보내주는 과학과 예술의 하이브리드 아니겠는가. 절정의 과학으로 인간의 한계를 공중에 날려 보내는 매끈하게 잘빠진 물체인 것이다. 인천공항에 매일 간다는 것도 신나는 일이다. 게다가 보수적인 한국 사회에서 장발족인 나를 채용해줘 신기하기도 했다. 나는 머리카락이 짧으면 글이 안 써지는 특징이 있는데(삼손이여, 뭐여) 참 잘됐다. 유니폼도 지급해줘서 오늘은 무슨 패션 콘셉트로 출근할까 고민하지 않는 점은 보너스.

그러나 막상 일 해보니 외모 스타일을 안 따진 이유를 알 수 있었다. 천장 낮은 비행기 화물칸에 들어가 허리도 못 편 채 짐가방과 뒹굴어야 하는 것이다. 화물칸은 당신이 누구든, 어떻게 살아왔든, 어떤 형편이든 간에 닥치고 거지꼴로 만들어버린다. 무거운 가방이 쓰러질 때 정강이가 벗겨지기도 하고 무너지는 가방 더미에 갈비뼈 어택을 당하기도 하고 무릎, 손목, 팔꿈치, 어깨, 허리가 동시에 나한테 왜 이러냐며 난리가 난다. 아무튼 대부분의 사람들은 생계를 위해 고생스럽게 일하니까 노동 얘기는 이쯤 해두고 음악 얘기를 해야겠다. (뚜둥)

비행기 하면 어떤 음악이 떠오르는가? 나는 일단 이거다.

    떴다 떴다 비행기 날아라 날아라
    높이높이 날아라 우리 비행기

외국 곡에 한글 가사를 입힌 아동문학가 윤석중 님의 곡이다. 하늘로 대차게 이륙하는 비행기를 보며 이 노래를 부르면 동심의 찌질이 시절이 그립다. 제트엔진과 날개의 양력으로 날아가는 비행기에게 날아라 날아라 하면 뭘 하며, 고도 35,000피트까지 쭉쭉 알아서 올라갈 것을 높이높이 날라고 하는 건 의미가 없지만, 물체에 감정을 이입하는 순진한 동심이 오랜만에 그리워지는 거다. 그냥 일이 너무 힘들어서 그런가.

생계를 위한 노동에 지쳐

몸도 마음도 바닥에 질질 끌릴 때.

거북이
비행기 타고가~요

사실 이 국민 동요를 소재로 종이비행기 날리던 꼬꼬마 시절의 추억을 똥꼬발랄하게 떠들고 싶었다. 그러나 그동안 질 낮은 개그로 점철된 일기만 써재낀 주제에 떴다 떴다 비행기 가지고 어린 시절 코 묻은 애기를 꺼낼 체면이 없었다.

그래서 얼른 다른 음악을 생각했다. 출근길에 마이 앤트 메리의 〈공항 가는 길〉, 줄리 런던의 〈Fly Me To The Moon〉, 헬로윈의 〈Eagle Fly Free〉, 켄트의 〈747〉 그리고 뜬금없이 저니의 〈Open Arms〉 등등을 자주 듣는데, 뭔가 비행기랑 연결될 것 같으면서도 접점을 찾기 애매한 음악들이었다.

그렇지만 너무나도 완벽하게 '비행기'라는 제목을 가진 곡을 깜빡하고 있었으니 그 곡이 바로 거북이의 〈비행기〉다. 나로선 라디오에서 우연히 나올 때마다 음량을 잔뜩 높이게 되는 곡이다.

남자 하나 여자 둘의 혼성 그룹 거북이의 음악은 딱 인생 친화적이다. 멋 부리고 끼 부리거나 전형적인 음악을 하기보단 독특하게 친밀한 매력을 추구했다. 뽕짝 같은 리듬에 힙합과 발랄한 랩과 단조의 음색이 섞여 있는 그들의 음악은 경쾌하면서도 어딘지 슬픈 쪽을 건드리는 희한한 스타일이다. 그럼에도 무엇보다 쉽게 접근할 수 있는 그들만의 친밀성이 있다. 들으면 일단 신나는데 싸구려 유흥을 북돋우기만 하는 게 아니라 삶의 국면들을 순수하게 사유한 노랫말에서 페이소스를 느낄 수 있기 때문일 거다. 페이소스에 재미를 뭉칠 줄 아는 그들의 표현력을 나는 좋아한다. 찰리 채플린도 그래서 존경하지.

나는 〈빙고〉〈싱랄라〉〈사계〉 등을 자주 듣는다. 봄엔 버스커버스커, 여름엔 비치 보이스를 듣는 것처럼 쓸쓸할 땐 단연 거북이다. 과연 언제 다시 들어도 촌스러운 위화감 없이 훌륭한 음악을 해냈다. 거북이의 음악은 질긴 생명력을 가졌지만, 대부분의 히트곡을 작사 작곡하고 프로듀싱한 터틀맨 임성훈 씨는 어느 잔인한 4월에 먼 곳으로 떠났다. 4월이 몹시 미울 정도로 안타까운 죽음이었다.

가장 좋아하는 곡인 〈비행기〉는 어딘가로 떠나고 싶고, 비행기 타고 가는 먼 나라면 더 좋겠다는 역마살을 콱콱 쑤시는 음악이다. 생계를 위한 노동에 지쳐 몸도 마음도 바닥에 질질 끌릴 때, 이 음악을 듣거나 부르면 금방 화색이 돌곤 한다. 특히 이런 가사에 그 능력이 백분 숨어 있다.

 파란 하늘 위로 훨훨 날아가겠죠

    어려서 꿈꾸었던 비행기 타고
    ……비행기를 타고 가던 너 따라가고 싶어 울었던
    철없을 적 내 기억 속에 비행기 타고 가요

공항에서 승객들이 비행기에 타는 동안 지상에선 짐 가방을 부지런히 실어주고 물을 채워주고 정비사들이 기체를 점검한다. 기내식 트럭과 급유 트럭이 다녀가면 출발 준비가 끝난다. 힘센 토잉카가 활주로 쪽으로 후진시켜 준 다음에 비행기가 자기 힘으로 미끄러지기 시작하면, 지상조업자들은 안전지대에 나란히 서서 손을 흔들며 배웅한다. 우린 서로 모르는 사이지만 손을 마주 흔드는 승객들을 볼 때마다 어쩐지 콧등이 시큰해진다. 기차역 같고, 항구 같고, 바래다준 연인의 창문 같아서 그런가.

거북이의 〈비행기〉를 들으면서도 비슷한 기분을 느낀다. 먼 곳으로 떠난 터틀맨이 그곳에서 행복하길 빌며 헤드폰을 낀 채 또 한참 손을 흔들어본다. 가슴이 시큰하다. 부디 파란 하늘 위에서 높이높이 날아라, 우리 터틀 형.

지하에서
우
주
로

비틀즈_Across The Universe

동굴 같은 집으로 이사했다(그렇다, 또 이사했다). 로큰롤을 듣기 딱 좋은 반지하다. 거실에만 조그만 창이 달랑 한 개 있고 방에는 창문 비슷한 것도 없다. 실내는 습도가 높으며 초여름 날씨에도 서늘한 냉기가 감돈다. 지금도 얇은 패딩을 입고 따뜻한 차를 마시며 이 글을 쓴다.

그렇지만 문을 닫으면 음악을 미친 볼륨으로 들어도 상관없고 바깥의 어떠한 개소리도 스며들지 않는다. 흡사 방음 부스에 가까울 정도로 고요한 공간이다. 더구나 상가 건물이라 밤엔

이 건물에 달랑 나 혼자만 남는다. 내가 지랄발광을 떨어도 남에게 피해를 줄까 봐 걱정 안 해도 되는 곳이다. 지하 아니랄까봐 냄새가 퀴퀴하긴 하지만 요런 소음 독립 구역을 가지는 게 내 오랜 로망이었다. 달팽이관에 앰프가 달렸는지 유독 소리에 민감한 나로선 방음 부스를 참 갖고 싶었다. 한데 돈은 한 푼도 없어서 그동안 하느님께 싹싹 빌기만 했다.

"제발 돈 좀 벌게 해주세요. 방음 부스는 개비싸다구요."

그러나 기복 신앙이 극혐인지 신은 내 기도를 번번이 생까셨다. 이사 전 낡은 빌라에 살 땐 집에서 음악 볼륨을 자꾸 줄이고, 주로 활동하는 새벽 시간엔 답답한 헤드폰을 끼고, 내가 쓰는 기계식 키보드의 우렁찬 딸깍거림이 옆집에 피해 주지 않길 노심초사할 정도로 방음이 안 됐다. 그런데 윗집에선 뒤꿈치로 바닥을 찍으며 걷는데 박자가 안 맞고, 창밖에선 주정뱅이들이 노래를 부르는데 음정이 안 맞고, 집 앞 슈퍼마켓의 대형 냉장고 실외기는 고주파 음으로 뇌파를 교란해서 눈의 초점이 안 맞고, 이틀이 멀다 하고 악쓰며 욕하는 소리가 날아들어 심리적 평온을 찢어발겨 놓기 일쑤였다.

결정적으로 앞집에 목소리 크면 장땡인 줄 아는 또라이가 사는 데 잠 좀 자게 조용히 해달라고 했더니, 지랄 말라고 도리어 큰 소리치는 게 아닌가. 그래서 경찰에 신고했다가 오히려 내가 타깃이 되어버려 몹시 피곤했다. 좋은 음악을 듣고 살기에도 바쁜 귀로 적반하장의 쌍욕을 듣다 보니 글을 쓸 수가 없어 두 달 만에 이사를 결심할 수밖에 없었다.

그럼에도 나는 깊은 산속의 절간에 들어가 글을 써재낄 스타일이 못 된다. 도시에서 돈도 벌어야 하고 치킨에 맥주도 사 먹어야 한다. 예전에 홍대 앞의 방음 설비가 잘된 24시간 개인 연습실을 빌려서 장편소설을 두 편이나 완성한 적이 있었다. 그것은 내게 아름다운 대안이 될 것 같았는데 문제는 집 월세에 작업실 월세까지 내다 보면 치맥은 고사하고 쌀 살 돈도 떨어진다는 점이었다. 그런데 지하이긴 해도 월세 20에 주거와 방음 부스가 합쳐진 공간에 살게 되었으니 오호, 과연 신은 존재하는 것 아닌가 싶기도 하다.

서론이 길었고(죄송합니다::) 이번 곡을 소개하자면 바로 비틀즈의 〈Across The Universe〉 되겠다. 횡단보도도 아니고, 대서

양도 아니고, 우주를 가로지른다니 어우 스케일 좀 보십쇼. 비틀즈는 만약 우주여행을 떠나게 된다면 꼭 챙겨 가고 싶은 음악 1순위다. 우주를 가로지르며 들어도 손색이 없을 것 같은 음악은 많겠지만, 비틀즈는 분명 뺄 수 없기 때문이다. 얼마 전 비틀즈 멤버 폴 매카트니 경이 최초로 내한 공연을 했다. 늙어서라도 그가 와준 게 고마웠고 살아 있음이 다행스럽게 생각되었다. 나는 안타깝게도 공연을 못 봤다. 사소한 이유 때문이었다. 티켓값이 없었다.

아쉬움을 대신해 기타를 잡고 〈Across The Universe〉를 크게 불러본다(지금 새벽 3시지만 이 지하에선 그래도 된다. 크핫핫). '종이컵 위에 쏟아지는 말들처럼' 하고 첫 소절을 시작하자 비틀즈의 고향 리버풀에 여행 갔던 기억이 떠오른다. 숙소에 짐을 풀자마자 가장 먼저 찾은 곳은 그들의 전설이 시작된 라이브 무대 캐번 클럽이었다. 지하의 어둡고 퀴퀴한 동굴 같은 공간에서 비틀즈 멤버를 닮은 사람들로 구성된 짝퉁 밴드가 공연 중이었는데, 워낙 생김새가 비슷해 의식을 조금 이완시키면 진짜 비틀즈 공연을 보는 듯했다. 실제로 맥주에 조금 취하자 싱크로율이 100퍼센트에 가까워져 사인을 요청할 뻔했다. 이제 비틀즈 전체 멤버의 공연을 직접 볼 수는 없으니 그것만으로도 황홀한 감명을 받았다. 그곳에선 추억만 팔고 있는 게 아니라 여전히 무명의 새로운 밴드가 한쪽 무대에서 공연을 하고 있었다. 캐번 클럽 출신의 또 다른 아티스트가 튀어나와도 이상하지 않을 분위기가 마음에 들었다.

캐번 클럽도 그렇고 우리나라에서도 밴드 라이브 클럽들은 대개 지하에 있다. 음악이 아닌 멍청한 소리들은 지상에서 시끄러워 죽겠고, 캄캄한 지하에 내려가야 비로소 음악다운 음악을 들을 수 있다는 게 아이러니하다. 밴드 음악이야 워낙 볼륨이 크니 방음 때문에 지하로 내려갈 수밖에 없는 것이겠지만 지상에 비해 현저히 환경이 나쁜 지하가 아름다운 음악이 연주되는 요람이 되는 게 경이롭다. 마음껏 소리 내며 살 수 없는 좁은 도시에서, 값싼 지하 공간마저 없다면 밴드 음악을 하려는 사람들의 꿈들이 대신 땅속에 묻혀버렸을 것이다. 아아, 남들의 발밑에서 음악을 연주하고 햇빛 안 드는 곳에서 예술혼의 불을 밝히는 이 땅의 모든 밴드들에게—
제습기를 선물하고 싶다.

아무튼 벌써 결론이다(죄송합니다:;). 이제 와서 비틀즈가 얼마나 위대했는지 얘기해봐야 의미가 희미하겠고 옛날 음악에만 집착하는 따분한 느낌을 지울 수도 없겠지만, 밀폐된 지하에 앉아 비틀즈의 노래를 큰 볼륨으로 부르고 있자니 〈Across The Universe〉의 노랫말이 내 기분을 땅 밑에서 우주로 끌어올렸다. 소음에 대해 신경증 환자처럼 굴고 살면서 받은 스트레스에 대한 해소감이 들었다. 존 레넌은 이 곡의 노랫말을 첫 번째 아내 신시아에게 잔소리를 심하게 듣다 썼다고 들었다. 뭔가 해소감이 드는 이유가 있었다.

Nothing gonna change my world
(아무것도 내 세상을 바꾸지 못해요)

이 후렴구에서 나는 그의 강력한 멘탈을 느낀다. 어두운 지하에선 습기나 곰팡이로부터 자유로울 수 없겠지만, 나도 존 레넌의 멘탈을 본받아 아무것도 바꿀 수 없는 내 세상을 만들고 싶어지는 것이다.

끝으로 피오나 애플이 리메이크한 버전을 추천해본다. 아름다운 재해석이고, 특히 뮤직비디오는 이 세상의 시끄러움이 얼마나 폭력적으로 못났고 그에 비해 음악이 얼마나 아름다운 소리인지 잘 표현해냈다. 아, 내가 하고 싶은 말이 딱 그 말이다. 글은 발로 쓰고 감각적인 메시지는 뮤비로 때운다(죄송합니다;;). 이 음악을 들으며 빨리 이삿짐 정리나 끝내야겠다.

울고 싶을 때
듣
는
음
악

블론드 레드헤드_ Misery Is A Butterfly

블론드 레드헤드에 대해 글을 쓰자니 모니터가 잘 보이지 않는
다. 울고 싶을 때만 듣는 음악이기 때문이다. 자판에 콧물이 떨
어질까 봐 조심하고 있다.

울고 싶은 순간이 많아봤자 좋을 게 없는데 원하지 않아도 감
정이 슬픔을 와락 호소할 때가 오는 법이다.

나는 터프가이인 척하며 살기 때문에 울기 싫어서 주성치 영화
라든가 박상 소설이라든가 가급적 웃긴 것들을 찾아본다. 오버

해서 배꼽을 잡고 바닥을 뒹굴다 보면 어느 순간 그러는 자신
이 또 비참하게 느껴진다. 감정이란 놈은 한번 찌그러지면 통
제할 수 없는 양철 밥통 따위인가 보다. 심지어 꼰대처럼 강요
까지 한다.

"쯧쯧, 그러지 말고, 자 눈물이 필요하단 말이야. 어서 울어봐.
착하지?"

"뭐야. 이유나 알고 울잔 말이다."

연기파 배우가 아닌 이상 눈물이 수도꼭지처럼 틀면 나오는 게
아니지 않나. 그렇지만 찬찬히 되새겨보면 울고 싶은데 참고
넘어간 때가 얼마든지 있다. 통장을 스치고 사라진 월급을 아
쉬워할 때(크흑), 출근하려고 신발을 신는데 몸이 배추절임처
럼 축 처질 때(어흑), 지친 몸으로 돌아와 하나 남은 라면을 끓
여 먹다 실수로 엎었을 때(아읗읗), 화장실 휴지가 떨어졌는데
부를 사람이 없어 엉거주춤 가지러 나오다 사무치도록 외롭고
더럽게 느껴질 때(끄아아아), 일단 한번 미뤄놨던 통점들이 와
르르 쏟아지며 콧등에 딱밤을 맞은 것처럼 얼큰한 최루성 감상
이 밀려든다.

어휴, 희망적이어야 할 앞날은 황사와 초미세 먼지로 뒤덮인 듯 뿌옇기만 하고, 힐링 어쩌고 하는 개념들은 사이비 종교처럼 같잖고, 인생의 지리멸렬함은 말라 빠진 멸치 대가리 같고, 아니 대체 행복이 뭐였는지, 언제 한 번이라도 행복했었는지 기억조차 안 나는 것이다. 그쯤 되면 울적함의 늪에 하반신을 빠트리지 않을 도리가 없다. 그럼에도 질질 짜지 않고 쿨하게 개기면서, 시크하게 버티고 참으면서, 남들도 다 견디는데 혼자만 약해 빠졌구나 다그쳐도 보고, 아 궁상 좀 떨지 말라고 얼레리꼴레리 해본다. 그러면—

역시 울고 싶어진다. 그렇게 버티려는 자신이 안타까워서다.

터프한 척, 시크한 척엔 한계가 있는 거다. 공교롭게도 울상이 되는 순간 욕실의 세면대 배관이 터졌다. 낡아서 불안했는데 올 게 온 것이다. 쉐엑 소리를 내는 물 분수를 맞으며 꼭지를 잠그고 나왔더니 눈시울이 축축해졌다(키힝, 물이 하필 눈가에만 튀었어). 순간 세면대 배관이든 사람의 눈물샘이든 한계에 다다르면 터져야만 한다는 걸 깨닫는다. 할 수 없다. 블론드 레드헤드의 음악을 듣는 수밖에.

우울할 땐 더 슬픈 음악을 들어 마음을 차분하게 만드는 게 효과적인지, 반대로 신나는 음악을 들어 마음을 밝은 쪽으로 인도하는 게 장땡인지 잘 모르겠다. 우울한데 젠장할 어떤 학설이 옳은지 따질 겨를이 있나. 그저 손에 잡히는 대로, 떠오르는 대로 듣고 싶은 음악을 들으면 좋다는 생각이다. 그렇지만 슬픔이나 우울의 스펙트럼도 사람마다 굉장히 다양해서 자기 상태에 맞는 음악을 고르지 않으면 아무런 효과가 없기도 하다. 나는 우울한 기분을 고조시키기도 싫고 차분하게 가라앉히기도 싫어서 블론드 레드헤드의 〈Misery Is A Butterfly〉를 골랐다. 블론드 레드헤드의 음악들은 기본적으로 암울한 마이너 톤인데 리듬감은 뛰어나다.

그런데 리듬이 빠른 곡도 감정을 차분하게 만들거나 축축 처지게 한다. 이들의 음악은 여행을 출발할 때 듣거나, 막 시작된 연인과 스테이크를 썰면서 들으면 곤란하고, 우울이 집적거려 귀찮아 죽겠을 때 들어야 그저 그만인 것이다.

오랜만에 〈Misery Is A Butterfly〉 뮤직비디오를 틀자마자 울적한 키보드 멜로디와 함께 그리 급할 것 없는 드럼 비트가 우수의 심장처럼 공명했다. 쌍둥이인 페이스 형제의 똑같이 진지한 곱슬머리 페이스와 그들의 리듬에 이끌리다 보면 어느새 금방이라도 울 것 같은 보컬 가즈 마키노의 고음이 가늘게 떨며 밀려나온다. 진지하게 연주하는 쌍둥이 이탈리아 남자와 그들 사이에서 몸치에 가깝게 흐느적거리며 이상한 춤을 추는 일본 여자의 기묘한 조합이 이 곡의 몽환적 분위기와 슬픔을 증폭시킨다. 음악은 고통스럽게 흘리는 눈물처럼 고조되다 중반부에서 부드럽게 가라앉고, 다시 한 번 쓰윽 올라갔다가 차분하게 정리되며 어느 순간 뚝 멈춘다. 아니, 이건 마치 사람이 울어재끼는 과정과 흡사하지 않은가.

울고 싶을 때 듣는 음악이라고 주제를 잡았지만 이 음악을 들으면서 펑펑 울게 되지는 않는다. 그러나 울고 싶은 감정을 바로 눈앞에서 직면하게 되는 기현상이 일어나고, 멋진 아티스트들이 내 슬픔에 공감하며 대신 울어주는 듯한 환상을 보고 만다. 등을 두드려준다거나 누군가가 따듯이 안아준 듯 음악으로 이해받고 위로받는 기분까지 든다. 아아, 역시나 이런저런 우울과 고통을 한 마리 나비처럼 승화시켜 날려주는 명곡이다. 음악이 끝나자 해소감을 느낀 감정이 차분하게 가라앉으며 말한다.

"그래, 울고 싶은 건 없었던 일로 하지."

감정은 그렇게 해결했고 다음은 세면대. 사람을 부르자니 출장
비가 없어 직접 갈아본다. 빵꾸 난 배관을 로킹 플라이어로 제
거하고, 연휴에도 문을 연 철물점을 끝내 찾아내 파이프를 사
왔다. 배관은 처음인 데다 자세가 안 나와 낑낑거렸지만 볼트
를 단단히 죄자 수도관은 더 이상 새지 않았다. 울고 싶은 기분
도 완전히 사라졌다. 찬물을 틀고 어푸어푸 세안을 하자 기분
이 갓 갈아입은 팬티처럼 뽀송뽀송해진 건 덤.

그래, 울고 싶었던 건 바로 이 기분이 되기 위해서였어. 이제
말끔하게 다시 또 살아볼까.

사랑에
빠지고
싶
을
때

이승철_My Love

연애를 못한 지 오래다 보니 러브송을 들을 일이 없었다. 심지어 사랑을 주제로 한 음악 따위는 어느 별나라의 헬륨 가스 방귀 뀌는 소리로 들리는 나날이었다.
그딴 삭막한 마음으로 걷다가 나는 어느 닭발 가게 앞에서 이승철의 〈My Love〉를 듣고 말아버린 것이었다.

힘껏 안아줄게 널

이 노래에서 가장 핵심적인 노랫말이 귓구멍에 꽂히자마자 든 생각은 이랬다. 어우, 힘껏 안아주다 갈비뼈 으스러지면 안 아프겠냐. 그러나 다음 순간, 발매된 지 몇 년 된 이 노래의 뮤직비디오가 생생히 떠오르고 말았다. 일반인 프러포즈 이벤트를 이승철 엉아가 도와주는 내용이었다. 낭만적이고 감동적인 연출에, 무용수와 오케스트라에, 이승철의 깜짝 등장에, 완전 미친 스케일을 자랑하는 프러포즈였다. 프러포즈 받는 여자도 울고, 하늘도 울고, 뮤비를 보던 외로운 나도 우는데 프러포즈 수락하고 둘이 끌어안고 키스하고 활짝 웃으며 끝나는 엔딩. 나는 무의식적으로 소리치고 말았다.

"으아, 연애하고 싶다……."

닭발에 양념을 바르던 아저씨가 깜짝 놀라며 나를 흘낏 쳐다보았다. 왠지 닭똥 같은 눈물이 떨어질 것 같은 기분이었다. 닭발엔 뼈가 없고 나에겐 연인이 없었다. 다음 순간 울분이 치밀었다. 아니, 결혼하고 싶거나 연애하고 싶지만 사정이 있어서 안 하고(못하고) 있는 사람들이 들으면 미치고 폴딱 뛸 것 같은, 이런 '위험한' 음악을 길거리에 막 틀어놓다니!

게다가 거 승철 형님도 너무한 거 아니오? 딴 남자들이 앞으로 죽어라 머리 쓰고 마음 쓰고 신경 써서 프러포즈를 기획해도 이 뮤비를 본 여자들은 조금도 성에 안 찰 거 아닙니까? 어쩌자고 우리한테 이런 만행을 저질렀단 말입니까. 나는 비분강개하며 닭발에 맥주를 잔뜩 사 오고 말았다(뮤직비디오를 본 솔로들은 이 심정에 공감하시리라 본다).

보컬의 신 이승철 하면 설명이 필요 없는 아티스트고, 말이 필요 없다 보니 원고 분량을 채우기 곤란해 지금껏 안 쓰고 있었는데, 닭발을 씹으며 곰곰이 생각해보니 얘기하고 싶은 추억이 떠올라버렸다. 사랑 얘기라 쪽팔려서 쓸까 말까 고민하다 결국 써버린다. 이 글은 애초에 음악과 추억의 찰떡궁합 같은 앙상블로 기획되지 않았던가. 아니면 말고.

어쨌든 〈My Love〉가 발표되었던 해에 나는 이탈리아 베로나를 여행 중이었다. 셰익스피어의 명작 『로미오와 줄리엣』의 배경일지도 모른다는, 끼워 맞춘 콘셉트를 내세워 연인들의 성지가 된 도시였다. 이야기일 뿐이지만 실제로 베로나엔 줄리엣의 생가가 있다. 나는 관광객들이 많이 가는 '줄리엣의 집'에 가서 로미오에게 고백받았다는 발코니를 감상하거나, 변태처럼 줄리엣 동상의 가슴을 만질 생각은 없었다(동상의 오른쪽 가슴을 만지면 사랑이 이뤄진다는 게 말이 되나). 다만 산책하듯 천천히 걸어 다니기만 해도 자그만 도시가 전반적으로 사랑에 빠지라고 독려하는 느낌을 낸다. 또한 알프스가 발원지인 아디제 강에 로맨스가 흐르는지 민물이 흐르는지 구분할 수 없게 되어 있는 도시였다.

그 강은 이탈리아에서 본 어느 강보다 맑고 신비한 빛을 띠었다. 나는 아름다움에 도취되어 대낮부터 어떤 선술집에 들어갔다. 배 나온 아저씨들 몇 명이 맥주잔을 비워대고 있었는데 술을 주문하려고 바텐더 앞에 서는 순간 나는 숨이 안 쉬어지는 느낌을 받았다.

카운터 너머에 내 이상형이 서 있었던 것이다. 하루키 소설의 표현을 빌리자면 내게 '100퍼센트의 여자아이'가 거기 있었다. 일반적으로 예쁜 여자는 아니었지만 긴 생머리를 아무렇게나 묶은 게 잘 어울렸고, 미소를 지으며 내게 반갑게 인사하는 그녀의 눈에서는 아디제 강보다 더 신비한 빛이 흘렀다. 나는 떨리는 목소리로 페로니 생맥주를 부탁했다. 그녀는 이탈리아어가 능숙했지만 외모는 동북아시아계였다. 한, 중, 일 어디일까 궁금했다. 혹시나 해서 우리말로 날씨가 참 좋네 독백해봤는데 못 알아들었고 일본 말로 맥주가 맛있다며 감탄사를 뱉어봤지만 반응하지 않았다.

의문은 다음 날 풀렸다. 관광은 하는 둥 마는 둥 하고 오후가 되자 또 그 술집에 찾아갔다. 오전부터 가고 싶었는데 안 열었더라. 그런데 그녀는 어떤 선량해 뵈지 않는 중국 남자들과 중국어로 입씨름하고 있었다. 양꼬치에 칭다오를 내놓으라는 건지, 칭다오에 양꼬치를 내놓으라는 건지 알아들을 수 없었지만, 남자들이 그녀를 힘들게 하고 있는 건 분명해 보였다. 급기야 한 남자가 거칠게 손목을 낚아채자 그녀는 뿌리치며 항의하는 모습까지 보였다. 나는 어떻게 해야 할지 몰라 그 사이에 쓱 몸을 밀어 넣으며 맥주를 주문했다. 그녀는 내 주문을 핑계로 그들로부터 벗어나 카운터로 돌아왔다. 그녀의 눈빛이 조금 서글퍼 보였다.

"혹시 문제가 있나요?"

"신경 쓰지 말아요."

그녀는 무표정하게 페로니 한 잔을 내밀었다. 나는 사랑이나 낭만과는 거리가 있어 보이는 그 중국 남자들 옆 테이블에 앉았다. 내가 그녀를 방어하는 뿍뿍이 완충재가 되길 바랐다.

"전 내일 베로나를 떠나요."

"그래요?"

이별 선물

쌉쌀한 술을 삼키고 있을 때 그녀가 내게 커다란
접시를 들고 왔다. 거기엔 감자칩이 가득 담겨 있었다.
"주문하지 않았……."

베로나를 떠나기 전날 나는 또 그곳을 찾아갔다. 맥주 주문 외엔 사흘 동안 한 번도 하지 못한 말을 그제야 걸었다. 준비한 주제와는 달리 이런 말이 튀어나왔다.

"전 내일 베로나를 떠나요."

"내일 페로니를 달라구요?"

"아니, 떠난다고요."

"그래요?"

그녀는 시큰둥했다. 어디로 가는지도 묻지 않았다. 내게 관심 없었구나. 떠도는 여행자 주제에 어쩌라고 그런 바보 같은 멘트를 날렸나. 씁쓸한 술을 삼키고 있을 때 그녀가 내게 커다란 접시를 들고 왔다. 거기엔 감자칩이 가득 담겨 있었다.

"주문하지 않았……."

"이별 선물."

그녀는 그 신비하고 깊고 맑은 눈으로 찡긋 웃었다. 한때 폭발적인 인기를 끌었던 허니 버터칩인지 나발인지는 그 감자칩에 비하면 별나라 헬륨 가스 방귀 뀌는 맛임에 틀림없다. 나는 감자칩을 최대한 천천히 먹고 선술집에서 일어났다. 그 순간을 아끼고 싶었다. 그러고는 술에 취해 사랑이 그렇게 쉽나 베로나, 사흘 만에 떠나면서 사랑에 빠지면 어떡하나 베로나, 그런 라임도 안 맞는 개드립을 날리며 한없이 걸었다. 그녀는 여전히 그립지만 나는 베로나에 다시 가지 못했다. 돈이 없으니까. 누군가를 연모하는 데는 돈이 들지 않는 게 다행이다.

그 당시 최신곡이었던 〈My love〉를 다시 듣자니 떠오른 기억이다. 평소라면 손발이 오그라들겠지만 베로나 선술집의 중국인 여자 얘길 하며 들으니 노랫말이 박자에 맞춰 심장을 딱딱 때린다.

사랑해 그 말은 무엇보다 아픈 말
숨죽여서 하는 말 이젠 하기 힘든 말

아무튼 이승철 님의 깊고 짙고 간절하고 감미로우면서도 바삭하고 부드러운 감자 같은 목소리를 당대에 들으며 살 수 있다는 건 축복이 아닐 수 없다. 뭐니 뭐니 해도 사람은 사랑에 빠지려고 사는 것 아니었나. 그것 아니면 인생에 무슨 주제가 있단 말인가. 대체 무엇에 생애를 바쳐 몰두해야 한단 말인가. 아프더라도, 하기 힘들더라도 다시 사랑에 빠져야 하고 숨죽여서

간절히 고백해야 하는 거다. 솔로들에게 이 곡은 그런 느낌을
다시 일깨우는 아름다운 자극이 아닐 수 없겠다.

후진 분위기를 경감시키는

감성
백
신

크리스 가르노_Relief

십몇 년 전 사스가 진상 칠 때 하필 유럽 여행 중이었다. 사스는 중국 광둥성에서 시작해 인근의 홍콩, 대만, 싱가포르 등 아시아에 집중적인 피해자를 낳으며 삽시간에 전 세계로 퍼진 중증 급성 호흡기 증후군이었다. 유럽 대도시 차이나타운마다 갑자기 파리가 날릴 지경으로 중국인 기피 현상이 벌어졌다. 당시 나는 중국에 가본 적도 없었는데 유럽 애들은 동양 사람 국적을 워낙 구분 못 해 순조롭게 여행 다니기 곤란했다. 지하철 타면 사람들이 슬금슬금 다른 칸으로 이동하고, 술집에 들어갔다가 쫓겨나기도 했다. 페스트로 몇천만이 죽은 역사 때문일까. 동양인이면 일단 보균자로 보는 분위기였다. 나는 사스가 원망스러워 숙소에 돌아오면 냇 킹 콜의 〈Quizás, Quizás, Quizás(퀴사스 퀴사스 퀴사스)〉를 들으며 쓸쓸한 마음을 달래야 했다.

그때 우리나라엔 감염자가 거의 없었다. 마늘과 김치 면역력 세이브 설도 있었지만 다쩡국 일본엔 아예 감염자가 없었으니 낭설에 가깝고, 당시 정부가 초기에 선발 등판해서 잽싸게 호투한 게 컸다고 본다. 그렇게 멀쩡하고 당당한 청정국 선수 신분으로도 어깨 펴고 여행할 수 없다는 게 좀 억울하긴 했다. '저는 중국인 아님'이라 적힌 모자라도 쓰고 싶었지만 유럽에서 그런 걸 어디서 사나. 할 수 없이 사람들 많은 데 피해 다니고, 혹여나 사레가 들려 기침이라도 할까 봐 밖에선 물과 음식도 고양이처럼 조심조심 삼켰다. 그렇게 노력했는데도 파리의 어느 지하철역 벤치에 앉은 늙은 주정뱅이한테 결국 싫은 소리를 들었다.

"너네 나라로 썩 꺼지지 못해? 이 바이러스야!"

듣자마자 빡쳐서 벤치클리어링을 일으킬까 했지만 꾹 참고 웃어넘겼다. 나는 선진 국가의 성숙한 여행자라는 자부심으로, 누군가의 오해를 이해하는 태도를 보여야 옳았다.

또 다른 심각한 호흡기 증후군인 메르스 사태로 메롱인 지금은 그때와 사정이 완전 다르다. 보건 대책 자부심은 땅바닥에 떨어졌고, 여행 가고 싶어도 쫄려서 못 가는 신세가 되었다. 사스 때와는 달리 우리가 세계 2위 감염국이자 민폐국으로 찍혔는데 나가서 무슨 푸대접을 받을지 안 봐도 HD 화질인 것이다. 역병이 도는 비극도 서러운데 국제적으로 쪽팔리기까지 해서 짜증 두 배다. 마침 딱 돈이 없어 어차피 아무 데도 못 나가니까 짜증 세 배. 세월호 때도 그러더니 정부의 어눌한 초기 대처가 사태를 키웠음에도 반성보단 엄포, 대책보단 쇼를 더 선호하는 구태에 짜증 네 배.

아아, 짜증 날 때 짜장면은 옛말이고, 나는 크리스 가르노를 듣기로 한다. 〈Relief〉를 들어야 살겠다.

어쩐지 달달하고 우아하고 건조하면서도 끈적하게 흘러내리는 이 싱어송 라이터의 음악을 왜 짜증 날 때 듣느냐면, 그의 목소리엔 짜증기라곤 눈곱만큼도 없기 때문이다. 곡의 긴장이 가장 고조되는 부분에서도 성질내거나 울분을 토로하지 않고 감정을 꾹꾹 다독이는 성숙한 뉘앙스를 아슬아슬 유지하는 게 아주 예술이다.

그의 목소리는 마치 담백한 곡물 빵에 저염 버터를 부드럽게 발라놓은 느낌과 유사한데 그게 또 전혀 전형적이거나 촌스럽지 않은 것이다. 그 수수한 빵을 감각적 인테리어의 스카이라운지 바에서 예쁜 접시에 플레이팅 해놓고 은제 식기로 살짝살짝 잘라 먹는 분위기다. 하나 더, 그런 고급스러운 느낌에 상반될 정도로 눅눅한 습기를 머금은 약한 바이브레이션 발성이 음절 끝부분마다 적절하게 섞여 있는 게 말할 수 없이 매력적이다. 크리스 가르노 좋아하시는 분은 그의 목소리 간지를 도대체 소설가라는 놈이 요렇게밖에 묘사 못 하나 싶겠지만, 아무튼 그러하다.

크리스 가르노는 이로운 전염성을 가진 감성 바이러스다. 아니 '감성 백신'이라고 해야 할 것이다. 그의 나른하고 차분한 음색을 들으면 강력한 항체가 형성되면서 몸 안의 짜증 바이러스들이 쫓겨 나가고 만다. 그야말로 속이 끓어 콧김이 나온다 싶을 때 들으면 특효가 있는 음악인 것이다.

추어탕 집에 붙어 있는 '미꾸라지의 효능' 같은 촌스러운 안내문처럼 음악이 꼭 무슨 효능을 가져야 한다는 건 결코 아니지만 이 음악 〈Relief〉는 제목 그대로 안도, 안심, (통증, 불안 등의) 경감, 완화 등을 선사한다. 지금 메르스 사태를 한 달 넘게 겪는 우리들에게 사뭇 필요한 음악이라 아니 할 수 없겠다.

최근에 친구들과 신사동에서 술자리를 가지다 2차 노가리집으로 가는 길에 어느 뮤직 카페 간판을 보고 혹해서 들어갔는데, 음반이 만 오천 장 있는 곳이 얻어걸렸다. 오디오 쪽엔 문외한이지만 스피커도 굉장히 비싼 거고 앰프도 끝내주는 것임을 바로 알 수 있었다. 게다가 보유한 음반의 가치는 장당 만 원씩만 쳐도 일억 오천 아닌가 싶어 무릎이 떨렸다. 그래선지 맥주도 몹시 비쌌지만 비싼 스피커가 내는 훌륭한 음색은 비싸다는 느낌을 깨끗이 삭제해버렸다. 즉각 크리스 가르노를 신청했더니 바로 감탄사가 튀어나왔다.

바로 앞에서 라이브를 감상하는 것 같은 현장감 그 자체였다. 우울해서 외출도 안 하고 집에서 혼자 술 마시며 컴퓨터 스피커로 음악 듣고 살아온 내 게슴츠레한 신세를 걷어차며 꾸짖는 듯한 아름다운 소리의 향연이었다. 그런 멋진 시스템을 가진 카페에서 음악을 감상하자 두뇌 속의 구질구질한 공기들이 시원하게 환기되며 사라지는 느낌이었다. 상업적인 음악 말고 나머지는 찬밥 취급받는 천박한 사회 분위기에서 망하기 딱 좋은 업종인 뮤직 카페가 깔끔한 문화적 공간으로 강남 한복판에 건재하는 게 몹시 반가웠다. 손님이라곤 우리 일행밖에 없었지만, 고음질로 듣고 싶었던 이런저런 신청곡들을 써내며 행복한 시간을 보냈고 묵묵히 음반을 찾아 틀어주는 중년의 사장님이 정말 멋지게 보였다.

거기서 이런 생각이 들었다. 우리가 전반적으로 싸구려 후진국이 되어버린 것 같은 분위기가 요즘 들어 더욱 염려되는데, 짜증만 내고 있으면 변하는 게 없을 거고, 어떻게든 개개인이 감각적으로 멋있게 살며 주변을 점점 괜찮은 공기로 감염시켜 나가면 어떨까 싶었다. 감각의 감염이 확산되다 보면 후진을 멈출 섬세한 사회적 항체를 형성할 수 있지 않을까. 음악이라는 아름다운 백신이 그런 태도를 도와주지 않을까. 꽃청년 크리스 가르노의 목소리를 통해 상상해보는 것이었다.

세 번째 내한 공연 때 크리스 가르노는 한 인터뷰에서 이렇게
말했다.

> 나는 나를 슬픈 사람이라고 생각하지 않는다. 오히려 익살스
> 럽고 농담을 즐기는 사람이라서 심각해지는 것이 어렵게 느
> 껴질 정도다. (《Elle》, 2010년 10월호)

그 말을 통해 딱 하나 우려되던 점도 해소되었다. 요절한 천재
엘리엇 스미스와 비슷한 계보라 실은 조금 걱정했는데 크리스
가르노라면 정말이지 온종일 들으면서 왕창 감염되더라도 우
울증 같은 부작용이 안 생길 것 같다. 아아, 기분이 후질 때마다
마음껏 들어야겠다.

현실을
이겨내는
댄
스
댄
스

아바_Dancing Queen

이번엔 최근 국가 부도 사태로 똥줄 타는 그리스 얘기다. 세상에, 그리스인들이 망할 줄은 몰랐다. 적어도 내가 10년 전에 만난 그리스의 인상은 터프했다. 아테네 공항에서 택시를 타자마자 기사님이 운전을 너무 열심히 해 손잡이를 꽉 틀어쥐어야 할 지경이었고, 거리를 오가는 사람들도 어찌나 급하게 걷는지 길을 물어보기 힘들었다. 수블라키를 굽는 남자는 연기 속에서도 생생한 눈빛으로 여자에게 멘트를 날렸으며, 그릭 요거트는 장에서 아주 활발한 활동력을 보여 화장실을 찾아 뛰어야 했다. 내가 묵었던 싸구려 호텔의 침대 스프링도 스파르타식으로 강직해서 잘 때 자꾸만 튀어나올 정도였다.

내 느낌엔 성질 급하고 터프하고 일 열심히 하는 국민들이 사는 나라였다. 오후에 낮잠 타임이 잠깐 있지만 땡 아침부터 깊은 밤까지 그들의 하루는 유쾌하고 활발했다. 만약 그리스인들이 고대로부터 지금까지 쭉 성실하고 똑똑하지 않았다면 인류 문명의 정치, 철학, 예술 등의 레벨이 한참 못생긴 지점에 뒤처져 있을 것임은 역사가 말해주지 않는가.

그런 나라가 망해가다니 뭔가 안타깝다. 경제 구조의 문제든, 양심에 똥 묻은 탐욕자들의 탈세와 착복의 문제든, 과도한 복지 비용의 문제든, 그리스 서민들이 처한 혼란과 고통을 보며 나 역시 마음 아프다. 카드 돌려 막으며 사는 인생이고 남의 나라 걱정할 처지가 아니지만 내가 그리스를 꽤 좋아해서 감정이 이입된다. 일례로 파르테논 신전은 슬랩스틱 개그를 맘껏 펼치기에 좋았다. 닳고 닳은 대리석 바닥이 미끄러워 몇 번이고 계속 자빠지면서 웃길 수 있었고, 그때부터 그리스가 참 마음에 들었다.

한 가지 아쉬운 점은 산토리니의 이아 마을 절벽 계단을 오르는 당나귀들이었다. 원래 당나귀가 좀 불쌍하게 생겼지만 무거운 짐이나 관광객을 싣고 가파른 길을 오르는 모습이 몹시 힘겨워 보였다. 그걸 보며 꼭 착하게 살아야지 다짐했다. 다음 생이 있어서 그리스의 당나귀로 태어나면 곤란할 테니까.

얘기가 산으로 가니 얼른 음악으로 넘어가겠다. 그리스 하면 일단 전설의 뮤지컬 〈그리스〉의 명곡 〈Summer Nights〉가 떠오른다. 영화 버전에 나온 존 트라볼타의 개다리춤을 잊을 수 없기 때문이다. 이번엔 딱 이 곡 얘기하면 되겠네, 하고 써나갔다. 그러나 원고를 보내기 직전, 뮤지컬 〈그리스〉는 '구리스 Grease', 즉 헤어 스타일링용 포마드 기름 얘기고, 그리스Greece와는 상관이 없다는 걸 기억해냈다. 이것 참 뇌에 구리스를 좀 바르든지 술을 좀 줄이든지 해야겠다.

그렇다면 그리스에 과연 무슨 음악을 소개팅시키면 좋을까? 사실 고민할 필요도 없었다. 뮤지컬 〈맘마미아〉가 있는 것이다. 스웨덴 뮤지션 아바의 음악으로만 구성된 뮤지컬이지만 일단 배경이 그리스의 어느 작은 섬이니까.

나는 〈맘마미아〉를 뮤지컬의 성지인 런던 웨스트엔드의 극장에서 봤다. 유학생을 빙자한 알바 인생으로 궁상맞고 불안하던 시절의 유일한 호사였다. 돈이 모자라 가장 저렴한 표를 샀더니 맨 뒤에서도 가장 높은 자리였다. 영국에선 극장의 그런 곳을 '코피 나는 구역Nose Bleeding Section'이라 불렀다. 상체를 숙이고 무대를 내려다보니 까마득해서 과연 코피가 날 것 같았지만 싸다는 매력이 비강의 혈관들을 꿋꿋이 견디게 했다. 막상 공연이 시작되자 마치 그리스 산토리니 섬의 까마득한 절벽 위에서 해안가를 내려다보는 듯한 기분이 들어 극에 더욱 몰입하게 되었다.

관람객들은 나이 지긋한 분들이 대부분이었다. 아바의 음악을 추억하기 좋은 세대이기 때문일 것이다. 나는 아바를 잘 몰라서 예습을 좀 하고 갔었다. 낡고 촌스러운 반짝이 디스코 아닐까 걱정했지만, 놀랍게도 펄펄 살아 있는, 유통기한이 영원할 음악들이어서 당장 팬이 되었다. 그래선지 〈Super Trouper〉가 나오는 장면에서 엉덩이가 움찔거렸고, 급기야 클라이맥스에서 〈Dancing Queen〉이 라이브로 터지며 극장 안을 강력한 열정으로 채우자 일어나 춤을 추었다. 나만 그런 게 아니라 극장에 온 대부분의 관객들이 벌떡 일어나 춤을 추었다. 높은 코피 구역에서도 자이브를 뱅뱅 돌리는 노신사 숙녀 커플을 보며 감명받은 나는 존 트라볼타 식의 개다리춤을 췄다. 〈Dancing Queen〉은 암만 몸치라도 춤의 여왕으로 만드는 기묘한 마법을 가진 음악인 것이었다. 모두가 웃는 얼굴로 춤출 수밖에 없도록 만드는 음악이라니. 세상에 마약 말고 그런 게 또 있을까 싶다.

분위기에 압도되어 몸을 흔들다 보니 내 삶을 짓누르던 궁상, 공포, 불안 따위가 흔적도 없이 사라져 있었다. 니코스 카잔차키스의 소설 『그리스인 조르바』도 떠올랐다. 공들였던 광산의 철탑이 무너지는 장면을 보며 "양고기가 타버리겠어"라고 말했던 여유만만 조르바. 망해 나가는 와중에 춤을 추며 처절함을 극복하려 한 그리스인 조르바. 〈맘마미아〉의 극본을 쓴 캐서린 존슨이 왜 그리스를 배경으로 삼았는지 알 것 같았다. 음악과 춤을 통한 위대한 극복. 그것이 자유로운 영혼 조르바의 메시지가 아니었던가.

2008년 할리우드에서 만든 〈맘마미아〉에서도 〈Dancing Queen〉을 부르는 장면에 무슨 인도 영화를 방불케 하는 떼춤이 동원된다. 나는 정서적인 압박감을 느낄 때마다 이 음악을 들으며 영화 속의 아주머니들처럼 춤을 춘다. 춤이 해결책이 되지는 않지만 최소한 해결책을 찾을 의지를 다시 만들어주는 건 분명하니까.

그리스가 이 난국을 어떻게 헤쳐나갈지 멀리서 추이를 지켜보는 중이지만 그들이 조르바의 후예들이라면, 또한 영화 〈300〉으로 유명한 레오디나스 왕의 후예들이라면, 반드시 극복하리라 믿어본다. 안 되겠으면 아바의 음악을 열심히 들으면 된다고 충고하고 싶다. 나 역시 이번 달 카드값 걱정에, 소설 원고 부도 위기까지 겹쳐 있어선지 축축 처졌는데 〈Dancing Queen〉을 들으며 다시 용기를 내는 중이다. 아무튼 유서 깊고 아름다운 그리스 너 힘내라. 수블라키 먹으러 또 한 번 갈게, 응? 파이팅.

끝으로 그리스를, 그리고 세상의 질서를 비극으로 만들 정도로 이성과 합리를 잃고 썩어 빠진 일부 권력자들이, 인간성에 구리스를 좀 바르든지 다음 생에 산토리니 섬의 당나귀로 태어나면 좋겠다고 뜬금없이 빌며 이 글을 마친다.

SIDE

B

아플 때의
음악
친
구

건스 앤 로지스_Patience

무라카미 하루키 씨는 원고 마감을 어긴 적이 한 번도 없다고 한다. 데드라인에 쫓기는 걸 못 견뎌 마감 일주일 전에 교정까지 마친 원고를 모서리 맞춰 정돈해둬야만 한다고 어느 수필에 썼다.

나는 하루키 씨가 맘에 들기 때문에 그런 비인간적인(?) 꼼꼼함도 본받아보고 싶었다. 그런데 매번 실패했고, 흉내 내려니 가랑이가 찢어지는 느낌이고, 고로 이번 주 원고도 절대 미리 써두지 못했다. 결국 또 마감에 쫓기는 신세다.

실은 요즘 되는 일도 없고, 중심 저기압 980헥토파스칼쯤 되는 대형 우울증이 의식에 전격 상륙해 제정신이 아니었다. 다만 '마감 매직'(작가가 마감일 전날 극도로 쫄려서 고도의 집중력으로 폭풍 집필하게 되는 기현상. 세계 7대 미스터리)만을 믿었다. 그런데 마감 전날 덜컥 장염에 걸려버린 게 아닌가. 으아, 이럴 수가. 엿 됐다는 말이 자동으로 튀어나왔다.

몰랐는데 장염이란 이런 거였다. 펜치로 꽈배기를 만드는 것처럼 배때기가 아프고, 화장실 문턱과 똥꼬는 닳고 닳아 넜이라도 있고 없고, 땡 여름에 파카를 꺼내 입는 오한과, 해머 드릴로 골을 파내는 듯한 편두통까지 겹치는 것. 그 와중에 글을 어떻게 쓰나 걱정이었다. 늘 그렇듯 개인적 사설이 이래 길어서 송구스러운 것도 걱정이고.

하지만 장염에 걸려 좋은 점이 딱 하나 있었다. 강력하던 우울증이 싸악 빠져나간 것이다. 우울증이 장염보다 서열이 낮은 건지 알아서 짜진 모양이다. 앞으로 우울증에 빠지면 잽싸게 상한 음식을 먹으면 되는 걸까?

어우, 그럴 수는 없다. 우울증이 훨씬 덜 아프다. 어쨌든 앓느라 한잠도 못 자 의식이 혼미한 상태로 원고를 꾸역꾸역 쓰는데 집 앞에서 굴착기가 공사를 시작했다. 타이밍 보소. 이건 뭐, 마감 매직도 전혀 안 통하고 딱 망하라는 얘기 아닌가.

그렇다고 물러설 내가 아니다. 맛 좀 봐라, 하고 건스 앤 로지스의 〈Patience〉를 크게 켰다. 이럴 때일수록 강력한 인내심이 필요한 것이다. 원래 오늘은 명왕성에 간 뉴 호라이즌스 호와 프랑스 일렉트로닉 밴드 M83의 가공할 공간감에 대한 썰을 풀려 했는데 〈Patience〉를 듣다 보니 안 되겠다. M83은 다음 주에 쓰거나 말거나 하고, 오늘은 건스 앤 로지스다.

아아, 역시나 〈Patience〉의 도입부에 흐르는 휘파람 소리를 듣는 순간 통증이 경감되면서 어디선가 추억의 훈풍이 불어온다.

속초에 몇 달 산 적이 있었다. 푸른 동해 바다와 신선한 오징어와 설악의 스카이라인은 참 좋은 벗이었지만 마음 한구석은 늘 외롭고 허전했다. 그런데 어느 날 서울 친구가 놀러왔는데 밤에 둘 다 갑자기 토스트가 먹고 싶었고, 시내에서 늦게까지 문을 연 집을 발견해 좋아라 하며 사 먹었다. 먹을 때 좀 시큼한 느낌이었는데 멍청하게 다 처먹었다. 그리고 그날 새벽부터 우리 둘은 데굴데굴 구르며 복통에 시달렸다. 심각한 배탈이었다. 새벽이라 병원에 가지도 못하고, 설령 응급실에 가고 싶어도 둘 다 휴대폰 들고 구급차 부를 기력조차 없었다. 나로선 태어나서 그렇게 꽁꽁 앓은 건 포경수술 이후로 처음이었다. 다음 날 장염 진단을 받고 병원에서 같이 수액 주사를 맞은 뒤 내가 먼저 기력이 좀 돌아왔다. 그러자 옆 침대의 친구를 위로해주고 싶었다. 뭘 할까 하다 휘파람을 작게 불어주었다. 친구가 여자라서 그랬다. 부끄럽지만 그게 바로 〈Patience〉 멜로디였다. 그 순간 누군가와 고통을 함께한다는 게 참 다행스럽게 생각되었다. 다시 장염을 앓으니 그 작은 병실의 휘파람 소리와, 말간 햇살과, 바다 냄새가 추억으로 떠오른다. 만약 혼자 낑낑 앓았었다면 시간이 지나도 이렇게 추억이 되진 못했을 것이다. 지금은 혼자 아파선지 고통은 두 배에다, 몹시 고독하고 서럽기까지 하지만, 이것 참 〈Patience〉를 듣자니 건스 앤 로지스 엉아들이 마치 오랜 친구처럼 곁에서 휘파람을 불며 위로해주는 느낌이 든다.

추억의 뮤지션 건스 앤 로지스는 아시다시피 80년대 밴드로, LA 메탈이라 불린 '비파괴 공법'의 록 음악을 했다. 대중성을 추구하긴 해도 기본이 록 밴드라 꽤 시끄럽긴 한데, 몇몇 조용한 곡들 가운데 〈Patience〉가 가장 듣기 좋다. 석 대의 어쿠스

틱 기타와 함께 부드럽게 전개되는 곡의 흐름은 마음을 잔잔하게 해주고, 제목대로 '인내심'의 가치를 재인식하게 만든다. 또한 기존의 건스 앤 로지스 전매특허인 보컬 액슬 로즈의 '섹시 허세', 기타리스트 슬래시의 '감성 허세' 없이 담백한 톤으로 감상할 수 있는 거의 유일한 곡이다.

가사는 (안 좋게 보면) 헤어진 여자 못 잊고, 그녀가 했던 말이나 곱씹다가, 자기변명 좀 하다가, 기다리겠다고, 당신이 필요하다고 외치는 살짝 찌질한 스토리지만, '왜 이렇게 되는 일이 없나' 하는 생각이 들 때 기운 나게 하기에 충분한 부분도 있다.

> All we need is just a little patience
>
> (단지 좀 인내심이 필요해)
>
> Said sugar make it slow
>
> (천천히 하렴)
>
> And we come together fine
>
> (우린 잘될 거야)
>
> ……But I can't speed up the time
>
> (……시간을 빨리 돌릴 수는 없잖니)

All we need is just a little patience

(다만 좀 참을성이 필요해)

이 곡은 오피셜 뮤비보다 아메리칸 뮤직 어워드 시상식의 라이브 버전이 더 좋다. 유튜브에 다 있다. 아마추어 밴드가 커버한 듯 어설퍼 보이는 사운드가 훨씬 인간적이어서다. 특히 기타리스트 슬래시는 술을 마셨거나, 멤버들과 다퉜거나, 갑자기 장염에 걸린 듯한 느낌으로 연주한다. 내겐 뱀 들고 '후까시' 잡는 오피셜 뮤비보다 훨씬 친근하게 들렸다.

페이션스(Patience, 인내심)는 페이션트(Patient, 환자)와 한 끗 차이의 단어다. 술 마시고 이 곡의 제목을 떠올릴 때 종종 헷갈린다. 사는 일이 뭔가 안 풀리고, 할 일도 많은데 몸이 아프고, 좌절감과 통증과 외로움이 태풍처럼 밀려올 때 이 음악이라도 없었음 어쩔 뻔했나 싶다. 음악이 있는 한 인간은 절대 혼자가 아님을 다시 깨닫는다.

다 죽어가는 절망적 환자가 되는 게 아니라 음악과 함께 인내하는 사람으로 견뎌내는 것도 불과 한 끗 차이일 것이다. 인내는 고통보다 서열이 높을 테니까.

그건 그렇고, 무라카미 하루키 씨도 위에서 말한 라이브처럼 좀 인간적이면 어떨까 싶다.

마감의 압박에 쫄리는 맛을 공감할 수 없다면 외로운 작가 아닌가요. 아저씨도 늘 음악이 친구인 건 알지만 슬슬 외롭지 않나요? 아니면 말고요. 쳇.

괜찮고,
잘될 거라는
단
맛

이한철_슈퍼스타

여름이다. 강력한 무더위에 선풍기를 끌어안다 문득 옥탑방 살던 시절이 떠올랐다. 내가 살던 가건물 옥탑방들은 여름이면 땀샘 파괴 한증막 지옥이 되곤 했다. 밤에 옷 벗고 바닥에 자면 땀 때문에 장판 위를 쭉쭉 미끄러지며 자는 기이한 쾌락이 있었다.

여름마다 영혼이 삐뚫할 듯 상태 안 좋은 옥탑들에 산 기억이 대부분이었는데 딱 한 번 제대로 지은 옥탑이 얻어걸렸다. 에

어컨 없이도 맞바람이 꽤 시원한 집이었다. 그 상태 좋은 옥탑방은 아이러니하게도 상태 안 좋은 내 친구들이 매일 모이는 아지트가 되었다. 우리들의 공통점은 남녀를 불문하고 돈 없고, 할 일 없고, 대책 없고, 애인 없고, 근거 없는 자신감만 있다는 점이었다.

그런 친구들이 한데 모이면 슬픔과 좌절의 장마철이 될 것 같지만, 의외로 농담과 유머가 쉬어 갈 틈이 없는 예능 경연장이 되었다. 미래에 대한 희망이 워낙 없다 보니 다들 과도한 유머를 펼쳐서라도 절망감을 떨쳐내고 싶었던 건지도 모르겠다.

그러니까 한마디로 개판이었다. 우리는 매일 술을 마시며 웃기기 위해선 무슨 짓이든지 했다. 차력 쇼, 자해 쇼, 오바이트 쇼, 개드립 퍼레이드, 막장 인생 메소드 연기 등등 온갖 쇼가 난무했다.

그런 분위기에서 이한철의 〈슈퍼스타〉가 그 옥탑방의 애국가로 등극했었다는 게 글의 요지다.

들어보신 분도 많을 것이다. '괜찮아 잘될 거야~' 하는 신나는 후렴구로 유명하며, 기분 좋은 멜로디와 담백한 목소리가 매력적인 명곡이다.

사실 행복 전도사, 긍정 마법사 식의 메시지를 별로 좋아하지
않는다. 인생이 비참하게 느껴질 때, 긍정할 기력도 없을 때,
잘될 거라고 믿으세요, 억지로 웃어서라도 행복을 찾으세요,
라고 떠드는 건 일단 시끄럽고, 내겐 낮은 차원의 눈속임이자,
저질의 설탕 한 스푼을 내미는 것과 다를 바 없어 보인다.

그러나 경쾌한 기타 소리로 시작하는 이 노래 〈슈퍼스타〉의 단
맛은 그런 설탕과는 확 다른 성분이었다. 이 노래는 너절하게
긍정을 강요 때릴 생각이 없다. 다만 친구들끼리 서로의 편이
되어 지지하고, 공감하고, 믿어주는 아름다운 느낌을 음악 속
에 녹여놓았다. 거기서 비롯되는 솜사탕처럼 끈적한 친밀감과
연대감은 수준 낮고 공허한 단맛이 아니라 꿀맛이었다.
고로 그 옥탑방 멤버 중 누군가 어렵고 힘든 일이 있다고 고백
하면 모두가 약속한 듯 이 곡을 불러재꼈다.

　　괜찮아 잘될 거야 너에겐 눈부신 미래가 있어
　　괜찮아 잘될 거야 우린 널 믿어 의심치 않아

이 노래에 담긴 복음은 어떤 녹차 음료 광고의 주제곡으로 쓰

여 그 옥탑방에 전해졌다. 탤런트 윤은혜 씨가 일이 안 풀려 처져 있는 사람들 앞에 불쑥 등장해 음료를 건네는 장면과 함께, 뭐라 설명하기 애매한 트위스트 비슷한 댄스를 추며 '괜찮아 잘될 거야~' 하고 노래하는 광고였다. 음료를 마신 사람들은 그 즉시 함께 춤을 추며 그녀의 즐거움에 동화된다는 콘셉트였다.

논리적으로는 개뿔, 녹차를 마시는 것만으로 뭐가 어떻게 괜찮아지고, 대체 무슨 수로 잘될 거라는지 알 수 없는 광고였는데, 그걸 보는 우리들의 느낌은 '으아, 저거다'였다. 우린 녹차 대신 소주를 사용했지만 이젠 잘될 거라는 희망에 넘칠 수 있다는 그 광고의 메시지를 온몸과 정신으로 믿을 수 있었다.
그래서 우리는 하루에 백번도 넘게 이 노래를 불러댔다. 암만 더워도, 소개팅에서 까여도, 오랜만에 만난 부모님이 나가 죽으라고 해도, 발기부전이나 우울증에 걸려도 '괜찮아, 잘될 거야'를 합창하면 기분이 발랄해졌다.

아무 근거 없이 잘될 거라는 믿음을 갖는 건 허무할 것이다. 그러나 그것은 찌질한 우리들이 찌질한 우리들의 편이 되어 인생의 찌질함을 함께 버텨내려 했던 거룩한 협력의 송가였다. 작

대기 하나는 부러지지만 여러 개면 부러지지 않는 원리를 응용한 셈이다. 친구, 네가 뭘 하든 괜찮고, 잘될 거야, 라는 지지를 주고받으면서 앞으로 계속 후회 없이 살고자 하는 의지가 노래를 부를 때마다 넘쳐났다. 부수적으론 라면을 엎었다거나 하는 사소한 일에도 다 같이 벌떡 춤추며 이 노랠 불러재꼈고, 소주를 쏟거나 하는 끔찍한 일에도 이 노래면 다 용서가 되었다.

사실 '지금 좀 개판이지만 곧 잘될 거야'라고 믿는 사람과 '아아 옛 됐다, 늘 이런 식이야. 왜 항상 되는 일이 없지' 하고 절망에 빠지는 사람 중에 누가 더 잘될 것인지는 자명하다. 둘 중에 로또에 걸리는 사람이다. 그러나 로또에 안 걸리는 사람 중에서만 보자면 잘되는 건 역시 희망을 가지는 쪽이다.

폭염 속에서 축 늘어져 있던 나는 왜 에어컨 살 돈도 없나 고민하다가 벌떡 일어나 이 노래를 다시 들어보았다. 옥탑방 친구들 생각이 나면서 코끝이 찡해졌다. 그때 그토록 잘될 거라고 노래를 불렀지만 사실 잘된 놈은 없다. 하나같이 찌질하게 산다. 하지만 경쟁과 성공에 목숨 걸지 않고 행복에 지표를 두고 살아선지 친구들 대부분은 아직도 유쾌함을 잃지 않고 있다. 생활의 안정 여부를 떠나 늘 긴장하고 불쾌한 표정인 사람들보

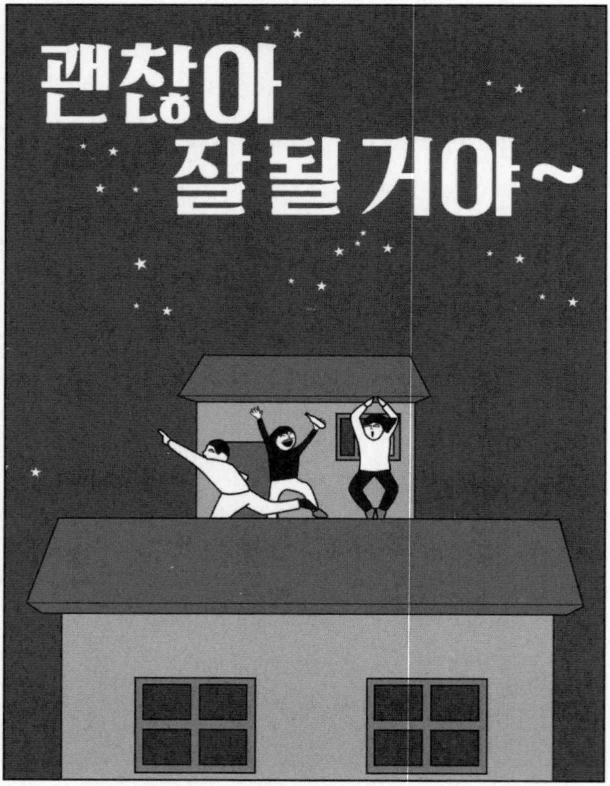
괜찮아
잘될 거야~

달달한 수박 주스처럼
시원한 이 노래를 불러보자.

셋, 넷!
괜찮아, 잘될 거야~

다 그 대책 없이 웃긴 친구들이 훨씬 후회 없이 잘사는 중이라
고 믿어볼란다.

　　너만의 살아갈 이유 그게 무엇이 됐든
　　후회 없이만 산다면 그것이 슈퍼스타

자, 너무 덥다면 달달한 수박 주스처럼 시원한 이 노래를 불러
보자. 기분이 좋아질 거다.
셋, 넷! 괜찮아, 잘될 거야~

안녕
플
루
토

데이비드 보위_Space Oddity

뉴 호라이즌스 호가 명왕성의 사진을 보내 온 지도 꽤 됐다. 하트 무늬 비슷한 얼음 빤스를 입은 고화질 사진을 보자마자 다양한 감탄사가 튀어나왔지만 문득 이런 의문도 들었다.

'어째 별로 고독해 보이지 않잖아?'

왜일까, NASA가 공개한 사진을 요리조리 뜯어봐도 고독이나 외로움, 우수를 느낄 수 없었다. 태양계의 가장 먼 바깥을 돌다 심지어 왜소하다며 퇴출되어 이름도 '134340' 따위로 바뀌는 수모를 겪은 별이라면, 고독에 부들부들 떠는 드워프 흑마법사 같은 인상일 걸로 예상했는데 한낱 인간의 올망졸망한 상상력이었단 말인가. 우주란 역시 어렵다.

다만 똑같은 명왕성 사진을 보고 막대한 고독을 느낀 사람이 있을지도 모르겠고, 한 우주선이 자신을 향해 9년 반 동안 날아와 인증샷을 찍는 바로 그 순간, 더 이상 고독한 별이 아니게 되었는지도 모르는 것이다. 내가 왜 외로운지도 모르겠는데 양자역학을 어떻게 알겠나.

안 외로워 보이는 명왕성을 소재 삼기로 한 뒤 몇 주가 대머리 벗어지듯 훌러덩 지나버렸다. 내가 너무 외로워서 명왕성에 어울릴 만한 음악을 딱 고르지 못한 거였다. 정확하게는 너무 많아서 어떤 음악으로 썰을 풀지 선택 장애에 시달렸다.

아무튼 심의 과정에서 최종적으로 선택한 건 데이비드 보위일 수밖에 없었다. 마지막까지 경합을 벌인 M83에게 심심한 위로를 전한다.

데이비드 보위의 〈Space Oddity〉는 우주 비행사 톰 소령이 우주선 회로 문제로 지상 관제탑과 교신이 끊겨 바보 되는 내용이다. 스스로 교신을 끊고 고독한 우주 미아를 선택했다는 해석도 가능한데, 내가 가장 좋아하는 가사는 이 부분이다.

Planet Earth is blue and there's nothing I can do

(지구별은 푸르고 난 할 수 있는 게 없군)

이 노래를 들으면 우주의 섬뜩한 고독이 느껴진다. 누구와도
교신이 되지 않거나 교신하기 싫어지면 사람은 외로워 자빠지
는 것 아닐까 싶다. 아, 그러면 할 수 있는 게 아무것도 없는 거
다. 마찬가지로 현재까지 외계의 누구와도 교신하지 못하는 우
리 지구야말로 우주적으로 외로운 존재 아닌가. 어째서 이 광
활한 우주에 우리밖에 없는 것처럼 보이는지 도통 알 수가 없
지 않은가.

그러나 우주 미아가 되는 우주 비행사 이야기의 씁쓸함과 달리
이 곡의 멜로디는 환상적이다. 1절에선 인간이 지구를 떠나 우
주로 향하는 환희가 느껴진다. 그리고 2절에선 그에 동반되는
허무가 느껴진다. 제목처럼 기이한 감상을 주는 명곡이다. 데
이비드 보위 님도 스타일 기이한 걸로 둘째가라면 서운하신 분
아닌가. 이 곡의 뮤비에선 곤두선 빨간 직모에 뭐라 표현하기

186

187

곤란한 눈빛을 하고 기타를 치는 모습이 확실히 정상적인 인간
으로 보이지 않는다.

나는 명왕성에서 뭔가 유사성을 발견했다. 퇴출 이유가 수성보
다 작아서기도 하지만 다른 태양계 행성들과 궤도면이 다르고,
생긴 게 살짝 타원형으로 이상하고, 공전 궤도 내에서 지배적
인 역할을 하지 못한다는 것 아닌가.
그것참, 어쩐지 음악을 하는 사람들이 사회로부터 정상적인 인
간 취급을 받지 못하는 모습과 닮아 있다. 그래선지 돈 돈 돈
하는 이 세상에서 비싼 돈 들여 쓸데없어 보이는 명왕성에 탐
사선을 보낸 과학이 하나의 예술적인 명곡으로 보였다. 돈 돈
돈 하는 멋대가리 없는 행위 말고 인간이 이런 이상한 짓도 할
수 있다는 데서 감동을 받았다.

그제야 명왕성이 왜 외로워 보이지 않는지 알게 되었다. 명왕
성은 지구의 학자들이 정한 규정대로 살지 않는 뮤지션 같은
면모가 있는 거고, 태양빛을 희미하게 받는 춥고 배고픈 와중
에도 꿋꿋한 개성으로 존재하는 멋이 있었던 거다.

1977년에 여행을 떠나 현재 인터스텔라를 여행 중인 보이저 호에는 골든 레코드가 실려 있다고 한다. 우주 어디엔가 있을지도 모르는 지적 생명체가 보이저 호를 발견한다면, 그리고 그 발견자가 닭대가리가 아니라면 거기 그려진 친절한 상형문자에 따라 레코드를 재생할 테고, 오오, 지구로부터의 메시지를 듣게 되는 것이다. 우주로 간 그 골든 레코드는 현대의 인간이 한 짓 중에 가장 멋진 포즈라고 늘 생각했다.

그 레코드에 엄선된 인간과 지구의 소리는 각국의 언어로 된 인사말은 물론 음악들도 포함되어 있다. 나는 그 사실에 코끝이 찡했다. 바흐를 처음 듣는 외계인은 우리가 대체 그동안 얼마나 외로웠던 것인지, 어째서 이런 아름다운 소리를 만들고야 말았는지 공감하게 될 것만 같다.

너무 외로워 회로가 망가졌을 때 최후의 교신 수단은 음악인지도 모른다. 정해진 대로만 이득을 따져가며 살면 다른 존재들과의 교신이 끊겨버리기 쉽다고 본다. 우리는 쓸데없는 음악을 만들기도 하고, 돌아오지 않을 우주선을 우주에 띄우는 존재로서 아름답다. 유한한 삶을 사는 우리지만 음악과 우주선은 앞으로도 길게 여행하면 좋겠다.

몇 년 전 〈Space Oddity〉를 국제 우주 정거장에서 부른 우주인 크리스 헤드필드 씨가 떠오른다. 무중력 상태의 우주를 유영하며 오래된 데이비드 보위의 노래를 불러 뮤비로 찍다니, 어지간히 외로웠나 보다. 그는 매우 피곤해 보이는 얼굴로 이 곡을 불러 유튜브에 올린 뒤 이천만 이상의 조회 수를 기록하며 유명해졌다. 원곡의 가사처럼 우주 미아가 되고 싶지는 않았는지 지구로 귀환하는 걸로 가사를 고쳐 부르긴 했지만, 사람들로부터 고독하게 잊혀가던 이 명곡에 우주의 현장성을 더해 다시 듣는 게 감명 깊어 발가락을 오므렸던 기억이 난다.

늘 그랬지만 오늘도 외로운 나는 음악을 들으며 견딘다. 그의 〈Space Oddity〉를 잘생긴 명왕성에게 바치며 이 글을 마친다. 물론 데이비드 보위 님께 허락받은 건 아니다. 우주의 신비와 보위 님의 연락처는 통 모르겠다. 둘 다 정말 끝내준다는 것만 알겠고.
아무튼 당신도 계속 힘내라, 플루토. 잊지 않을게.
이 글을 쓰고 얼마 뒤 데이비드 보위 님이 별나라로 가셨다. 슬픔에 오므라든 발가락을 며칠 동안 펴지 못했다. 내 영웅의 명복을 빈다.

부조리에 저항하는
독보적
관
록

블랙홀_라이어

유럽을 여행하다 뜬금없이 짜장면이 당겼던 적이 있었다. 인종 차별을 하루에 두 번이나 당한 재수 없는 날이었다. 그날 짜증 나서 짜장면이 떠올랐는데(죄송) 유럽 어디서 먹을 수 있겠나 싶어 매우 난감했다. 굶다가 위장이 트위스트 꽈배기 복합 댄스를 출 때쯤 한국 식당을 찾아냈으나 짜장면인 척만 하는 이상한 음식을 만 원이나 내고 먹어야 했다. 다음부턴 기분 메롱일 땐 마카롱이나 먹어야겠다고 결심했다.

이런 안 웃긴 이야기를 한 이유는 한국에서 헤비메탈을 하고 싶다면 그와 비슷할 것 같았기 때문이다. 다양성을 추구하기보단 음종 차별(?)을 하는 이 척박한 음악 풍토에서 헤비메탈이 좋으면 고생인 것이다. 실력 있는 헤비메탈 밴드가 혜성처럼 등장해, 음원 차트를 씹어 먹고, 꾸준히 음악성의 지평을 넓혀가며 롱런 궤도에 오르길 기대하기란 유럽에서 관록 넘치는 짜장면을 찾는 것만큼 어려울 것 같다. 아니, 사회에 온갖 부조리가 만연해 있는데 그것 좀 대차게 까는 시끄럽고 저항적인 음악이 드문 것도 부조리 아닌가. 마카롱을 연속으로 열여덟 개 먹고 싶다.

좋다. 헤비메탈은 철 지난 장르일 수도 있다 치고, 음악 중에서 반항심 넘치는 장르가 뭘까 생각해봤다. 고정관념일지도 모르겠지만 발라드나 댄스곡으로는 좀 난감할 것 같다.

　갑의 횡포를 엿 먹이고 싶다/ 힘세면 다냐/ 같이 좀 살잔 말이다~

이런 노랫말을 가진 감미로운 발라드가 있다면? 상상하다 집어치웠다. 문법이 도저히 안 맞는 거다.

마카롱값이 너무 올라/ 혈압이 올라요/ 정부에 닭대가리들
만/ 있는 건가요~

걸그룹이 섹시 안무와 함께 이렇게 노래한다면? 할 리도 없고,
안 어울리고, 출연도 안 될 거고, 심지어 잡혀갈지도 모른다.
안 되는 거다.
아니 그럼 뭐로 반항하나? 힙합이나 포크도 반항을 담당하기
적절한 장르이긴 한데 요즘 힙합은 깊이 있는 비판적 힙합 정
신 대신 자극적이고 노골적인 윽박지르기 느낌만 좀 강해져 아
쉽고, 포크는 저항보다 서정을 많이 추구하는 듯해 복숭아를
깨물 힘도 없어 보인다. 뭐니 뭐니 해도 개인적으론 아직 헤비
메탈이 장땡인 것 같다. 답답한 무언가를 깔 때는 시끄럽고 화
끈해야 먹어주는 거다. 조곤조곤 얘기하면 부조리는 스스로를
반성하지 않는다.

그렇지만 헤비메탈은 우리나라에서 대중적 인기를 누린 적이
없는, 참으로 꾸준히 소외되어 온 장르다. 혹자는 헤비메탈이

무식하고 시끄럽고 지겨워서 이미 멸종한 장르라고 주장하기도 한다. 그러나 웬걸, 홍대 인디 무대엔 아직도 수십 팀의 헤비메탈 밴드들이 오르고, 여전히 들을 만한 수준 높은 앨범들이 나오고 있으며, 음지에서 록 정신과 저항 정신을 발딱 곧추세우고 있다.

오랜 세월 짱짱한 존재감으로 국산 헤비메탈의 자존심을 지켜온 블랙홀이 중심을 잡고 있어서 이게 가능한 건지도 모르겠다.

블랙홀은 그냥 록 밴드가 아니라 독보적, 역대급, 레전드, 꾸준갑, 짱이에요 등의 수식어를 아낌없이 써도 되는 대한민국 1세대 헤비메탈 밴드다. 대표곡인 〈깊은 밤의 서정곡〉이 89년생이라니 까마득한 세월이 느껴지지 않는가. 30년 동안 한 우물을 파며 멸종되지 않고 버텼다는 것도 놀라운데, 이 노장 밴드가 9년 만에 정규 9집을 내며 '우리 아직 안 죽었어'까지 과시했다. 그들은 오로지 헤비메탈이 좋아서 험난한 외길을 꾸준히 달려왔고, 가공할 실력으로 수많은 명곡과 전설의 라이브 무대를 남겼다. 또한 이 글의 주제에 걸맞게 사회에 대한 문제의식을 가진 터프한 곡도 여럿 작곡했다.

9집에 실린 〈라이어〉는 어떤 거짓말쟁이를 대놓고 씹는 노랫말을 담고 있다. 헤비급 욕심꾸러기이자 뻥의 대가였던 정치적 인물이 떠오르면서 들을 때마다 속이 시원해지는 노래다. 그가 저질러놓은 삽질이 도처에서 똥 냄새를 풍기는데도 털끝 하나 다치지 않고 멀쩡하게 살아가는 부조리에 속이 부글부글 끓는데, 이 신나는 헤비메탈이 대신 욕하고 커다란 엿을 선사해줘 속이 풀린다. 〈라이어〉가 요렇게 안 까줬으면 화병에 걸렸을 것만 같다. 노랫말에는 마치 80년대 민중가요 부르듯 굵직하게 따라 부르게 되는 부분이 있다.

돈과 힘만이 세상의 중심
성가신 정의여 숨을 거둬라
It's a lie I can't believe
It's a lie I don't believe

부조리가 만연한 지 너무 오래되었고, 그에 동조하지 않으면 거지 같은 꼴을 당하는 세상이다 보니 사람들은 저항할 생각조차 포기한 것처럼 보인다. 문제가 넘치는 사회지만 반항하기 싫거나, 반항하는 데 지쳐버린 것 같다. 그래서 헤비메탈의 팬이 많지 않은지도 모른다. 록 페스티벌마다 청중이 넘쳐날 만큼 해방구가 절실한 시대에 헤비메탈의 이 희미한 입지란 참 아이러니하기도 하지.

세상이 시종일관 더러워도 분노할 줄 모르면 우리는 홀딱 망해갈 것이다. 그런 의미에서 블랙홀 형님들이 영원한 현역 밴드로 계속 저항하면서 존재해주기를, 이 땅에서 정의도 숨을 거두지 말고, 좀 아프지 말고 행복하기를 간절히 바라며 글을 마친다.
오랜만에 짜장면 먹으러 나가야겠다.

가을 타다
봉
변

마릴린 맨슨_Sweet Dreams

이 글을 처음 시작할 때 스페인 이비사 섬 얘기를 쓰면서 스케일 있는 배경을 선보였다. 그 후로도 유럽과 아시아를 망라하는 다국적 배경의 글을 이어가다 몇 회 만에 레퍼토리가 뚝 떨어지고 말았다. 그 뒤론 방구석 꾸민 얘기나, 재미없는 일상적 감상이나 떠들면서 스케일이 미생물 만해졌다. 심지어 이번 원고는 곰팡이 핀 지하 방에서 가을 타는 남자가 빌리 홀리데이를 듣는 얘기로 구상했는데, 쓰다 식상해서 원고를 구겨 던졌다(손맛이 살아 있어야 좋기 때문에 굳이 출력해서 구겼다. 미안하다, 나무야).

어쨌든 초심으로 돌아가야 할 때라고 느꼈다. 쓴 놈도 재미없는 글을 대체 누가 읽을 것인가. 단 한 명의 독자라도, 읽는 눈을 학대하면 안 되는 것 아닌가. 해서 이번 원고는 필리핀 마닐라 올 로케이션으로 쓴다. (뚜둥)

여행지로 마닐라를 선망한 적은 없었다. 다만 가을을 너무 세게 타다 약값 나가겠다 싶은 어느 날 아침, 살기 위해 당장 출발할 수 있는 항공권을 질렀을 뿐이었다. 값도 몹시 쌌다. 그렇지만 하필 마닐라라니, 우리나라에 선선한 가을이 시작됐는데 굳이 덥고 습한 마닐라라니, 인생에 마누라도 없는데 마닐라라니, 달콤한 바닐라 라테나 마시고 때우는 게 싸게 들지 않았을까? 싶은데 마닐라라니.

여행비로 기타나 새로 사는 게 현명한 짓인지도 몰랐다(가엾은 내 싸구려 기타가 반지하의 가공할 습도 때문에 목이 휘어져버렸다). 그러나 망설이면 못 떠나니까 이미 카드를 긁은 다음이었다. 환불도 안 되는 표였다. 그날 오후에 마닐라로 출발해버리는 것 말고는 답이 없었다.

당일에 급조해 온 티가 났는지 마닐라는 내게 비협조적이었다.

공항 택시부터 바가지를 옴팡 씌웠고, 급하게 예약한 호텔은 세금 12퍼센트, 봉사료 10퍼센트의 추가금을 때렸고, 가격 대비 참담한 수준의 침구 상태로 상심을 안겨줬다. 싸게 잠을 때울 만한 게스트 하우스도 없었고 데이터 통신, 와이파이는 죽어라 먹통이었다. 우연히 인터넷 카페를 발견하고 들어갔지만 검색어를 입력할 수 없을 정도로 느려서 분통만 터졌다.

맛있는 '싼미구엘' 맥주가 싸다는 것 말고는 모든 게 비합리적으로 느껴졌다. 안에서 줄줄 새던 바가지가 외국에 나가서 바가지를 쓰는 건 당연한 결과였는지도 모르겠다. 지금 여기 한국에서 인생이 재미있지 않으면 어디 가서도 인생은 재미없다는 걸 또 한 번 깨달았다.

그건 그렇고 마닐라에선 우선 유명한 사자성어들이 떠올랐다. '고온다습', '교통지옥', '치안불안' 등등이었다. 차 타면 막히고, 걸으면 무서웠다. 나는 위험에 대한 촉이 좋은 편인데, 이름이 예뻐서 숙소를 잡은 '말라테'에선 하루에도 수십 번씩 경고등이 들어왔다. 여자 끼고 술 마시는 업소 천지인 유흥가였던 것이다. 게다가 먹을 걸 안 가리는 관대한 입맛도 소용없었다. 로컬 식당에서 밥 먹고 나면 탄식이 밀려왔다.

아니 젠장, 여행이란

'뭐니 뭐니 해도 우리 집이

제일 괜찮아'

따위를 확인하는 과정이 아니잖아.

"필리핀인데 뭔가 싸지 않다. 짜기만 하다."

식비는 4박 5일 여행 동안 십만 원으로 버티려고 했는데 좀 깔끔한 데서 먹으면 한 끼에 만 원 이상이 나왔다. 음식의 질도 형편없었고, 딱히 고급 식당이 아닌데도 비쌌다. 태국이나 베트남의 싸고 황홀한 음식들이 그리웠다. 그 와중에 비까번쩍한 빌딩 숲인 마닐라의 강남, 마카티의 은행에서 돈 찾아서 나오는데 내 양팔을 잡고 돈을 내놓으라는 십 대들을 만났다. 구걸이 아니라 강도에 가까웠다. 100미터나 진행하도록 안 떨어지길래, 샷건을 들고 있는 은행 시큐리티 가드 쪽으로 뛰어갔다. 그 경비원은 내가 위험에 처했다고 판단했는지 샷건 노리쇠를 당겨 장전했다. 그제야 내 양팔에 달라붙어 있던 소년들이 팔을 놓았다. 그 구역을 벗어나기 위해 택시를 잡아타자 기사는 또 바가지를 씌웠다. 마닐라 이거 안 되겠네. 한숨이 계속 나왔다. 그래도 포기하지 않고 '인트라무로스'라는 스페인 식민지 시절 점령군의 거주지에 가보았으나 그놈들이 자기네 구역을 현지인과 구분해놓은 듯한, 높고 교만한 담벼락만 보여 흥, 칫, 뿡 하는 소리만 나왔다.

그래도 다음 날이 왔다. 그것은 신의 축복이었다. 좋았든 좋지 않았든 하루는 지나간다는 점이. 그러나 하루 종일 땀투성이로 발품 팔아 구한 게스트 하우스는 슬레이트 지붕이었고, 그날 밤 폭포 같은 스콜이 내려 마치 난타 공연하는 북 속에서 자는 듯한 기분이 들었다. 하늘도 울고 나도 조금 울었다. 정신 사나워 깨다 자다를 반복하다 마침내 나는 결심했다.

"에잇, 나가서 술 마실 테다."

하지만 길이 침수되어 못 나갔다. 스콜이 끝나자 머플러를 개조한 미친 오토바이가 새벽 내내 붕붕거리고 다녔다. 그다음은 새벽 4시였는데 닭이 울기 시작했다. 그 닭은 목청이 쇠파이프로 되어 있는지 아침 10시까지 3초 간격으로 헤비메탈 샤우팅을 들려줬다.

고로 한숨도 자지 못했다.

남은 일정을 취소해 빨리 돌아오고 싶었으나 뭐 인터넷이 돼야 항공권을 바꾸거나 새로 끊을 텐데 계속 먹통이었다. 스타벅스에 가도 와이파이가 안 터졌으니 말 다 했지. 현지인들은 다들 스마트폰을 잘 쓰고 있는 것 같아 데이터 유심을 사서 끼워도 되질 않았다. 또 한 번 유명한 사자성어들이 튀어나왔다. '진퇴

양난', '어쩌라고', '사면초가'.

그렇다고 막 절망하자니 쪽팔렸다. 남의 나라에서 비합리에 스트레스 받지 말고 음악으로 출구를 찾는 게 답이었다. 필리핀은 타고난 음악적 감수성이 파퀴아오의 원투 스트레이트 같은 나라 아닌가. 그래서 인천공항에서 비행기를 기다리며 근사한 라이브 클럽들을 구글맵에 저장해두지 않았겠는가. 하지만 정작 마닐라에선 구글맵이 작동하질 않았다. 택시를 타고 찾아가려 해도 정체와 요금과 불안감 때문에 관두고 싶었다. 말라테에 있는 큰 라이브 클럽엘 갔으나 밴드 공연은 안 하고 부킹에 초점이 맞춰진 느낌이라 실망하고 나왔다.

그렇다면 이어폰으로 음악을 들는 수밖에 없었다. 나는 마닐라베이에서 바다 냄새를 맡으며 조용히 쌘미구엘과 음악을 즐기기로 했다. 시끄러운 데가 너무 많아 30여 분을 고르고 골라 일식 노천 레스토랑에 앉았다. 튀김 하나 시키고 귀에 이어폰을 꽂자 과연 좋았다. 그런데 잠시 후 광장에서 스피커가 꽝꽝 울렸다. 저렇게 크게 틀어도 안 잡아가나 싶은 볼륨이었다. 그러자 옆 가게에서도 질 수 없다는 듯 옥외 스피커로 음악을 틀어재꼈다. 거기도 딱 나이트클럽 볼륨이었다. 음악 참 좋아하지만 그런 건 귀가 찢어질 것 같은 소음에 불과했다. 고막에 정신병이 생길 것 같았다. 튀김은 산도가 높은 거지 같은 기름에 튀겨 맛도 없고 두 입 만에 체해버렸다. 만 팔천 원이 나왔다.

난감했다. 어디 실내에 들어가면 에어컨 때문에 무식하게 춥고, 나오면 미친 듯이 덥고, 마닐라에 더 있을 수도 없고, 당장 돌아갈 수도 없고, 숙소에선 잘 수도 없고, 안 자고 버틸 수도 없고, 돈은 없는데 많이 나가고, 이 위기를 어떻게 견디고 집에 돌아가나 암담했다. 그래도 역시 내 친구는 음악밖에 없었다. 숙소의 축축한 침대에서 폰에 저장된 음악을 듣다 마릴린 맨슨의 〈Sweet Dreams〉가 흐르자 찌릿한 감명에 감전되었다.

Travel the world and the seven seas

(세상과 칠대양을 여행해봐)

Everybody's looking for something

(모두 뭔가를 찾는 중이지)

……Some of them want to abuse you

(……걔들 중 몇은 널 학대하고 싶어 해)

바로 요 가사들이 마음에 콕 박히는 것이었다. 사이키델릭 록의 혼란스러운 느낌과, 후렴구에서 내지르는 괴성이 마닐라에서 학대받는 내 심정을 대변해주는 것 같았다. 달콤한 꿈같은 위안이었다. 음악으로 평정심을 되찾자 오랜만에 학대받는 느낌도 나쁘지 않게 생각되었다. 내가 그동안 너무 편안하게 살아왔다고 반성했다. 세상이 엉망인데 아무 역할도 하지 않고 자신의 안위만 좇았다는 게 부끄러웠다.

그러고 보니 사실 마닐라는 큰 잘못이 없었다. 내가 바보였다. 잘 준비해서 오면 재미있는 여행지일지도 모르지만 수십 년간의 부패로 점철된 나라의 수도다. 똥 빠지게 일하는 대다수의 사람과, 콧구멍만 벌렁거려도 막대한 부를 천년만년 거머쥘 개부자들이 공존하는, 정의와 불의의 긴장이 풀려버린 지 오랜 도시인 것이다. 이대로라면 우리나라도 곧 그렇게 될까 봐 두려워하면서도 그동안 엉망으로 살아왔다는 게 겸연쩍었다.

아무튼 외모부터 무지 섹시한(?) 마릴린 맨슨 아저씨의 목소리에 위안을 얻고 하루하루 견뎌내자 길었던(?) 4박 5일이 지나고 한국에 돌아갈 날이 되었다. 공항 가면서도 극심한 정체에 시달려 똥줄이 탔고, 택시비 바가지를 썼고, 공항 안에서도 화장실과 흡연실, 에어컨 문제 등등 비합리의 연속이었지만 한국에 돌아간다는 게 겁나 기뻤다.

아니 젠장, 여행이란 '뭐니 뭐니 해도 우리나라가(집이) 제일 괜찮아' 따위를 확인하는 과정이 아니잖아. 새롭고 까다롭고 거지 같고 아름답고 신비로운 걸, 신나고 발랄하고 용기 있게 탐험하는 과정이면 좋았는데, 이번엔 어쩔 수 없었다. 한국에 돌아가는 보딩패스를 받는 순간 기쁨이 활짝 펼쳐지며 인상이 밝아지고 피부가 좋아졌다. 생애 처음으로, 여행지에서 집으로 돌아가는 게 즐거웠고, 신나게 들떴고, 일상에 없던 에너지가 꽉꽉 충만해졌고, 맛난 쫄면 요리를 주문한 것처럼 쫄깃해졌다. 마치 어딘가 여행을 가려고 비행기에 탔을 때 상기된 상태와 너무도 흡사했던 것이다.

그러므로 나는 마닐라에서 날린 돈이 아깝지 않았다. 망한 여행이더라도 여행에 쓴 돈은 손해 본 게 아니라는 걸 확인했다. 가을 타던 것도 필리핀의 택시 차창에 매달려 구걸하는 소녀의 맨발에 비하면 사치 같아 집어치웠고, 잊고 있던 마릴린 맨슨의 명곡도 재발견했으니 된 거다. 아아, 이제 열심히 살 테다. 다시 가을 안 타게 선블록도 꼼꼼히 바를 테다.

울림 있는
목
소
리
들

비욘드_광휘세월

홍콩 우산혁명 1주년이 되었다. 민주화라는 결과를 얻진 못했지만 거대한 중국에 쪼끄만 홍콩 시민들이 대차게 저항했다는 점에서 의미 있고 용감무쌍했다고 기억한다. 그래선지 응원차 홍콩에 또 여행 가고 싶다. 바가지와 문명적 친절, 너저분한 뒷골목과 초현대적 마천루, 미친 물가와 맛있는 음식들이 공존하는 홍콩이지만 늘 그리운 여행지다. 문제는 늘 돈이지, 뭐. 할 수 없이 추억으로 때워본다.

2년 전쯤 홍콩에 놀러 갔을 때의 일이다.

"저기서 내가 좋아하는 음악이 나오고 있어."

새벽 1시, 셩완의 어느 뒷골목을 헤맬 때 홍콩인 친구가 말했
다. 우리들은 이미 2차까지 목젖이 너덜너덜해지도록 마셨지만
3차로 딱 한 잔 더 때릴 곳을 찾고 있었다. 음악에 이끌려 가보
니 과연 문을 연 가게가 하나 나왔다. 나로선 음악 소리는 모르
겠고 영업 중인 술집 불빛이 더 반가웠다. 가게에 들어서자 스
피커가 내 귀에 가공할 울림의 중국어를 쓰윽 박아 넣었다. 어
쩐지 느낌이 익숙했다.

중국어로 불러재끼는 음악이라면 영화 〈첨밀밀〉에 나온 등려
군의 〈월량대표아적심月亮代表我的心〉밖에 모르는 내게 익숙한 목
소리라니 신기했다.

"이 음악 왜 이리 친숙하지?"

"홍콩 영화 좋아했다니 들어봤을걸. 비욘드 알아?"

첨 뵙겠는 밴드였다. 우리들은 2차 술자리에서 홍콩 영화 얘기
를 한참 나눈 뒤였다. 다른 이야기들은 대부분 일치했지만 내
가 미친 듯이 좋아하는 주성치를 그 친구는 별로 좋아하지 않
았다. 심지어 주성치는 양아치이며, 정의롭지 않고, 치가 떨릴

만큼 안하무인이라며 칫칫거렸다.

"주성치가 그토록 웃겼는데 봐줄 수 없을 정도야?"

"이봐, 그놈을 봐주려면 이백 배는 더 웃겨야 해."

그 뒤로도 그 친구는 주성치 뒷담화를 좀 더 했는데 내 영어가 짧아 자세히 알아듣지 못했다. 영화와 인물은 따로 놓고 봐야겠으나, 다만 주성치가 나쁜 놈이 확실하다면 그것도 좀 웃기긴 했다. 유머는 허를 찌르는 데서 나오는 것 아닌가.

아무튼 주성치에 대한 내 팬심을 짓밟은 게 미안했는지 홍콩 친구가 숙소까지 데려다주겠다며 함께 택시를 탔다. 늦은 밤에 술 마신 관광객은 바가지 쓸 확률이 높은데 정의감 넘치는 현지인이 동행해 다행이었다.

가는 길에 장국영이 투신한 만다린 오리엔탈 호텔 앞을 지났다. 비극적인 현장을 지나며 나는 그의 어이없는 죽음이 주는 쓸쓸함에 빠져버렸고, 정말 사랑한 배우가 만우절에 거짓말처럼 떠나버렸다는 게 여전히 믿기지 않았다. 이미 많이 마셨지만 우리는 둘 다 3차로 한 잔 더 하고 싶어져버렸다.

그 호텔을 지나자 고가도로가 나왔는데 〈천장지구〉라는 오래된 홍콩 영화에 나오는 장소와 흡사했다. 부잣집 딸내미 오천

련이 뒷골목 양아치 유덕화에게 인질로 잡혔다가 인생 제대로 꼬이는 내용의 멋진 영화였다. 웨딩드레스를 입은 여주인공이 도망간 유덕화를 찾아 맨발로 뛰어 내려오던 고가도로 장면과 함께 영화에 삽입된 아름다운 음악들이 떠올랐다. 하지만 지금 생각해보면 황당할 만큼 무책임한 스토리였다. 사랑에 빠진 여자를 오토바이에 태우고 가다 웨딩 숍 쇼윈도를 깨부숴 드레스를 입힌 다음 성당에 가서 기도하게 해놓고, 자기는 죽을지도 모르는 곳으로 복수하러 가다니. 극과 극의 인생 팔자가 불러온 비극이긴 했지만, 그 여자는 스톡홀름 신드롬 때문에 인생 뭐 된 거니?

아무튼 이야기가 샜고, 영화에 나온 비욘드의 〈회색궤적灰色軌跡〉이라는 아름다운 노래가 그 성완의 술집에서 나오던 음악이었다는 얘기다.

3차로 더 마실 수 있는 곳을 간신히 구했지만 술집 주인은 조건을 걸었다.

"쓸쓸해서 그러는데 비욘드만 주야장천 틀어도 되겠소?"

홍콩에 사는 친구는 80년대에 어린이에 불과했던 나이인데도 비욘드 광팬이라 바텐더와 하이파이브를 하며 좋아했다. 나도 비욘드의 보컬 황가구의 절절한 목젖 울림에 이미 경도된 터라 흔쾌히 오케이 했다.

비욘드는 홍콩에서 전설로 기억되는 80년대 록 밴드다. 록 음악치고는 음색이 강렬하지 않지만 보컬 황가구의 목소리에는 특별한 록 정신이 스며 있었다. 목소리 끝에 이상한 바이브레이션을 거는데 광둥어의 음색과 공명하면서 특이한 울림을 자아내는 것이었다. 처음 들어보는 신비한 울림이었다. 음악은 음색 빼면 시체 아닌가. 그동안 광둥어는 말로 듣든, 노래로 듣든 발음이 참 독특하게 유머러스하다고 생각했었는데 그 울림엔 유머러스한 느낌이 전혀 들지 않았다.

맥주를 마시며 친구가 비욘드 음악의 가사를 영어로 번역해주었다. 가사 내용이 매우 문학적이면서도 뭐랄까 존나, 의식 있다고 해야만 했다. 그런 멋진 내용이 있으니까 울림이 그토록 깊었던 것이다. 80년대란 그런 시대였던 것인가. 세계의 수많은 80년대 록 밴드들이 세상의 부조리에 맞서 의식 있는 목소리를 냈었다. 우리나라도 그땐 록 밴드가 많았고, 꽤 진지했고, 시민들은 저항할 줄 알았다. 지금 사회는 뭐, 극과 극의 인생

팔자로 나뉘어 다시 엉망이 되어버렸는데 의식 있는 움직임조
차 모두 꺾여버린 느낌이라 존나 좆같기만 하다.

어쨌거나 황가구가 직접 가사를 쓴 이 노래 〈광휘세월光輝歲月〉
은 감옥에서 나온 넬슨 만델라를 기리며, 피부색으로 차별 좀
하지 말자는 내용이었다. 연애 얘기일 것 같은 록 발라드에 그
런 가사라니 놀라웠다. 가사를 좀 소개하고 싶지만 중국어를
할 줄 몰라 구글 번역기에 돌렸더니 대체 무슨 말인지 더욱 알
아들을 수 없었다. 음악을 찾아보실 수 있다면 그냥 느낌으로
눈치채셨으면 좋겠다.

황가구는 일본 도쿄에서 공연하다 무대에서 떨어져 머리를 다
쳤는데, 그 불의의 사고로 영영 일어나지 못했다고 한다. 왜 옳
은 소리를 하고, 아름다운 재능을 가진 이들은 그토록 짧은 인
생을 살다 가는지 모를 일이다. 남의 것을 빼앗거나 짓밟으며
떵떵거리는 사람들은 참 오래도 사는데 말이지. 아, 욕 많이 먹
으면 오래 산다는 속설은 진짜였나? 빌어먹을.

아무튼 이 아름다운 음악을 만든 황가구는 1993년에 죽었고,
천안문 사건을 무력 진압한 중국을 비판하며 거대 깡패 조직

삼합회를 까던 장국영은 2003년에 죽었고, 평생 인종차별에 저항하고 인권 운동을 하던 넬슨 만델라는 2013년에 죽었다. 10년 터울로 세상을 떠난 그들이지만 우리에게 남긴 울림 있는 목소리들은 아마도 영원히 남을 것이다.

2023년엔 울림 있는 목소리를 내는 사람이 아무도 안 죽으면 좋겠다.

공공장소의
음악
수
준

스탠 게츠 & 주앙 질베르토_O Grande Amor

공공장소에 있을 때 제법 큰 음악 소리가 귓구멍으로 파고들면
내 반응은 두 가지다.

'우아, 이 음악 뭐지?' 또는 '젠장, 이게 무슨 짓이지?'

멋져서 궁금한 음악이 있고 그저 빌어먹을 소음에 불과한 것도
있는 것이다.

뭐가 됐건 쌀쌀한 늦가을 오후에 나는 화난 얼굴로 차를 몰고
고속도로를 달리는 중이었다.

고문을 당했기 때문이었다.

집에 라면이 떨어져 대형 마트에 갔을 뿐인데 똑같은 광고 음악을 계속 틀어재끼고 있었다. 어떤 건 3년째 똑같았고, 음량마저 높아 귀를 겁탈당하는 느낌이었다. 아니, 공공장소에서 그토록 요란하게 반복적으로 내 민감한 달팽이관을 막 쑤셔도 되나. 손님이 라면을 고를 수 없을 정도로 의식이 혼미해지면 자기네 매출도 손해 아닌가. 아니면 강제로 허접한 노래들을 외우게 해 우민화하려는 음모 세력이라도 있는 건가.

요리 에센스 땡땡해요~/ 가격이 착해~ 플러스가 되니까~/ 국내 생산 안심 따개~/ 두부 달걀 귀요미 콩 좋아해~/ 딴 건 넣지 마요 땡땡이면 충분해요~/ 좋아졌네 좋아졌어~

쓰면서도 촌스러운 멜로디와 노랫말들이 눈물겹다. 아아, 똑같은 곡 몇 개를 주야장천 반복해서 틀어놓는 건 남의 정신 건강에 뜸침을 놓는 행위임을 정녕 모른단 말인가. 편애하는 음악도 그렇게 반복해서 듣진 않겠다. 근데 선명하게 누추한 시엠송을…… 소비자인 나에게 왜 이래? 차라리 아름다운 시를 읊어주거나, 아니면 쓸모 있는 영어 표현이라도 반복적으로 틀든가.

큰 문제다. 안 그런 대형 마트가 드물다. 장 보는 분위기를 깔아주는 BGM도 아니고, 공익을 위한 캠페인송도 아니고, 단지 이 물건을 사라는 광고로 고객의 귀를 후벼 파는 건 질이 낮고 가학적인 발상이다. 또한 중독과 세뇌를 통한 '마약 마케팅' 전략 따윈 이지적인 현대인에게 반감만 살 뿐이다. 다들 바보인 줄 아는가. 한국의 정치 사회가 촌스럽다고 광고 음악까지 촌스러운 방식으로 들이대야만 하는가? 시장 분위기를 낸다는 것과 땡 상업주의의 더러움을 드러내는 걸 구분 못 하는 수준으로 장사하는 건 곤란하다.

가장 끔찍한 장면은 순진무구한 아이들이 마트에서 그 멍청한 노래들을 엄마랑 따라 부르는 모습이었다. 나는 마트에서 뛰쳐나오고 말았다. 스트레스를 풀기 위해 드라이브를 해야 했다.

솔로 생활 몇 년 만에 내가 너무 까칠해진 건가, 아니면 드디어 꼰대가 되어가는 건가, 아이유 연애 소식에 너무 충격을 받은 건가. 고뇌하며 차를 몰다 보니 수도권을 벗어났다. 이렇게 된 이상 아무 데나 가자 하고 계속 밟았더니 휴게소가 나왔다. 휴게소에서 다시 달팽이관이 뻐근했다. 으아아, 왜 고속도로 휴게소만 가면 주차장이 떠내려갈 정도로 뽕짝이 흐르는 거야? 내가 좋아하는 아이유 음악만 나온다고 해도 식상할 판에 좀 쉬려고 차에서 내렸다가 왜 난데없는 뽕짝 공격을 당해야 한단 말인가? 그런 음악이 기분을 고조시키던 시대는 쌍팔년 도 아닌가? 쉬기 위한 휴게소와 왁자지껄한 시골 장날을 헷갈 리다니, 엿이라도 팔겠다는 건가? 헬조선 고속도로엔 무슨 장 년층 관광버스만 달리나?

답 없는 의문들이 줄을 이었다. 뽕짝 메들리는 주로 잡화 차량 과 정체불명의 음반을 파는 가게에서 튼다. 뮤지션에게 저작권 이 제대로 돌아가는 음원인지도 의심스럽다. 그딴 소음 공해를 당당히 일으키는 코너가 휴게소마다 배정된 걸 보면 무슨 음모 가 있는 것만 같다. 아아, 지들이 좋아하는 거 너네도 들으라는 꼰대 마인드인지도 모르겠고, 그걸 못 봐주겠는 나 역시 정말 꼰대가 되어가는 건지도 모르겠고, 아아.

괴로워서 화장실에 들어가자 모차르트가 흘렀다. 듣기 좋은 음 량이었다. 공기 좋은 바깥보다 냄새나는 화장실이 더 수준 높 다는 아이러니를 받아들이기 힘들었다.

뽕짝을 피해 쉬지도 못하고 달렸더니 광주광역시 동명동이 나 왔다. 예쁜 가게와 게스트 하우스가 즐비한 사랑스러운 동네였

화장실에 들어가자
모차르트가 흘렀다.

공기 좋은 바깥보다 냄새 나는 화장실이
더 수준 높다는 아이러니를 받아들이기 힘들었다.

다. 숙소를 잡은 뒤 배가 고파 가까운 카페에 들어갔다. 그럴듯한 메뉴에다 분위기도 좋았지만 나는 메뉴판을 내려놓고 나와야만 했다. 도저히 그 카페와 어울리지 않는 음악이 흘렀기 때문이었다. 알 앤 비를 추구하면서 리듬도 블루스도 없이 흉내내기 기교로 대충 넘어가려는 허접한 가요라, 20년 전부터 지금까지 삼 대째 싫어하는 곡이었다. 어째서 지금 내가 이 음악을 또 들어야 하지? 음악은 호불호가 갈리는 취미 영역이긴 하지만 한 시대를 풍미했거나 여전한 생명력을 가진 명곡도 아닌 걸 자기 가게에 틀어놓는다는 건 음반을 안 산 지 20년이 넘었거나 감각이 전혀 없다는 얘기와 다를 바 없다. 그런 집에선 음식 맛도 기대할 수 없을 수준일 게 뻔했다.

카페에서 나와 터덜터덜 거리를 걷는데 충장로 쪽에서 어떤 행사가 벌어지고 있었다. 커다란 앰프 스피커로 김수철의 〈젊은 그대〉가 쿵쿵 울렸다. 어떤 남자가 '으싸라 으싸' 하는 응원 형식 추임새를 넣는 게 대단히 지겨워서 견디기 힘들었다(나중에 알고 보니 추억의 7080 행사이긴 했지만). 기껏 달아난 길에서도 음악 때문에 시달리기만 해서 눈물이 날 것 같았다.

그러나 역시 죽으란 법은 없었다. 멋진 보사노바가 흐르는 예쁜 식당을 발견한 것이었다. 뒤도 안 돌아보고 들어가자 예상대로 몹시 편안했다. 그곳에서는 1964년에 발표한 앨범《게츠 앤 질베르토》의〈O Grande Amor〉가 흘렀다. 좋은 스피커에서 너무 커서 대화에 방해되거나 너무 작아서 신경 쓰이거나 하지 않도록 황금 레시피 음량이 나왔다. 깜빡했던 스탠 게츠와 주앙 질베르토도 너무 반가웠고, 당연하게도 그 집 파스타와 생맥주 맛은 아주 성의가 넘쳤다.

음악은 한 공간의 디자인에서 핵심적으로 중요한 부분이라고 본다. 공공장소 BGM의 수준이란 그 중요도에 대한 이해 수준과 같다. 날씨나 콘셉트나 분위기에 맞게 선곡할 세련된 감각이 없으면 그냥 음량을 좀 줄이거나, 클래식 채널을 깔아놓거나, 아니면 아예 아무것도 안 틀거나, 손님을 절대 안 받거나, 좀 그랬으면 좋겠다.

세상에 나처럼 귀때기가 예민하고, 안 웃고, 심성이 관대하지 못한 꼰대 손님만 존재하진 않겠지만 음악 수준 좀 높이면 매출도 껑충 오를 것임을 장담하는 바다.

그나저나 얼떨결에 간 광주 여행은 참 좋았다. 무슨 애호박 찌개가 엉엉, 예술이 따로 없었다. 뜻밖의 기름값 지출 때문에 당분간 라면만 먹고 살아야겠지만, 엉엉.

세상에
평화를
좀

카에타누 벨로주_Cucurrucucú Paloma

비둘기야 어딜 가니 나랑 같이 춤을 추자

비둘기야 어딜 가니 나랑 같이 술 마시자

비둘기 비둘기 비둘기 비둘기 비둘기 비둘기

(크라잉 넛, 〈비둘기〉)

갖은 테러 소식들로 쓸쓸한 요즘, 이 노랠 자주 듣게 된다. 평화를 잃은 불안한 심정을 비둘기에 비유한 것처럼 들려서다.

좌절감을 호소하는 절규에 가까운 샤우팅과, 연발로 애타게 비둘기를 호명하는 목소리가 딱 내 심정이다. 평화 따위 엿 바꿔 먹은 시대의 영가靈歌로 들릴 지경이다.

평화의 상징(?)이라는 비둘기는 어디 갔을까? 닭둘기, 똥둘기로 불리며 도심의 민폐 캐릭터가 된 지 꽤 되었다. 자기 발밑은 다 변소라고 생각하는 새대가리 괄약근을 가진 놈들인 데다, 변기의 1.5배에 달하는 세균을 지녔다니까 거참 곱게 보기 힘들다. 그래도 비둘기가 처음부터 그런 놈들인 건 아니었다.

'응답하라 시리즈'에 나오기도 한 쌍팔년도 올림픽 때 개막식 이벤트로 흰 비둘기 천 마리를 한꺼번에 날리는 쇼를 했었다. 그때 잠실에서 날아오르던 건 분명 똥둘기가 아니라 냉전 시대가 끝나는 분위기를 대변하는 평화의 상징이었다. 나는 궁둥이에 힘을 주며 감탄했었고 성화대에서 바비큐가 된 놈들이 불쌍하다는 생각마저 했었다. 그런데 그때 이후로 개체 수 조절에 실패해 지금의 민폐 캐릭터로 급성장한 그들은 이제 더 이상 평화의 상징이 아니다. 뭐든 명성을 꾸준히 유지하기란 참 만만치 않은 모양이다.

비둘기 하면 오우삼 감독의 액션 영화도 떠오른다. 총탄이 난무하고 피가 튀기는 장면 속에 꼭 비둘기 날아오르는 장면을 섞는 게 오우삼 감독의 '야마' 혹은 '트레이드 마크'였다. 폭력의 상징인 총과, 평화의 상징인 하얀 비둘기의 대비가 주는 선뜩한 강렬함이 예술적이었다.

그 시절 시인과 촌장의 〈떠나가지 마 비둘기〉〈비둘기 안녕〉〈비둘기에게〉라는 '비둘기송' 클린업 트리오도 정말 좋은 노래들이었다. 그 노랫말들 속의 비둘기는 착하고 순수하고 희망적인 존재였다. 비둘기는 그렇게 우리들과 참 가까웠으나 오우삼 감독이고 시인과 촌장이고 다 옛날 얘기인 거다. 비둘기호라는 이름의 완행열차도 이미 사라졌다. 이제 사람들은 비둘기를 선량하고 평화롭고 정다운 친구로 인식하지 않게 된 것이다.

〈Cucurrucucú Paloma〉는 제목이 좀 웃기지만 웃긴 것과는 거리가 먼 노랫말을 가졌다. 오리지널은 토마스 멘데스 소사의 곡으로, 훌리오 이글레시아스도 불렀고, 페드로 알모도바르 감독의 〈그녀에게〉라는 영화에도 최근 다시 나왔다. 거기 브라질산 실크 스카프 같은 카에타누 벨로주가 미니 콘서트를 하는 장면이 있다. 벨로주 아저씨는 처음 봤을 때 노래 참 못 부르게

평화를 잃어버린
우리들의 창가에,

한때 평화의 상징이었던
비둘기가 날아와 울고 있는 것
같은 소리를 낸다.

생겼다고 오해했는데 목소리를 들을 때마다 정말 녹는다, 녹아. 무슨 강동원 앞의 여심처럼 말이다.

이 노래는 한 사람이 누군가를 사랑하는 마음에 밥도 안 먹고 죽도록 술만 마시다 결국 죽었는데, 이후 산비둘기가 되어 사랑하는 이의 창가에 날아가 구슬피 운다는 내용이다.

> Cucurrucucú paloma, cucurrucucú no llores
>
> (구구구 비둘기야 울지 마)
>
> Las piedras jamás, paloma
>
> (비둘기야 절대 돌덩어리들은)
>
> ¿Qué van a saber de amores?
>
> (사랑 따윈 모를걸?)

요즘 사랑보다는 평화가 더 문제라 난 여기에 평화를 잃은 슬픔을 막 대입했다. 지구에서 전쟁이 끝날 날은 정녕 오지 않을 것만 같다. 인간은 돌대가리들이기 때문이다. 지구에서 평화를 가차 없이 박살내온 게 인간의 한계였고, 그중에 가장 어이없는 건 역시나 종교의 극단성이었다. 인간에게 종교의 자유란

반드시 필요하다. 자기 종교만 옳다고 믿으면서 이교도 놈들은 죽여야 정신을 차린다고 극단적으로 생각하는 순간 평화는 엎어진 라면 냄비처럼 되고 마는 거다. 근데 예나 지금이나 이게 참 대책이 안 선다. 인류사의 총체적인 난제다. 왜 정치와 종교는 과학의 눈부신 발전과 상관없이 절대 발전을 안 하는 거람.

난 음악을 만들거나 듣는 이들이 평화로운 존재라고 본다. 평화롭지 않으면 그럴 여유가 없기 때문이다. 헤비메탈 광팬이든 힙합 광팬이든 자기가 좋아하는 음악만이 옳다고 믿지만 않는다면 평화를 해칠 수가 없다.

그런데 IS의 병영에 과연 감미로운 음악이 흐를까? 상상되지 않는다. 한국 군대에서도 전투력을 상승시키는 음악만 틀지 않았던가. 심지어 군인 출신의 독재자들은 좋은 음악을 제 맘대로 듣지도 못하게 했다. 음악이 해롭다면서 금지곡으로 지정하는, 몹시 해로운 생각을 했던 것이다. 그렇듯 테러리스트가 점령한 땅에, 가엾은 난민들의 행렬에, 〈Cucurrucucú Paloma〉 같은 노래가 흐르기란 매우 어려울 것이다.

영화 〈레옹〉에서 감독의 가장 섬뜩했던 연출력은 게리 올드먼

이 클래식 음악을 들으며 샷건을 쏴대는 장면에서 드러났었다. 베토벤을 들으며 총질하는 모습으로 이 스탠이란 형사가 미친개또라이 악역임을 너무나도 잘 보여준 것이었다. 아름다운 음악과 폭력성은 그렇게 서로 섞이지 않는 물질인 것이다. 테러리스트들이 이 글을 본다면 꼭 말해주고 싶다. 인간들아, 음악 좀 들으라고, 쫌!

〈Cucurrucucú Paloma〉는 평화를 잃어버린 우리들의 창가에, 한때 평화의 상징이었던 비둘기가 날아와 울고 있는 것 같은 소리를 낸다. 아이야이야~, 꾸꾸루꾸꾸 하고 말이다. 그 목소리가 오늘따라 참 구슬프게 들린다.

평화는 대체 인류가 얼마나 더 망해봐야 가질 수 있는 가치일까. 아 쫌 상대를 시원하게 인정하고, 배려하면 안 되나. 나와 다르다고, 힘 좀 세다고, 말 안 듣는다고, 때려서 굴복시킬 생각만 하지 말고 서로 인정해줘야 이 좁은 지구에서 다 같이 살 것 아닌가.

에잉, 속상하니까 배에서 꾸룩꾸룩 소리가 다 나네. 비둘기라도 들어앉았나.

나가사키에서 힘 빼고 릴렉스 크리스마스

멜 토메_The Christmas Song

12월이 되자 허탈하다. 한 해 동안 힘 꽉 주고 살았는데 결과물이 하나도 없는 것이다. 씁쓸한 마음으로 1년 내내 쓴 글들을 보니 딱 거슬렸다. 다른 작가들의 유려한 글솜씨와 달리 내 글은 이등병의 볼때기 같아서였다. 너무 힘준 글은 쓰기도 힘들었고, 읽기도 힘들다는 걸 알았다.

깨달음을 얻은 나는 힘을 빼기 위해 나가사키로 향했다.
아등바등 힘주며 산 게 지겨웠다. 그런다고 살림살이가 나아진 건 하나도 없으며 무명작가면 당연히 돈이 없는 건데 왜 받아들이질 못했나, 후회하는 차원이었다. 마침 생일이니 스스로에게 주는 선물 겸 해서 후딱 다녀온 다음, 아무 알바나 구할 생각이었다. 늘 그랬듯 내 여행 장소와 시간은 가장 항공권이 싼 곳, 싼 날짜. 그 단계까지는 힘 빼고 처리했다. 그러나 숙소를 예약하며 브레이크가 걸렸다.

빌어먹을 여행 짬밥은 있어가지고 위치, 편의성, 침구 상태, 후기 등을 꼼꼼히 따지다 보니 나도 모르게 힘을 주고 말았고, 그 사이에 방들이 싹 매진돼버렸다.
"무슨 일이지? 나가사키에서 짬뽕을 공짜로 돌리나."
알고 보니 일본의 연휴였다. 그걸 눈치챘을 땐 특급 호텔과 낡은 도미토리 한 개만 남아 있었다. 가뜩이나 극단적인 내 인생에 왜 숙소마저 중간이 없나 잠시 상심했다. 생일인데, 당분간 여행 못 갈 텐데, 하면서도 맘에 안 드는 싸구려 숙소를 예약하자 물미역처럼 마음이 풀어졌다. 어떻게든 힘이 빠진 건 다행이었다.

나가사키는 아시다시피 짬뽕으로 유명한 도시였다. 그런데 유명한 짬뽕집마다 줄이 길어 나는 포기했다. 짬뽕이 뭐라고 힘 주어 기다렸다 먹나 싶었다. 나는 아무거나 먹고 설렁설렁 힘 빼고 돌아다니기로 했다. 경직되지 않는 자유와 부드러운 움직임은 내게 오랜만에 좋은 기분을 선사했다.

또한 나가사키는 우리나라에서 가장 가까운(?) 노면전차의 도시다. 그게 뭐라고 나는 노면전차에 듬뿍 꽂혔다. 노면전차란 도시 한복판을 힘 빼고 천천히 미끄러지는 교통수단이 아닌가. 여행의 목적에 부합되는 낭만적인 속도와 고즈넉한 플랫폼에 반할 수밖에 없었다.

내가 예약한 숙소는 가톨릭 센터 호스텔이었다. 종교 시설에 딸려 있다 보니 분위기가 어쩔 수 없이 성스러웠다. 공용 공간이 있었지만 음주 가무를 할 만한 곳은 못 됐다. 수녀님들이 그림자처럼 조용히 왔다 갔다 하고, 프란치스코 교황 사진이 내가 술을 마시려는 테이블 앞에서 성스러운 미소를 짓고 있었다. 더구나 2층 침대가 잔뜩 놓인 도미토리에는 남에게 피해 주지 않으려고 기를 쓰는 일본인들이 방을 꽉 채우고 있었다. 그 분위기에선 기침도 하기 힘들었다.

그런데 한국에서부터 우연히 같은 비행기를 타고 사가에 내려,

같은 기차를 타고 나가사키에 와서, 같은 숙소의 같은 침대 위아래에 묵게 된 포르투갈인이 있었다. 동선이 이렇게 똑같다면 좋은 인연일 텐데 남자라서 몹시 아쉬웠다. 그래도 우리는 뭔가 함께 술을 마시지 않으면 안 될 것 같았다. 결국 함께 공용 공간에 나가 살살 대화하며 맥주와 음악을 즐겼다.

주로 즐긴 음악은 포르투갈의 대중 가곡 '파두'였다. 마리차, 카마네 등의 아티스트를 그 친구가 소개했다. 여행 와서 남자끼리 속삭이며 듣고 앉았으려니 그 친구나 나나 기분이 개떡 같고 지랄 맞았지만 음악이 너무 좋아 넘어갈 수 있었다. 사실 여행지에서 이성과의 아름다운 만남을 기대하는 것도 결국 요행의 가능성에 너무 힘주는 거 아니겠는가.

그나저나 처음 접한 '파두'라는 음악엔 삶의 애환이 뚝뚝 떨어지는 목소리에다 '뽕끼'까지 서려 있어, 듣고 있자니 어쩐지 눈물이 날 것 같았다. 울진 않았지만 아무것도 못 이루고 12월을 맞은 두려움이 어쩐지 해소되는 기분이었다. 우리는 공용 공간이 소등될 때까지 음악과 맥주를 멈출 수 없었다.

일본 연휴가 끝나자 가톨릭 센터에서 일본인들이 대거 빠져나갔다. 나는 숙소를 옮겼다. 마감할 원고가 있어, 좋은 책상이 있는 비즈니스호텔에 묵고 싶었다. 교황님이 내려다보는 테이블에선 이상하게 글이 안 써졌다. 그러나 괜히 옮긴 거였다. 호텔 방에서도 글이 잘 써지지 않아 결국 카페에 노트북을 들고 나가 썼다. 이건 또 뭔 삽질이냐 자괴했다. 글 쓸 장소를 찾느라 힘을 꽉 주는 바람에 비싼 숙박비 칠만 원만 깨진 셈이었다.

어쨌든 글을 마감하고, 지갑이 너무 얇아져 다음 날은 또 저렴한 도미토리로 갔다. 돈을 아끼려고 낭만적인 전차도 외면하고 걸어 다녔다. 하루 종일 걷다 지쳐 숙소에 돌아왔을 때 옆 침대에 묵기 시작한 영국인이 물었다.
"어이, 친구. 항구에 산책 나갈 건데 길 좀 알려줄 수 있어?"
"나가서 육교를 건너면 역이 나오는데 거기서 우회전을 때리면……."
어쩌고 설명하려다 내가 길 설명하는 영어엔 약해서 그냥 같이 나가기로 했다. 육교가 영어로 뭐였지? 젠장.

피곤해서 도저히 더 걸을 수 없을 것 같았지만 목적이 힘 빼는 여행이니깐 또 기어나갔다.

잘 나갔다. 걸어서 생긴 피로는 걸어서 푸는 게 옳았다. 그 영국인 친구와 나가사키 야경에 취하며 서로 좋아하는 음악 이야기를 나누는데 그가 소리쳤다.

"나도 록이라면 정신 못 차린다구. 내 일본인 친구가 로큰롤 바를 소개시켜 줬는데 같이 갈래?"

나는 흔쾌히 가기로 했다. 그런데 갑자기 비가 내렸고, 우린 둘다 우산도 없었고, 잠시 후엔 우박까지 떨어졌다. 여행지에서 겨울비에 우박까지 처맞고 양말도 다 젖고 얼어 뒈질 것 같은 상황이 되었지만, 나는 록 라이브를 듣고 싶어서 또 힘을 잔뜩주고 걸었다. 록 음악에 대해 과도한 탐욕을 부린 것이다.

하지만 영국인은 탈모가 시작된 머리에 우박을 때려 맞고도 날씨를 탓하지 않았다. 영국 사람은 정말 생선 대가리가 박혀 있는 파이를 먹느냐고 물었을 때도 그는 빙긋이 웃기만 했다. 그는 릴렉스 면에서 배울 점이 많은 사람이었다. 그 친구와 거의 한 시간을 걸어 로큰롤 바가 있다는 거리에 찾아갔을 땐 록이고 나발이고 다리가 풀려 개다리가 될 지경이었다. 호스티스 언니들이 길에서 양복쟁이 아저씨들을 호객하는 동네였는데 쥐새끼처럼 된 우리 쪽은 쳐다보지도 않았다. 다행이었다.

그런데 뮤직바 이름이 '피에르'라는데 그 동네 간판은 전부 일본어였다. 우린 가타카나를 읽지 못해 간판을 몇 번이고 지나쳤다. 호스티스 언니들에게 길을 물어 간신히 그 바를 찾아낸 다음 우리는 하이파이브를 했다. 그러나 문을 열자 쿵쿵거리는 록 음악은커녕 잔잔한 팝 발라드가 흐르고 있었다. 메뉴는 몹시 비쌌고, 깡패처럼 생긴 아저씨 하나가 "나가사키엔 야쿠자가 없어서 좋다구!"라는 말을 내게 세 번이나 했다. 그는 술에 취해 의자에서 떨어지기 직전이었다. 나와 영국인은 동시에 고개를 흔들며 거기서 나왔다.

전차가 끊겨 걸어서 숙소에 돌아가는 동안 걸음걸이가 미역국처럼 변한 우리는 작은 바를 발견하고 일단 들어갔다. 사람 네 명만으로 고밀도가 되는 공간이었다. 그곳에서 술과 체온으로 몸을 녹이는데 멜 토메의 〈The Christmas Song〉이 흘렀다.

아니, 이놈의 나가사키는 무슨 12월 땡 시작부터 크리스마스 분위기를 내려는 거야, 도시 곳곳에 이미 루미나리에 장식이 잔뜩 있던데 거 너무 이른 거 아니오? 생각한 것도 잠시, 나는 부드러운 목소리에 몸과 마음이 주르르 녹아버렸다. 힘주지 않고 부드럽게 발성하는 멜 토메 님의 아름다운 음색을 안주 삼자 술도 부드럽게 꿀떡꿀떡 넘어갔다. 냇 킹 콜 아저씨의 리메이크 곡이 워낙 유명해서 오리지널 넘버를 들은 건 처음이었다.

그 음악 덕분에 여행 경비 걱정에 벌벌 떨던 심정도 릴렉스했다. 고로 술도 마음껏 마실 수 있었다. 1년 내내 했던 돈 걱정도 결국 힘만 빡 주는 것이다. 돈이 뭐라고, 그렇게 힘주어 목매었단 말인가. 일단 쓰고 열심히 갚으면 되지, 뭐.

아등바등 살아남으려고 핏대를 세우고 있으면 자기 삶도, 옆에서 보는 친구들도 힘든 거다. 크리스마스의 의미가 무엇이든, 나로선 정말 오랜만에 여유 있는 분위기를 즐겼다. 이게 몇 년 만인가 생각하니 겸연쩍었다. 낯선 여행지의 스탠드바에서 처음 만난 사람과, 마음껏 힘 빼고 긴장 풀고 개릴렉스 상태로 새벽까지 신나게 웃고 떠들다 보니 마음이 양털처럼 보들보들해졌다.

거룩한 가톨릭 센터 숙소의 발단과, 애환이 가득한 포르투갈 파두 소리의 전개와, 가혹한 날씨, 과도한 직립보행의 위기와, 〈The Christmas Song〉의 대단원. 어쩌면 성탄절을 맞아 신이 내게 서사 구조를 선물하는 것 같았다. 신의 작품엔 전혀 힘이 들어가 있지 않았다.

게다가 야욕의 태평양전쟁으로 힘을 빡 주던 일본이 핵폭탄 맞고 항복하게 된 그 나가사키에 갔기 때문에 그런 깨달음을 얻지 않았나 싶었다. 신의 뜻은 잘 모르겠지만 좋은 의미로 힘이 쭉 빠졌다. 인생 모르겠다. 힘은 반드시 줘야 할 때만 주면 되는 거고, 크리스마스 시즌엔 안 그래도 된다. 멜 토메 님의 목소리와 함께 릴~렉스 크리스마스 보내시길.

사랑은
달아서
끈
적
한
것

다이도_White Flag

쳇, 모레가 크리스마스 어쩌고인가 본데 올해는 혼자다. 상관
없다. 반드시 달짝지근하게 보내야 하는 날도 아닌데, 뭘. 나는
일말의 쓸쓸함도 없이 의연한 자세로 방구석에서 잘 보낼 계획
이다. 그런데 흥, 칫, 뿡거리다 보니 오래전 런던에서 보낸 크
리스마스가 문득 떠올라버렸다.

그때 나는 어학연수를 빙자한 외화벌이 알바 중이었다. 처절한
생존에 지쳐 낭만적으로 보낼 궁리를 하던 끝에, 일터에서 친

하게 지내던 여자애와 둘이서 시간을 보내면 썩 괜찮을 것 같다고 판단했다. 맛있는 것도 사 먹고, 영화도 보고, 반짝반짝 장식된 옥스퍼드 스트리트를 손 잡고 걸으며 크리스마스의 달콤함을 만끽하고 싶었다.

그런데 내가 돌대가리같이 간과한 게 두 개나 있었다.

크리스마스 전후로 런던은 연휴 모드에 돌입해 문을 여는 상점 따위가 하나도 없다는 걸 몰랐다는 점과, 여자의 심리를 전혀 몰랐다는 점이었다.

"크리스마스 때 뭐 해? 나랑 놀래?"

"내가 왜 오빠랑 크리스마스에 만나?"

"간단한 질문이네. 난 멋있잖아."

여자애는 자지러지게 웃은 다음 간신히 말을 이었다.

"아니야, 오빠 웃겨."

나는 바보같이 그것도 모르고 내가 멋있는 놈인 줄만 알고 장도 안 봐놨고, 달랑 혼자 좁아 터진 방에서 크리스마스를 맞이해야 했다. 먹을 게 아무것도 없어서 배가 고파 죽을 지경이었다. 설마 구멍가게 하나쯤은 장사를 하겠지? 싶었지만 암만 돌아다녀도 연 곳이 없었다.

"헤이 부라더! 메리 크리스마스야."

"원하는 거나 빨리 말해. 문 닫기 직전이야."

"양고기 케밥과 맥주 네 캔."

"맥주 같은 소리 하네. 그런 건 없어."

"제발, 크리스마스인데 나 혼자야. 부탁이야."

"특별히 너만 주는 거야."

"이런 예외 없는 녀석들."

나는 울면서 하우스메이트들에게 음식을 꿀 수밖에 없었다. 착한 친구들이라 그들은 먹을 것과 생필품을 조금씩 빌려주었다.
"런던에서 크리스마스를 처음 보내는 거구나?"
"응. 빌린 건 연휴 끝나면 꼭 갚을게."
모두들 개뿔도 없이 사니까 부채를 잊지 않기 위해 나는 수첩에 또박또박 적어두었다.

로버트 : 소시지 한 개/ 마크 : 콩 통조림 한 캔/ 루비 : 라면 한
봉지/ 크리스티나 : 담배 가루 10g/ 마틴 : 에일 330cc/ 예수
님 : 커다란 엿

크리스마스이브가 되자 하우스메이트들은 다들 파티나 데이트를 즐기기 위해 집을 떠났다. 나만 텅 빈 집에 남아 멍하게 앉아 있었다. 생존을 위해 빌린 것들은 아주 아껴서 소비해야 했다. 마음은 크리스마스 때문에 들떠 있는데 아무것도 할 게 없었다. 특선 영화라도 해주려나? TV를 틀었더니 왕가위 감독의 〈화양연화〉가 나왔다. 이거다, 이번 크리스마스는 이 영화

를 보는 거다, 싶어 반가웠지만 동네가 난시청 지역이라 화면
은 잠깐 선심 쓴다는 듯 나왔다가 곧 지지직 선을 그으며 뒤틀
려버렸다. 안테나를 암만 돌려봐도 소용없었다.

그 TV는 브라운관 식이었는데 주말 벼룩시장에서 싸게 파는
걸 보고 땡잡았다며 낑낑대며 사 온 물건이었다. 그 무거운 걸
사 와서 한 번도 제대로 시청한 적 없다는 생각에 이르자 그때
부터 허리가 몹시 아팠다.

'도서관'이라는 영롱한 단어를 떠올렸으나, 역시 안 열었을 테
니 책을 빌려 올 수도 없었다. 그 집에는 인터넷도 없었다. 급
히 네트워크가 필요할 땐 집주인 루비네 방에서 잠시 빌려 쓸
수 있었는데 그녀도 남자친구에게 가버리고 없었다.

쳇. 크리스마스란 아기 예수가 인류를 구원하기 위해 탄생한
아름다운 날이 아니라 내겐 세상이 멈춰버린 고립의 날이었다.
처연한 기분이 되어 쓰디쓴 술이 고팠다.

하지만 우리의 형제 터키인이 있었다.

산책밖에 할 게 없어 거리에 나갔더니 밤늦게 기습적으로 문을
연 케밥집이 보였다. 그때 영국에선 밤 11시 이후에 술 판매가

금지되어 있어 케밥집에서 몰래 사곤 했었는데 크리스마스에
도 기적적으로 연 곳이 있는 것이었다. 나는 오아시스를 발견
한 조난자처럼 그곳에 달려갔다.

"헤이 부라더! 메리 크리스마스야."

"원하는 거나 빨리 말해. 문 닫기 직전이야."

"양고기 케밥과 맥주 네 캔."

"맥주 같은 소리 하네. 그런 건 없어."

"제발, 크리스마스인데 나 혼자야. 부탁이야."

형제는 플리즈를 연발하는 나를 푹 들어간 깊은 눈으로 잠시
응시했다.

"특별히 너만 주는 거야."

그는 바깥 눈치를 살핀 뒤 검은 봉지에 맥주 네 캔을 담아 은밀
하게 카운터 밑으로 건넸고, 맛있는 양고기 케밥은 카운터 위
에서 하얀 봉지에 싸주었다. 집에 와서 와구와구 먹고 마시는
동안 터키인이 지구상에서 가장 괜찮은 친구들이라는 과장된
애정을 느꼈고, 그것만으로도 축복의 크리스마스를 보내는 심
정이 되었다.

그리고 라디오가 있었다. 술을 마시자 그게 있다는 걸 떠올릴

수 있을 만큼 지능이 회복된 것이다. 따듯한 마음으로 라디오를 틀고 이어폰을 꽂자 다이도의 〈White Flag〉가 흘러나왔다. 그해 영국 라디오에서 줄기차게 틀어대던 다이도의 히트송 중에서 가장 맘에 드는 곡이었다.

이 영국 여자 목소리는 그냥 듣기만 해도 사람을 평화롭게 만들어주는 희한한 음색에, 전매특허인 몽롱한 분위기를 풍긴다. 그런데 그날 들은 〈White Flag〉의 메시지는 딴판이었다. 마치 크리스마스를 외롭게 혼자 보내는 건 포기했기 때문이라는 지적을 하는 것만 같았다. 헤어진 연인과의 사랑을 못 잊는 기색이 역력한 노랫말인데, 의외로 내 메마른 마음을 돌이켜 사랑이란 이렇게 끈끈해야만 하는 게 아닌가 하는 깨달음마저 줬다.

Well I will go down with this ship

(자, 난 이 배에 딱 걸린 거고)

And I won't put my hands up and surrender

(손 들고 굴복 안 해요)

There will be no white flag above my door

(백기를 들지 않을 거라고요)

I'm in love and always will be

(사랑하고 있고, 언제나 사랑할 거니까)

아아, 이 곡을 들으니 포기하지 않고 언제까지나 누군가와 꼭 사랑해야지 싶었다. 그것이 'I'm in love and always will be'라는 노랫말이 주는 강력한 메시지였다.

세상에나, 사랑 없이 사람이 어떻게 산단 말인가. 내게 맥주와 케밥을 판 터키인도 돈 몇 푼 더 벌려고 나온 게 아니라 나처럼 외롭고 배고픈 사람에게 박애 정신을 베풀기 위해 문을 열어준 것만 같았다.

그로부터 많은 세월이 지난 올해 역시 나는 달콤한 크리스마스를 기대할 수 없다. 다이도의 음악을 다시 들으며 생각하자니, 결국 심정이 마를 대로 말라 문을 닫고, 사랑을 포기한 채 끈끈하지 않아서였는지도 모르겠다.

끈끈하니까 달거나, 달달하니까 끈적한 것이 사랑인 것이다.

에이, 그것도 모르고 나는 돌대가리같이 메마른 심정으로, 메마른 사회를 탓하며 혼자 쓰디쓴 크리스마스를 보내려 했다.

10년이 지난 지금 다이도의 명곡을 다시 들으며 후회해본다.

크리스마스는 아직 이틀 남았다. 그래, 나도 백기를 들지 않을 테다. 이틀 만에 번개 같은 사랑에 빠지긴 힘들 테지만, 사랑으로 주위의 배고픈 이웃이라도 도와야겠다. 가난해서, 힘들어서 백기를 들어버린 고립된 사람들을 보듬어야겠다. 우린 결국 이 땅에 함께 살아야만 하고, 크리스마스는 달짝지근해야 제맛이니까.

음악과 함께
행운을
빌
어
요

제이슨 므라즈 & 콜비 카레이_Lucky

행운이란 나와 거리가 먼 단어인가 보다. 세상에, 683번이나 로또를 샀는데 숫자가 세 개 맞은 적 따위도 없다. 따끈한 새해 가 왔지만 어휴 일자리도 없고, 돈도 없고, 애인도 없고, 결정 적으로 유머 감각도 떨어졌다. 정초부터 이생망(이번 생은 망했 어요)을 외칠 위기다.

2회 연속 런던 애기라 미안한데, 오래전 런던에서 일식 배달 알바를 했었다. 우리나라에서도 학창 시절 오토바이 그립을 땡기는 알바로 돈 벌었는데 외국에서도 할 게 '오빠 달려'뿐이라니, 역시 안에서 새던 바가지는 밖에서도 새는 거였다. 하지만 오토바이라도 잘 타니 물가 비싼 런던에서 간신히 먹고사는 것이긴 했다.

어쨌든 그 작은 일식당엔 스무 명 넘는 직원이 있었다. 대부분 런던 시민이 아니었고, 언젠가 런던에서 쫓겨나거나 째야 하는 다국적 노동자들이었다.

관리직 매니저는 필리핀 여자였는데, 쇳소리로 고함을 좀 지르긴 하지만 퍽 감성적이었다. 그녀는 가게를 스쳐 가는 알바들에게 분리불안이 있었다. 어느 날 매니저 에밀리가 급히 나를 불렀다.

"네오, 네오(미안하다 내 영어 이름이다. 〈매트릭스〉 보다가 무릎을 치며 지었다), 배달 다녀올 때 커다란 카드 한 장 사 올래?"

"왜요?"

"어떡해, 메이가 그만둔다잖아."

그녀는 울 것 같은 표정이었다. 싱가포르에서 온 메이는 우리 가게 대표 얼짱이었고, 일도 잘하고 성격도 좋아서 인기가 절정이었다.

"너도 슬프지? 안 그래?"

그래. 슬펐다. 내가 얼굴은 되지만 영어가 안 돼 고백을 미루고 있었는데 기회가 날아가는 것 같아 슬펐다. 나는 메이를 위해 런던 최고의 문구점에 들러 가장 근사한 카드를 골랐다. 펼치면 A4 두 장만 해지는 크기였다. 거기에 메이 몰래 직원들의 메시지를 받았다.

놀랍게도 인상 쓰며 안달복달 일할 때와는 달리 모두들 선량한 표정으로 메시지를 남겨줬다. 각종 달콤한 언어들이었다. 다들 먹고살기 빠듯한 런던의 이방인 신세였고, 처절한 생존과 다투는 중이었지만 낭만만큼은 메마르지 않았던 거다. 그중에서 지금 기억나는 문구는 이거다.

널 만났었다는 건 정말 행운이었어. 내내 어여쁘길.

그 문구를 기억하자니 〈Lucky〉라는 음악이 떠오른다. 제이슨 므라즈와 콜비 카레이의 아름다운 듀엣곡. 이 곡의 노랫말에도 비슷한 문장이 나온다.

Lucky I'm in love with my best friend

(최고의 친구와 사귀어 행운이에요)

Lucky to have stayed where we have stayed

(내가 있었던 곳에 있었던 게 행운이에요)

아아, 당대에 제이슨 므라즈를 들으며 녹아내릴 수 있는 것만
으로도 행운이라는 생각이 드는 목소리 아니겠는가. 그의 음
악을 들으며 살 수 있는 한 이번 생은 망하지 않았다는 생각도
들고.

아무튼 촉촉한 메시지들이 듬뿍 담긴 그 카드를 이별 파티 때
건네자 메이의 눈도 금방 촉촉해졌다. 런던이야 뭐, 일터에서
똥군기도 없고, 나이랑 상관없이 서로 막 친구였다. 그렇게 매
일 만나던 친구 중 하나가 자기 나라로 돌아가는 것이었다. 남
은 이들도 아쉬웠는지 눈이 젖어갔다. 우리들은 이별 파티로
맥주를 마시러 갔는데 나는 울지 않기 위해 맥주를 많이 마셔
식도가 흠뻑 젖었다.

그 뒤로 가게에서 여섯 명 정도가 그만뒀다. 비자가 끝나거나
학업을 완료하고 돌아가는 시즌이었다. 그때마다 우린 정성껏
카드에 메시지를 적었다.

그런데 한참 시간이 흐른 뒤 내가 떠나야만 했을 무렵, 가게 분위기는 엉망이었다. 장사가 통 안 되더니 인원이 줄었고, 금발의 영국인 여사장은 가게에 올 때마다 브리튼 섬이 가라앉을 듯 깊은 한숨을 내쉬었다. 우리 지점이 없어진다는 둥, 다른 지점 하나는 이미 없어졌다는 둥, 시급을 줄일 거라는 둥, 흉흉한 소문이 돌았다. 감성 매니저 에밀리도 다른 지점으로 좌천되고 눈매가 날카로운 새 매니저가 부임해 큰 목소리로 운영 방식을 뜯어고쳤다.

그 와중에 배달마저 하루에 한두 건 있을까 말까였다. 나는 위기감을 느꼈다. 잘리지 않기 위해 홀 서빙과 주방 일까지 자진해서 도왔다. 주급으로 일주일을 겨우 사는데 알바를 잘린다는 건 그다음 주부터 당장 굶어야 한다는 뜻이었다. 거리에 나가 팸플릿을 돌렸고, 오토바이에 싣기엔 버거운 물건도 내가 실어 나르겠다고 자청했다.

어우, 바람 불고 비 오는 날, 넓적한 박스들을 쥔 채 한 손으로 오토바이를 몰고 한 시간 거리의 타 지점에 가는데, 타워 브리지 앞에서 바람이 장풍을 날려 템스강에 빠질 뻔도 했다. 그랬지만 그렇게 발버둥치자 가게에서 잘릴 염려는 줄었다.

하지만 인생 참 거지 같은 게, 타이밍 안 좋게 비자 문제가 발목을 잡았다. 하필 딱 내 비자가 끝날 때쯤 법이 바뀌더니 주변의 모든 사람들이 다 통과하는 비자 연장에 실패했고, 등 떠밀려 고국에 돌아가야만 했다. 내겐 빌어먹을 행운이 따르지 않는다고 생각했다. 어쨌든 내가 그만두기로 한 날은 그날따라 매니저의 고함 소리가 가장 높았고, 가게 분위기가 더 최악이었다. 애틋한 이별 파티는 기대도 안 했다. 퇴근 무렵 직원들은 다들 지쳐 있었다. 힘없이 작별 인사를 나누는데 뱀눈으로 매출 계산을 하던 매니저가 쓰윽 카드를 내밀었다.

이건 또 뭐니 싶어 열어보니, 의외로 맨 앞에 사장 캐롤라인의 메시지가 적혀 있었다.

고마워, 네오. 정말 열심히 일해준 거. 영원히 기억할게.

경영난으로 바쁘던 사장이 언제 와서 이걸 쓰고 갔나 싶었다. 그 아래에는 같이 일했던 직원들의 진심 어린 메시지들이 적혀 있었다. 장난기 많던 일본인 웨이터는 '박상의 건장한 성생활을 바람!'이라고 썼고, 매일 우리가 먹을 식사를 만들어주던 스리랑카인 주방 보조는 '내 커리를 지겨워하지 않은 놈은 네가 처음이었어'라고 썼다. 나머지 모두 코끝이 찡해질 만큼 따뜻한 메시지들이었다. 그중에서 가장 감동적인 문구는 이거였다.

　　　넌 충분히 웃겨. 제발 그만 웃겨. 아, 이 말 쓰면서도 웃기네.

영국에서 돌아와 몇 년이 지난 어느 날, 이삿짐 싸다 뭔가 툭 떨어졌는데 그 카드였다. 다시 읽으며 잠시 미소 짓다가 돌연 눈물이 났다. 비자 연장에 실패해 행운이 안 따르니 어쩌니 했지만 내 주위에 늘 좋은 사람들이 있었고, 그들이 늘 보고 싶어 해주는 행운아였음을 몰랐던 거다.

아무튼 새해다. 좋았던 추억을 떠올리자니 정초부터 절망과 우울증에 잠식되었던 스스로가 겸연쩍다. 나는 털고 일어나 〈Lucky〉를 여러 번 듣는다. 그 카드에 적힌 말들이 궁금하다면 딱 이 노래를 들으면 된다. 이 아름다운 노래를 듣고 있으니 세상의 불행이 다 스르륵 희석돼버릴 듯한 기분이 든다. 이 곡을 식후 30분마다 한 번씩 들으면 불행이란 단어를 홀라당 까먹게 되고, 지금 당장 내게 행운이 찾아와도 놀랍지 않을 것 같다.

그래, 올해는 이 약발로 가는 거다. 제이슨 므라즈의 목소리처럼 달콤한 한 해를 만드는 거다. 중간에 지쳐서 분위기 다운되면 또 이 음악을 들으면 된다. 걱정 없다.

우수의 신호등이

켜

질

때

정차식 _ 나는 너를

나는 어떤 음악에 한번 꽂히면 질릴 때까지 들어재긴다. 긴장과 욕심이 사라진 상태로 들어야 음악을 전심으로 탐닉할 수 있기 때문이다.

최근 2주 동안 부동의 음악은 정차식의 〈나는 너를〉이었다. 이 음악으로 겨우내 상처 입은 정신 건강이 많이 좋아졌다. 그렇다면 이번엔 정차식 얘기를 안 할 수가 없겠는데, 작곡자가 한국 록 교장 샘 신중현 님이시다. 첨단의 21세기를 살며 왜 신중현 샘이 오래전 송신한 신호에 꽂히는지 의문이다. 사회 분위기가 촌스럽게 자꾸 거꾸로 돌아가서 그런가.

아니겠지. 물론 음악이 아름다워서겠지. 뒤늦게, 또, 여전히 아름다워서겠지.

'응팔' 때문에 금토에 드라마 보는 습관이 생겨버려 〈시그널〉이라는 드라마를 또 보는데(혜수 누님, 사⋯⋯ 사랑합니다) OST가 구성지다. 지금까지 세 곡 공개됐는데 두 곡이 신중현, 한 곡이 산울림 곡이다. 응팔 때문에 복고가 주는 빈티지한 매력이 트렌드인지 OST를 리메이크로만 채운 것이다. 그중 하나가 〈나는 너를〉이다.

누구 음악인지 정보도 없이 드라마를 켰다가 나는 〈시그널〉의 시그널 뮤직에 딱 꽂혔다. 순간 여러 가지 의문이 떠올랐다. 아, 이건 분명 오래된 음악인데 어떻게 신선하지? 리메이크라면 누가 이런 독보적인 미학을 가진 오리지널 곡을 썼지? 게다가 감각의 겨드랑이를 쿡쿡 찌르는 이 개성 넘치는 목소리는 도대체 누구란 말인가?

당장 찾아봤다. 그랬더니 오예, 그리운 정차식이었다.

레이니 선의 그 정차식! 동북아시아에서 가장 독보적이고 감정적으로, 개성적인 창법의 양다리 산맥 중 한 명 아닌가!(나머지 한 명은 백현진 - 그냥 동북아에서 가장 개인적인 제 소견입니다) 아무튼 그리웠던 그분, 정차식의 목소리를 듣고도 바로 알아 뵙지 못하다니, 아아 술 좀 끊어야 되나 싶었다.

레이니 선 시절의 정차식은 정말 소름 돋는 보컬이었다. 공포 창법 때문에 '귀곡 메탈'이라 불리기도 했지만, 나로선 그의 아름답고 독특한 음색에 소름이 좍좍 돋은 거였다. 특히 1집에서 리메이크한 〈꿈에〉에서 '나 눈을 뜨면 꿈에서 깰까 봐'를 부를 때, 정차식은 꿈속의 그대를 떠나고 싶지 않은 절실함을 미친 옥타브의 가공할 비명으로 표현해냈다.

그게 벌써 15년이 넘었는데 지금 다시 들어도 소름이 바짝 돋는다. 아껴뒀다가 한여름 무더울 때 또 들어야겠다 싶을 정도였다. 어느 날 내가 열세 번째 사랑에 실패하고 비틀거릴 때 우중충한 비애를 완벽하게 감싸준 〈유감〉에서도 15년째 고수해온 흐느낌 창법의 매력을 풍기고 있고, 앞으로도 150년은 더 풍길 예정인 것 같다. 아껴뒀다가 다음에 또 사랑에 실패할 때 들어야겠다.

어쨌든 정차식은 레이니 선 활동을 멈추고 작년까지 솔로로 《황망한 사내》, 《격동하는 현재사》, 《집행자》 등 세 장의 앨범을 내면서 점점 진화되어 가는 독특한 창법을 여전히 들려주고 있다.

그의 앨범들을 틀어놓고 운전하면 신묘하게도 우수에 찬 예술영화 속에 들어가는 기분이 된다. 듣는 이의 배경을 현실에서 영화로 바꿔버리는 공감각 능력자를 전문 용어로 아티스트라 부르지 않던가. 과연 그의 목소리가 품은 비애감과 폭발성에 촉촉이 젖으면 비루한 일상과, 삶의 못생김이 알아서 스르륵 꺼지며 그 자리에 예술적인 위안이 생명처럼 움트고 만다. 고로 울적한 기분의 황망함에 빠지고 말았을 때, 혹은 어쩐지 우수에 흠뻑 젖고만 싶을 때 정차식의 솔로 앨범들은 몹시 알맞다. 특히 비 오는 날, 가슴속에 우수의 신호등이 어둡게 켜질 때 이마에 손을 짚고 정차식의 음악들을 들으면 그냥 끝내준다. 그의 음악들은 착잡한 쓸쓸함조차 예술로 승화시키는 마법을 꼭 부린단 말이지.

그건 그렇고 드라마 〈시그널〉의 OST들은 공통점이 있었다. 가사에 떠난다는 말이 꼭 들어 있다는 거다.

묻지 않았지 왜 나를 떠나느냐고

하지만 마음 너무 아팠네

(OST 1 〈회상〉_산울림 곡, 장범준)

떠나야 할 그 사람 잊지 못할 그대여

하고 싶은 그 말을 다 못 하고 헤어져

(OST 2 〈떠나야 할 그 사람〉_신중현 곡, 잉키)

모두 다 잊고 떠나가야지

보금자리 찾아가야지

(OST 3 〈나는 너를〉_신중현 곡, 정차식)

수사물 드라마인데 이렇게 선곡한 의도가 무엇인지 아직은 드라마가 안 끝나서 모르겠는데, 만약 음악을 통한 이야기의 상징을 쓴 것이라면 상당히 고급지겠다. 아닐 수도 있겠지만, 문화적으로 사려 깊고 단단한 것들이 많이 나타나 유치하고 헐렁한 것들을 점점 밀어내는 분위기가 판치면 좋겠다.

오래된 음악들이 자꾸 머그잔처럼 묵직하게 다시 소비되는 건 말입니다. 일회용 종이컵 같은 음악들이 너무 범람했다는 반증 아니겠습니까.

뭐가 됐든 겨울은 이제 쫑난 것 같고, 햇살이 감미롭게 내리쬐는 창밖을 보며 〈나는 너를〉을 듣고 있자니 모두 다 잊고 돌연 떠나고 싶다는 시그널이 딸랑딸랑 울린다. 여행병이 곧 도질 것 같은데 안 되겠다, 빨리 돈 모아서 떠나야겠다. 가방에 정차식의 음악을 꽉꽉 채워서 말이다.

헬조선에

기 빨리지

말

자

구

요

뉴클리어_악몽

꿈꾸지 않을 때까지 악몽과 별다르지 않았네

요새 좀 심심했는데 가위눌리는 재미로 산다. 어제는 군대에 다시 가는 꿈까지 꿨다. 거참 개똥같았다. 로또에 걸렸는데 장난이었다며 돈 못 받는 꿈도 꿨다. 정말 핵억울했다. 좋아하는 연예인과 밀월여행을 떠났는데 남친에게 딱 걸려 따귀를 맞는 꿈도 꿨다. 그 남자가 너 지금 맞자, 아 당장 맞자, 라며 내 멱살을 틀어쥐는데 아끼던 셔츠가 늘어나서 경악을 하다 깼다.

그렇지만 다행이다. 세계의 모든 음악이 사라지는 꿈이나 모든 뮤지션이 컨트리송만 발표하는 꿈은 아직 꾸지 않았으니까.

이 시국에 꿈에서라도 좀 유쾌하게 살고 싶은데 가위라니. 너무한 거 아닌가 싶다. 일상의 넌덜머리에 지쳐 몸이 허해진 겐가. 이럴 때일수록 더욱 웃음이 필요하다. 빵빵 터지면서 기력을 회복해야 한다. 웃음은 개떡 같은 생을 버티는 필수 에너지원 중 하나 아닌감. 진지할 땐 진지해야겠지만 그건 일상의 앱들을 돌리는 힘이고, 충전은 유머로 해줘야 한다고 본다.

그런데 요즘 정말 너무 안 웃기긴 하다. 세상 돌아가는 꼬라지 봐라. 뉴스엔 실소를 자아내는 소식들만 넘치고 인류가 자기도 모르게 바보 같은 국면의 블랙홀에 빨려 들어가는 느낌이다. 웃기는 걸로 순위를 다투던 내 주변의 개그 캐릭터들도 현재 하나같이 피식피식 김빠지는 소리로만 웃는다. 우리가 헬조선에 살기 때문이다. 헬조선이라는 용어부터가 상당한 저질 개그다. 말만 들어도 자꾸만 더 기가 빨리면서 허해지는 기분이 든다.

아아, 그러나 당하고 있을 수만은 없지 않은가. 웃는 게 안 되면 기력 보충에 좋은 또 다른 특단의 조치가 있다. 시끄러운 헤비메탈 되겠다. 듣는 순간 시끄러워서 기력이 빵빵 차오르는 음악이 존재하는 것이다.

희한한 논법이지만 그런 의미로 이번엔 진짜 시끄러운 옛날 음악을 들고 왔지롱. 1993년에 발표한 뉴클리어의 〈악몽〉이라는 곡이다. 들어나 봤나, 뉴클리어? 내가 미친 듯이 좋아하는, 만약 모르는 분이 계신다면 일단 추천하고 보는 시끄러운 밴드다.

뉴클리어는 사뭇 희한한 음악을 했다. 달랑 앨범 한 장 내고 완전히 사라졌지만 그 족적이 짧고 굵었다. 처음 들을 때 뭐여, 이 묘하게 촌스러운 사운드는? 하고 생각했다가 테이프가 늘어질 때까지 들었고, 그렇게 20년째 듣고 있다. 어쩌면 너무 많이 들어서 세뇌당한 건지도 모르지만, 정신 차리고 자세히 들어보면 촌스러운 건 내 고막이고 그들의 음악은 진정성으로 똘똘 뭉쳐 세련되게만 느껴진다.

〈악몽〉은 더욱 서정적이고 유머러스하다. '크게 소리 질러도 들리질 않아 공허한 외침일 뿐이야'라는 가사를 그들은 크게 소리 지르면서 불렀다. 이 밴드는 아이러니를 안다. 그리고 현실의 내 모습도 악몽과 별다르지 않았네, 라고 자조하게 된다. 그 노

지금 또다시 님들의 음악이 절대 필요합니다요.

여긴 헬조선이니까요.

랫말은 오늘날 헬조선에 사는 우리를 대변하는 것만 같다.

새삼스럽게 그들의 음악이 요즘 더욱 좋은 이유도 그래선가. 쭉 듣다 보니 역시나 헤비메탈이다. 빨렸던 기가 다시 충전되면서 세상의 풍파 나부랭이에 견디고 맞설 기운이 짱짱해진다. 거지 같은 사회를 살며 기력이 쇠하는 데 대처하는 방법은 천팔백 가지 정도 있겠지만 그중 하나인 헤비메탈은 특히 효험이 빠를 것이며, 뉴클리어의 〈악몽〉이 우리 신세를 대변하여 다시 용기를 북돋아줄 거라고 자신한다.

말 나온 김에 마구 소개하자면, 뉴클리어의 또 다른 곡 〈절벽에서〉는 조난을 당해 죽어가는 심정을 박진감 넘치는 록 넘버로 표현해 빚더미에 깔려 신음하는 우리를 위안한다. 말도 마라, 〈묵시록〉에선 뭐라 그러는지 모르겠지만 세상이 차가운 안개로 뒤덮인 것 같은 답답함을 함께 견디는 듯한 시각을 보여준다. 어째서 1993년에 나온 앨범이 지금의 내게 이토록 공감대를 주는지 거참 신기하다. 세상이 그만큼 거꾸로 갔나?

아무튼 다섯 번째 트랙엔 〈슬픈 음악인〉이라는 명곡도 있다. 내용은 이렇다. 옆집에 뮤지션이 사는지 어김없이 지겨운 음악 소리가 들려오는데 어떤 날 워어어 슬픈 음악을 한다. 듣고 보니 풋내기는 아니었고, 그의 음악을 이해하고 싶었지만 도저히 참기가 힘들어 '그만둬!'라고 외친다.

아아, 이 얼마나 서정적인 헤비메탈 발라드인가.

특히 중간에 시끄럽다고 비명을 지르는 부분이 가장 서정적이다. 슬픈 음악에 공감해 들어가는 자신에게 그만두라고 소리치는 아이러니하며, 마치 화가가 자화상을 그리듯 자신들의 모습을 자화곡(?)으로 만든 것 같은 유머 감각이 넘친다.

그들이 대체 왜 사라졌는지는 아무도 모른다. 하지만 왠지 나 같은 소수의 마니아와 함께 어디선가 아무도 모르게 나이를 먹고 있을 것 같다. 3인조였던 기타의 이석재, 보컬 및 베이스 이태영, 드럼 박상필 님, 진짜 어디서 뭘 하십니까? 설마 이민 가셨나요? 지금 또다시 님들의 음악이 절대 필요합니다요. 여긴 헬조선이니까요.

위험하고
아름다운
추
억

못_날개

얼마 전 이스탄불에 다녀왔다. 자랑은 아니고 본격 크로스오버 스펙터클 인공지능 퓨전 신상 기법을 구사하려는 본 꼭지의 특성상 음악 얘기로만 일관하면 식상할 것 같아서였다.

마치 음악 칼럼인 듯, 여행 칼럼인 듯, 국제 시사 칼럼인 듯 헷갈리면서도 질 좋은 읽을거리를 독자님들께 선사하겠다는 일념으로 귀찮은데 굳이 거기까지 다녀온 것이다.

ㅡ는 뺑이고, 꽃샘추위가 가뜩이나 외로움과 쓸쓸함을 자극하

는 와중에 어마어마하게 싼 비행기 표를 발견해 참을 수 없었던 것이었다. 물론 또 카드로 긁었다.

내 여행 지론은 돈 모아서 여행 가는 게 아니다. 그렇게 하면 모을 때 열라 고생한 기억 때문에 돈 아까워서 못 떠나게 된다. 하지만 일단 아무 생각 없이 카드 긁어서 가면 일단 출발이 부드럽고, 내 돈 아니라는 압박감에 쫄려 여비도 절약하게 되고, 다녀온 다음엔 말끔해진 활력으로 즐겁게 그 돈을 갚아나갈 수 있어서 더 좋은 프로세스라고 본다.

—는 개뿔, 비싼 이자 어쩔.

터키행 항공권이 싼 이유는 있었다. 위험해서였다. 올해 들어 벌써 네 번이나 테러가 발생한 나라다. 엊그제도 수도 앙카라에서 끔찍한 소식이 들려왔고, 1월엔 이스탄불의 대표적인 관광지 술탄 아흐메트 광장에서 폭탄 테러가 자행되어 관광객 10여 명이 사망한 일도 있었다. 그런 곳에 과연 여행을 가도 되나 싶었다. 터키는 난리통인 시리아와 국경이 넓게 맞닿아 있어 국제 정세 심란하기론 말도 못 하는 중이다. 이슬람 극단주의 무장단체 IS와 치고받는 와중에 엄한 군용기를 격추시켜 빡친 러시아와 갈등 중이고, 게다가 작년부터 휴전을 깨고 시리아

내 쿠르드인 자치구를 다시 두들겨 패면서 열받은 쿠르드노동
자당 PKK의 보복 테러까지 이어지는 등 새빨간 여행 자제 경
보가 뜬 나라인 것이다.

가뜩이나 내가 사는 동북아시아 정세만으로도 머리가 아픈 와
중에 그토록 정세가 위험한 곳에 꼭 여행 가야겠느냐는 의문이
들었다. 푸틴식 독재 따라쟁이 같은 터키 에르도안 정부도 뭔
가 신경 쓰이고.

하지만 독재나 테러리즘은 어떤 이유에서라도 글러먹은 행위
이고, 그에 굴복한다는 것 또한 자존심 상하는 일이라 생각하
며 당당히 비행기에 올랐다.

─는 건 뻥이고 나는 잃을 게 없어서 두려울 것도 없었다.

그건 그렇고 IS나 PKK 테러리스트들 중에 혹시나 애독자가
있다면 너 인마 좀 그러지 마라. 안 되더라도 제발 말로 하자,
응? 그럴 시간에 이런 아름다운 음악 좀 들으면 안 되겠니.

　　우린 떨어질 것을 알면서도

　　더 높은 곳으로만 날았지

　　처음 보는 세상은 너무

〈날개〉의 가사다. 나는 비행기 안에서 이상하게 이 곡을 몹시 듣고 싶었다. 하필 날개 옆에 앉아서 그런 것 같았다. 바보같이 못의 앨범을 챙겨 오지 않아 속으로만 계속 흥얼거렸는데, 뭔가 위험한 곳에 간다는 쫄림과 처음 보는 이스탄불은 어떤 곳일까 하는 기대감에 이 음악이 떠올랐던 것 같기도 하다.

아무튼 이스탄불 공항에 내린 뒤, 내가 느낀 감상은 이 음악처럼 아름답고 슬펐다. 양고기 냄새를 풍기는 아저씨들 사이에 꽉 긴 채 내가 케밥인지 사람인지 헷갈리면서 지하철과 트램에 시달려 슬펐고, 배를 타고 보스포루스해협을 건널 때 너무 아름다워 입이 다물어지지 않았는데 배에서 내리자마자 걸으면서 담배 연기가 그 입으로 들어와 슬펐고, 커다란 갈매기와 희뿌연 안개 속, 가파른 언덕길을 낑낑거리며 올라 아시아 지구에 예약한 숙소에 찾아갔을 땐 무너져가는 낡은 건물들을 보니 슬펐다.

숙소에선 우리나라 어느 방송에 나왔던 터키인 에네스 카야를 닮은 남자가 프런트에서 나를 반갑게 맞이했다.

"너 참 반듯하게 생겼군. 어디서 왔니?"(미안하다, 나는 늘 영어를 자의적으로 해석한다.)

"거 남 말 하시네. 나는 남한에서 왔어."

"오 형제여, 거기도 요즘 난리던데 괜찮은 거니?"

"응? 뭐 우린 괜찮은데?"

그런 대화를 나누자 일말의 경계심이 스르륵 풀렸다. 외국에서 보면 우리나라도 뭐 세계적인 또라이 김도발 3대 세습 국가와 휴전 상태로, 만날 미사일을 쏘네 핵을 터트리네, 위협을 받는 극동의 화약고처럼 보일 테지. 하지만 우린 여기서 아무렇지 않게 돈 걱정하고 소주 마시고 라면 끓여 먹으며 삶을 지속하지 않는가. 이스탄불도 마찬가지였다. 테러가 벌어졌던 곳 옆에서 시민들은 여전히 케밥을 굽고, 개와 고양이는 길바닥에 드러누운 채 별다른 긴장 없이 삶을 지속해가고 있었다.

도리어 테러 때문에 도처에 경찰이 쫙 깔려서 치안이 안전한 느낌이었고 실제로 여행 내내 이스탄불에서 유명하다는 소매치기나 사기꾼을 한 명도 만나지 않았다.

어쨌든 본토 케밥을 섭렵하러 거리로 나섰는데 어디선가 음악 소리가 들려오기 시작했다. 그것은 동네마다 있는 모스크에서 하루 다섯 번씩 기도 시간을 알리는 '아잔'이었다. 무슬림 국가를 여행하는 건 처음이라 그 '웅혼한' 볼륨이 사뭇 신비롭게 들렸다. 악기 없이 사람 목소리만으로 복잡한 음을 얹어 신기한 발성으로 부르는데 서서히 고조되며 꽤나 고음으로 올라가는 부분도 많았다. 만약 저기서 삑사리가 나면 어떡하나 걱정될 만큼 높은 옥타브인 경우도 있었다. 아잔을 전담하는 '무에진'이라는 보컬리스트가 아무나 되는 건 아니겠지만 삑사리를 허용하지 않는 엄청난 내공이 느껴졌다. 가사엔 '알라는 위대하도다'라는 메시지가 담겨 있다고 하는데 외국어라 모르겠고, 그저 사람들 생활 속에 깊이 파고든 종교적 색채가 여행지의 색다른 느낌을 끼얹어대 좋았다.

아잔이 울려 퍼지는 동안에도 홍차는 끓고, 케밥 되네르는 돌고, 아이스크림은 치대지고, 자동차는 경적을 울리고, 갈매기는 끼룩거렸지만 그 BGM 속에선 몹시 처연하게 보였다.
모든 공간과 시간을 뒤덮어버리는 강력하고 거룩한 음색 속에서 맥주 마실 데를 찾던 나는 뭔가 좀 숙연해지면서 그냥 터키식 홍차나 마시고 싶어졌다. 그래, 난 왜 늘 술만 찾았던 걸까. 급기야 지나간 인생도 좀 반성하고 있는 자신을 발견했다. 그때 그 여자한테 좀 자상할걸…… 그때 그 친구가 좀 안 웃겼다고 약 올리지 말걸……. 반성 뒤엔 혹시나 해서 부디 누군가와 썸 좀 타게 해주세요, 살짝 빌기도 했다. 처음 듣는 색채의 음악이 나 따위 개그 지향 개구쟁이 인생의 마음가짐과 태도에 그런 영향력을 행사한다는 게 참 신기할 지경이었다.

그런데 그 아잔 소리는 새벽에도 어김없이 큰 볼륨으로 이스탄불 전역에 쩌렁쩌렁 울려 퍼져서 내게 더욱 강력한 영향력을 행사했다. 가뜩이나 시차 때문에 뜬눈으로 새운 나를 날마다 거룩하게 때려 깨웠다. 며칠째 새벽에 깨어 황망한 상태일 때 또 〈날개〉가 생각났다. 8년을 기다리다 최근에 3집 《재의 기술》을 낸 못, 밴드의 풍성한 사운드로 다시 돌아온 못, 더 깊은 우울의 연못에 빠진 것 같지만 못생긴 것 같지 않은 못(PPL 아닙니다)의 1집에 실린 그 오래된 곡이 또!

조식 시간이 되길 기다리며 호스텔 공용 구역 뒷마당에서 뚝뚝 끊기는 유튜브로 〈날개〉를 한없이 반복해서 듣는데 어디선가 예쁜 고양이 한 마리가 다가오더니 내 무릎에 앉았다. 못의 음악에 이끌린 것 같았다. 터키라고 길냥이가 막 터키시 앙고라거나 그러진 않았지만 이스탄불 어디에서나 느긋하고 예쁜 고양이를 만날 수 있었다. 내게 은혜를 베푼 그 보드라운 고양이를 부드럽게 쓰다듬으며 〈날개〉를 듣는 동안은 마치 깨지 않는 꿈속에 있는 것 같았다. 그리고 묘하게 슬펐다.

> 우린 부서질 것을 알면서도
> 더 높은 곳으로만 날았지
> 함께 보낸 날들은 너무
> 행복해서 슬펐지
>
> 우린 서툰 날갯짓에
> 지친 어깨를 서로 기대고
> 깨지 않는 꿈속에서
> 영원히 꿈꾸기만 바랬어

이 아름다운 음악의 가사가 너무나도 아름다웠기 때문이었다. 나는 빚쟁이가 될 것을 알면서도 멀리 날아서 이스탄불에 왔고, 처음 보는 이국의 도시가 너무 아름다워서 슬펐던 것이다. 불현듯 지난 사랑의 인연들이 몹시 그리웠다. 고양이가 무릎에서 자고 있어서 일어날 수도 없었지만, 어쨌든 한국으로 돌아가기 정말 싫었다.

이스탄불에 달랑 나흘밖에 있지 않은 건 미친 짓이었지만 카드 한도를 초과하는 건 더 미친 짓이라 나는 돌아와야만 했다.

지금 돌아와 다시 못 3집을 들으며 이 글을 쓰자니 이이언 씨의 관조적이고 묵시적인 목소리가 왠지 새벽의 '아잔' 도입부처럼 들릴 지경이다. 다시 돈 벌어야 한다는 우울함 속에서 마음이 아름답게 거룩해진다.

어쨌든 '아잔'이 됐든 못이 됐든 좀 아름다운 음악을 들으며, 무데뽀와 전쟁과 테러에 굴하지 말고 터키와 중동이 다시 평화를 찾길 기도하는 마음으로 글을 마친다. 거룩한 땡 새벽 아잔이 울려 퍼질 때의 분위기처럼.

인류여, 평화에 눈 좀 뜹시다.

봄밤의
추
억
앓
이

버스커 버스커_봄바람

선거철만 되면 몹시 시끄럽다. 4년 전 총선 때 나는 속초로 이사를 갔다. 수도권 생활에 실패해 미련 없이 간 것이었다. 연고 없는 속초에 간 이유는 딱 하나, 속초 앞바다가 잘생겨서였다. 특히 동명동 포장마차 골목에서 술잔 꺾으며 보는 바다는 아주 매혹적이었다.

속초는 방값 또한 매우 온순했다. 사람을 못살게 물고 뜯고 그러질 않았다. 아바이마을 해변 바로 앞에 보증금 200에 20짜리

1.5룸이 있었다. 그곳의 파도 소리는 잔잔한 자장가 같았다.

속초엔 일자리도 있었다. 물론 가까스로 구했다. 설악산 인근 모텔 프런트를 지키는 일이었다. 시설이 낡았는데 방값만은 비싸게 받아야 해서 스트레스를 많이 받았지만.

그 속초 생활에서 가장 기억나는 순간이 있다. 하루는 서울 사는 애인이 친히 속초까지 놀러왔었다. 서로 문제가 많았던 긴 겨울을 간신히 견뎌낸 봄날이었고 우리들은 따스해진 기온 속에서 몹시 기분이 좋았다. 둘이서 개 끌고 콧노래 부르며 영랑호를 산책하는데, 어우 봄바람에 만발한 벚꽃 잎이 예식장의 꽃가루처럼 우리에게 마구 쏟아지는 게 아닌가. 인생의 가장 행복했던 한때, 딱 그런 기분이었다.

서울에서 쫄딱 망해 속초에 내려와 대실 손님이나 받고 있지만 좌절하란 법은 없는 거였고, 세상은 원래 이처럼 살 만한 곳이라고 자부하는 듯한 짧은 그 계절. 아름다운 봄이었다.

그런데 그 봄에 가장 아름다운 건 역시나 음악이었다. 버스커버스커라는 신인 밴드의 음악이 가는 곳마다 쩌렁쩌렁 울려 퍼졌다. 그건 서울도 마찬가지라고 애인이 말했다. 꽃송이가~

꽃송이가~ 그래 그래 피었네. 나는 지금 여수 밤바다. 흩날리는 벚꽃 속을 둘이 걸어요. 하면서 오만 천지에서 버스커 버스커를 만날 수 있었다. 제길, 또 인생의 가장 낭만적이었던 한때, 딱 그런 기분이었다. 그것은 보컬 장범준의 특별한 톤 때문이었다. 그의 목소리엔 추억을 불러재끼는 입자들이 음숭하게 깔려 있는 듯하다. 음악을 듣는 순간, 추억이라는 단어를 자신도 모르게 벌컥 떠올리게 되었고, 단어뿐만 아니라 아름다웠던 순간들이 자동 재생 모드로 뇌 벽에 영사되었다. 버스커 버스커의 음악을 들은 1초 전마저 추억으로 저장될 정도였다. 특히 봄날이었기 때문에 나는 무력하게 그의 음악에 홀딱 매료되고 만 것이다.

당장 앨범을 사러 갔는데 속초에선 다 팔려서 구하지 못했다. 그러나 밤에 실내 포장마차에 갔다가 그들의 1집 앨범을 몇 번이고 통째 들을 수 있었다. 술집 여주인이 광팬이었다.
"손님, 죄송한데 버스커 버스커만 계속 틀어도 돼요?"
"그럼요. 부디, 앨범 통째로요."
그래서 〈봄바람〉부터 시작해 앨범의 열한 곡을 모두 들은 뒤 나는 이렇게 말했다.

"어떻게 모든 곡이 다 좋을 수가 있지?"

낭만적인 분위기에 휩싸여 앨범을 극찬할 수밖에 없었다. 그날 애인이랑 버스커 버스커의 음악을 함께 듣던 시간과, 활짝 웃으며 건배하던 소주와, 가리비 안주와, 바람에 흔들리던 포장마차 격자 문짝 따위가 그 장면 그대로 정지된 채 추억으로 박제되었다. 아아, 그 봄과 버스커 버스커와 특히 그놈의 〈벚꽃엔딩〉을 절대 못 잊을 것 같았다.

그래서 지금도 못 잊었다.

벌써 4년이 지났다. 시간의 흐름이 너무 빨라서 정신을 차리기가 힘들다. 근데 오늘 혼자 식당에서 메밀국수를 먹다 또 〈벚꽃엔딩〉을 듣고 말았다. 나는 면발을 입에 문 채 딱 정지되었다. 일말의 지겨움과 선뜩한 반가움이 동시에 밀려왔다.

듣자마자 오래전 일인데도 무려 4K 화질로 떠오르는 속초의 봄날, 그 아름다운 봄날의 순간들이 즉각적으로 연동되었다. 맨 정신을 유지하기 힘들었다. 순간 가슴이 빨래집게로 꼬집는 듯 아팠다. 담배를 끊었으니 거지 같은 담배 때문은 아닐 거고, 분명 추억 때문일 것이다. 추억은 과거 한때 아름다움의 순간 포착이고, 절대 다시 돌아갈 수 없다는 회한의 부작용이 있어서 아픈 것 같다. 잠시 흐뭇해하다 한숨이 나올 만큼 아픈 걸 알면서도 우리들은 또 아름다운 순간들을 수집하고, 추억을 저장할 수밖에 없는 존재 아닌가 싶다.

식당에서 메밀국수를 먹다 갑자기 쓸쓸해져서 소주를 주문할까 했지만 원고 마감 때문에 간신히 참았다. 대신 집에 돌아와 오랜만에 〈봄바람〉을 반복해서 듣는다. 장범준의 목소리가 없는 연주곡이지만 이 곡에도 추억의 인자들이 무성하다. 이 음악을 들으며 누군가와 손잡고 왈츠 스텝을 밟을 수 있다면, 그 또한 즉시 추억이 될 것 같은 곡이다.

그나저나 그 포장마차는 손님이 없어 금방 망했고, 나는 애인과 쓸쓸하게도 헤어졌으며, 모텔 근무는 끝내 스트레스를 견디는 데 실패해 그만두었다. 일자리가 사라지자, 겨우 정들기 시작한 속초도 떠났다. 개뿔, 그 봄을 사로잡던 낭만과 추억 속에서 딱 하나 버스커 버스커만 아직 살아남은 것이다. 그렇다. 역시 음악은 생명력이 강하다. 언제 낳을지 모르겠지만 자녀가 음악 하고 싶다고 하면 양말 벗고 발도 벗고 무조건 시켜야겠다.

어쨌든 버스커 버스커로 인한 인생의 가장 낭만적인 한때를 추억해보았고, 탄력받아서 장범준 2집까지 쭉 듣다 보니 지난 추억에 너무 연연하지 말라며 토닥여주는 것 같다.

지난 추억들이 아프다면 정신 못 차리게 계속 새로운 추억을 만드는 것도 괜찮지 않을까.

이게
봄
입
니
까

유앤미 블루 _ 비와 당신

테오 앙겔로풀로스 감독의 쌍팔년도 고전 영화 〈안개 속의 풍
경〉을 떠올려본다. 하도 오래돼 기억이 가물거렸는데 미세 먼
지 공해가 그 영화를 짝퉁 버전으로 강제 상영 중이라 덜컥
생각났다. 중국과 한국의 공장들, 자동차들, 편서풍, 수증기,
기압 정체 등등이 떼거지로 이 영화의 광팬인 듯, 이건 뭐 현실
이라고 받아들이기 힘든 풍경이 툭하면 세상을 덮치고 있다.

개뿔, 이래서야 어떻게 봄이라고 부르나. 가뜩이나 짧은 봄, 이

내 푹푹 찌기 시작할 텐데, 이 아까운 계절마저 이렇게 빼앗기니 억울하다.

말도 마라. 나는 쓰는 소설이 꽉 막혀 폐인처럼 지내다 좀 인간답게 살고자 꽃구경 나갔는데 콧구멍만 얻어맞고 왔다. 우아, 보이지도 않는 미세 먼지가 사람을 때리는데, 가드를 올릴 틈도 없이 실컷 처마셨다. 과연 이 속에서 인간답게 사는 게 가능한가 싶었다.

개떡 같은 먼지와 서러운 마음을 씻어줄 건 봄비밖에 없는 것 같은데, 당장 비는 안 와서 〈비와 당신〉만 한참 들어야 했다. 오리지널 유앤미 블루 버전으로.

이 곡은 여러 아티스트가 불렀지만 끝판왕은 오리지널 작곡자 방준석이 오랜 음악 친구 이승열과 함께 디지털 싱글 앨범으로 작업한 버전이다.

유앤미 블루는 아시다시피 이승열, 방준석 두 명의 멤버로 구성된 모던록 듀오다. 비싼 의자나 결혼정보회사 아니고, 2인조 짝패다(잠이 부족해서 못 웃기겠……).

아아, 일단 방준석 엉아가 누군가? 이미 한국 영화음악사에 깊은 족적을 남겼고, 계속 남길 거고, 그 발자취가 쭉 현란할 것 같은 찬란한 뮤지션 아닌가(초미세 먼지를 너무 마셨나, 문장이 길고 형편없……).

나는 한국영화 보면서 음악이 괜찮다고 느낄 때마다, 엔딩 크레딧에서 음악감독 방, 준, 석이란 이름을 발견한다. 그는 상업적인 영화음악을 많이 하지만 음악 외길을 꾸준히 걷는 아티스트로 더 독보적이다. 최근엔 백현진 씨와 '방백'으로 활동하고 있는데 그 음악들도 주옥같아서 늘 주목한다.

아아, 그럼 이승열 엉아는 또 누구인가? 역시 대중적으로 잘 알려지진 않았지만 유앤미 블루 말고도 솔로 앨범을 세 장 냈고, 여러 드라마나 영화에 음악을 보태며 긴 음악 인생을 걷고 있는 상남자다. 나는 3집 앨범 《돌아오지 않아》를 카드값 낼 때마다 듣는다.

그는 최근까지 '이승열의 인디 애프터눈'이라는 TBS eFM 음악 프로그램을 진행했는데, 소외된 인디 음악을 만나게 해준 참 고마운 방송이었다. 그리 잘 알려지지 않은 음악 선배가 그리 잘 알려지지 않은 음악 후배들을 돌보고 있었다. 유창한 영어로 진행해 덤으로 영어 공부도 좀 됐다. 음악 잘하는 사람은 발음도 잘한다는 편견도 생겼다.

근데 왜 과거형으로 쓰냐면 올봄에 개편돼 없어졌거덩, 엉엉
엉. 이번 봄은 왜 이리 잔혹할까.

이 아저씨는 말할 때나 노래할 때나 목소리를 제법 무겁게 깐
다. 거북하게 느껴질 법도 하지만 그 톤이 매력 포인트다. 무
게감 속에 감미로운 흔들림이 있는 경우란 흔하지 않다. 오로
지 이승열만 낼 수 있는 그 목소리는 세월이 흐를수록 점점 마
성을 더해가는 것 같다.

유앤미 블루의 음악을 처음 들은 건 1994년이었다. 뭐든 촌스
러운 시절이었으므로 음악도 촌스러웠다. 유앤미 블루는 그 시
절에 최신상 모던록을 때렸다. 나는 딱 좋았는데 상업적으로
잘나가진 못했다. 너무 앞서간 느낌이라 받아들여지지 못한 것
이었다. 먼 훗날 '시대를 잘못 만난 명반' 어쩌고 하는 엿 같은
재평가만 받았다. 소수의 마니아들과 남몰래 좋아하는 맛이 있
긴 했지만.

아무튼 그때나 지금이나 환경 문제는 참 촌스럽다. 좀체 진보할
궁리를 못 하는 것 같다. 국가 차원의 강력한 환경 정책도 미비
하고, 공기청정기는 비싸기만 하다. 나는 다만 비를 기다릴 뿐
이다. 창밖의 답답한 풍경을 빗물이 촤촤 씻어주길 매일 바란

다. 다행히 이번 주에만 두 번의 비 예보가 있다. 그렇지만 반대로 봄비 내리면 떠오르는 그리움도 커질까 봐 두렵다. 마음속에 자꾸만 뿌연 안개가 낀다. 미세 먼지로 괴로운 것보다는 이천오백 배 낫겠지만.

더 잦은 봄비를 기원하며 〈비와 당신〉을 자꾸 듣는다. 이건 뭐, 우선 마음의 공해가 깨끗이 씻기는 느낌이다.

이 곡의 노랫말처럼 바보같이 눈물이 자꾸 나도 좋으니 봄비가 많이 오면 좋겠다. 울고 나면 기분도 말끔해지지 않던가. 우리가 다 잘못했으니 하늘도 울어서 기분 풀고, 다시 말끔한 파란색 보여주시길.

이따위 봄, 음악으로 견디는 수밖에. 음악 에세이라고 만날 음악으로 견디라고 결론 내는데 아아, 공기청정기 살 돈 없지 않은가, 음악뿐이지 않은가(나만 없나……).

음악은 상실감을 딛고 달려가 껴안을 환상의 나무일 것이다.
영화 〈안개 속의 풍경〉의 결말처럼.

기차 여행과
신
해
철

넥스트_불멸에 관하여

간사이 공항에서 교토 가는 기차 안에서 이 글을 쓴다. 간사이 지방은 처음이지만 일본 여행은 긴장감도 모험심도 필요 없고, 언어 장벽도 수위가 낮고, '저놈은 어디서 온 개뼈다귀지?' 하는 불편한 시선도 받지 않아서 좋다. 그래서 좀 심심한 것만 빼면.

지금 탄 열차 이름은 '하루카'인데, 내게 하루카라는 일본인 애인이 있고, 보고 싶어서 만나러 갑니다, 하고 상상을 시작했

다. 꽃을 사 갈지 소주를 사 갈지 고민하며 행복한 표정이 되어
갈 때 시커먼 승무원이 다가와 개뿔 검표를 했다. 낭만이 부서
졌다.

어쨌든 황사를 피해 달아난 건데 간사이 지방 날씨도 몹시 흐
리다. 하늘이 인천보다 훨씬 뿌옇게 느껴진다. 그것도 개뿔이
다. 그러니 오늘은 신해철에 대해 이야기할 것이다. 내겐 신해
철이 없는 세상만큼 개뿔 같은 것도 없으니까.

교토까지는 아직 한 시간 이상 더 달려야 한다. 창밖 풍경은 그
다지 감흥이 없다. 하지만 기차를 타는 건 참 오랜만이라는 감
흥만 있다. 칙칙폭폭 덜컹덜컹은 아니지만 아스라한 느낌이 미
끄러지듯 쏟아진다.

옆자리에는 원고 마감에 쫓기는 작가임에 틀림없는 대머리 남
자가 불편한 자세로 노트북 자판을 다다다당 두들기고 있다.
일본어 자판은 한글 두벌식보다 입력 속도가 느려 보이고, 그
는 곧 남은 머리칼마저 쥐어뜯을 것 같은 표정이다.

'하아 불쌍해라, 저 사람 참 안됐네.'

그때 문득 내 머리카락이 쭈뼛 섰다.

나도 마감인 것이다! 이 원고다. 깜빡하고 있었다.

어제 밤새 연재소설 원고를 써서 보내고, 잠깐 자다 기침을 하며 깼다. 공기가 너무 매캐해서 숙면을 취할 수 없었다. 여기 못살겠다 싶었다. 작가라서 좋은 점은 노트북만 들고 째면 어디서든 일할 수 있다는 거 하나잖아. 그래서 제주도라도 피난 가려고 항공권을 알아보는데, 비슷한 가격에 오늘 오사카 가는 항공권을 발견한 것이다. 또 카드 한도로 결제하고, 가방에 대충 쓸어 담고 집에서 튀어나와 정신 차려보니, 오사카에서 교토 가는 기차 안인 것이다. 나는 서둘러 노트북을 꺼내 들고 원고를 써나가기 시작했다.

그래서 지금 기차 안에 나란히 앉은 두 남자는 경쟁적으로 자판을 두들기고 있는 것이다. 그렇다면 이건 어떻게든 이겨야 하는 한일전?

문제는 번갯불에 팬티를 말려 입듯 급히 나오다 보니 이럴 수가, 음악을 안 챙겨 왔다. 분명 뭔가 깜빡한 게 있는 것 같았는데 그게 음악이라니. 내 입장에서는 차라리 팬티를 안 챙겨 오고, 음악을 챙기는 편이 낫다. 팬티를 안 입어도 남 보기에 티 나지 않지만 음악을 안 들으면 바보처럼 보일 것 아닌가.

최근에 휴대폰을 바꿨다. 쓸데없이 '새 폰엔 새 메모리 카드지' 하고 외치는 바람에 즐겨 듣는 음악이 폰에 하나도 없다. 그러나 이 무슨 운명의 장난인지 메모리 카드에 넥스트 앨범이 들어 있었다. 언제 넣어둔 건지, 전혀 기억나지 않았다.

그러고 보니 신해철 음악을 듣지 못한 지 좀 되었다. 올가을 무렵이면 2년이 된다. 왜 안 들었느냐면 들으면 우울해지기 때문이었다. 에너지 넘치던 신해철의 음악이 우울하게 들릴 줄 누가 알았겠는가.

인생이란 어딘가에서 어딘가로 가는 기차 여행 같은 것이라고 늘 생각해왔다. 태어나보니 열차 안이고, 언젠가는 반드시 내려야 한다. 그런데 신해철이라는 든든한 객차가 어이없는 외부적인 이유로 탈선하게 될 줄은 정말 몰랐다. 그와 함께 여행하던 시절은 분명 즐겁고 유쾌했다. 그는 유창하고, 직관적이고, 솔직하고, 세련되고, 친근하고, 현명한 여행자였으니까.

지금 귓구멍에 흐르는 〈힘겨워하는 연인들을 위하여〉의 노랫말이 무척 슬프게 들린다. 그의 음악을 좋아한 세월을 단 한 번도 후회해본 적이 없다. 다시 시간을 되돌린대도 선택은 항상 신해철이다. 그런 관점으로 듣자니, 심지어 〈그대에게〉를 들어도 눈물이 날 것만 같다.

　내 삶이 끝나는 날까지
　나는 언제나 그대 곁에 있겠어요

그런 얘기를 해놓고, 그는 이제 더 이상 신곡을 발표할 수 없는 처지가 된 것이다. 물론 음악만은 영원히 곁에 있겠지만.
그러나 나는 울지 않았다. 옆에서 웬 잘생긴 아저씨가 울어재끼면 대머리 남자가 글쓰기에 방해를 받을 것이다. 한일전이고 나발이고 선수끼리 동업자 정신이 있어야 하지 않겠는가.

불쑥 떠난 여행이지만 마음의 공허는 꿈쩍없다. 교토에 가서 뭘 할 건지 정하지도 못했다. 연재소설 때문에 여유롭게 돌아다니지도 못할 거고, 돈 없어서 근사한 로비와 화장실이 있는 호텔에도 투숙하지 못할 것이다. 더구나 벚꽃도 이미 다 져버렸다. 세상에 영원한 것, 즉 불멸은 없다는 걸 벚꽃을 통해 실감한다. 낯선 나라의 낯선 도시에서 불멸의 문장을 쓸 수 있을 리 없다는 허무를 비통해하며 노트북과 씨름하기만 해야 할 것이다. 왜 이런 여행을 떠났나 싶고, 삶도 공허하게만 느껴진다. 그때 또 머리칼이 쭈뼛 섰다. 옆자리 남자가 엔터 키를 한 번 세게 때리더니 휴우, 한숨을 내쉬곤 노트북을 덮는 것이 아닌가. 의자에 등을 기대는 폼에서 해방된 자의 여유가 드러난다. 입꼬리에 씨익, 미소가 걸리는 것 같기도 하다. 아아, 저 인간은 다 썼나 보다. 나는 아직 이 글의 결론을 내지 못했는데 몹시 부럽다. 게다가 원고 끝내기 한일전에서 패배하다니, 조국의 팬들에게 너무 송구스럽고 부끄럽다.

내릴 곳은 점점 다가오는데 나는 아직도 이 여행과 내 인생이 앞으로 어떻게 될지, 연애를 또 할 수 있을지, 내 간은 언제까지 술을 버틸 수 있을지, 인류의 미래는 어떻게 될지 잘 모른다. 하물며 이런 사소한 원고가 어떻게 될지 알 게 뭐야.

그러나 결론 역시 다음 곡으로 재생된 넥스트의 음악이 내려줬다. 신해철 아저씨는 살아서나 죽어서나 정말 고마운 존재다. 넥스트 2집에서 가장 좋아하는 곡인 〈The Ocean : 불멸에 관하여〉의 마지막 부분, 연주에 묻혀 잘 들리지 않는 노랫말이 갑작스러운 기차 여행으로 혼란에 빠진 나의 의문에 결론을 내줬다. 예전에는 신해철 아저씨 다 좋은데 목소리 깔면서 무게 잡을 땐 좀 웃긴다 싶었는데, 이젠 그런 느낌도 전혀 없다. 땅이 꺼지도록 더 깔아도 되니까 함께 인생의 기찻길을 달리는 중이기만 하면 좋을 것 같다.

어쨌거나, 그가 읊조린 이 노랫말이 결론이다. 역시 그는 뭔가 알고 있는 아티스트였다.

> 그대 불멸을 꿈꾸는 자여 시작은 있었으나
> 끝은 없으라 말하는가 왜 왜 너의 공허는
> 채워져야만 한다고 생각하는가
> 처음부터 그것은 텅 빈 채로 완성되어 있었다

처음부터 내릴 곳이 정해져 있는 것처럼, 인생이든 여행이든 텅 빈 채로 이미 완성되어 있는 것이다. 이 원고의 의미가 텅 비어 보이더라도, 그건 처음부터 그랬던 것이다.
종착역이 가까워지지만 나는 걱정이 없어졌다. 아직 넥스트 음악은 많이 남았다. 다만 그가 몹시 그립다.

그때 들었다면
좋았을
음
악

빅뱅_Loser

매번 옛날 음악을 얘기하는 게 좀 지겹다. 오늘은 역으로 가본다. 과거에 들었다면 좋았을 요즘 음악 얘기다. 반응 괜찮으면 계속 역으로 가겠다(그래도 지겨우면 강남역이라도 가고). 어쩌면 우리들은 지겹지 않기 위해 글을 쓰거나 읽는 것 아니었나?

2003년, 딱 요맘때 나는 배낭 메고 아테네에 있었다. 세상에, 13년 전이라니. 내가 지금 딱 스무 살이니까, 일곱 살 때인가?

농담이다. 글에 개그 욕심 부리는 것도 이제 지겹다.

어쨌든 그땐 네트워크 문명이 지금처럼 현란하지 않아서 인터넷으로 숙박을 예약하고 나발이고 그런 게 없었다. 숙박할 곳은 발바닥으로 구해야 했다. 못 구하면 노숙인 거고. 그 긴장감이 어드벤처 게임 같긴 했다. 옛날이 더 좋았다는 식의 너절한 얘기가 아니고, 노숙할까 봐 똥줄 타서 스릴 있었다는 얘기다.

근데 뭔가 신기하다. 그때 유럽 가는 항공료나 지금이나 비슷하다. 오히려 잘 찾으면 지금이 더 싸다. 어째서지? 물가가 오르기만 하는 건 아니었나. 또 하나 신기한 건 당시 숙박비랑 지금 숙박비도 비슷하다는 점. 거참 신기하다. 그때나 지금이나 내가 못 웃기는 것도 그래서인가?

그러나 전혀 비슷하지 않은 게 있다. 그땐 빅뱅이 없었다. 나는 요즘 빅뱅의 'M. A. D. E' 시리즈를 자주 듣는다. 다 좋지만 그중에서 특히 〈Loser〉라는 곡을 사랑한다. 내가 루저라서가 아니다. 가사에 나오는 상처뿐인 머저리, 센 척하는 겁쟁이를 거울 속에서 매일 만나기 때문이다(아, 그럼 루저 맞나?).

모르겠고, 그때 아테네 신타그마 광장에 도착한 나는 빅뱅의

〈Loser〉를 듣지 않으면 안 되는 상태였다. 배낭이 너무 무거워 택시를 타고 신타그마 광장 앞에 내렸다. 아테네 택시 기사는 몹시 터프가이였다. 나라면 전 재산을 날리고 빈대에게 오십 군데를 물린 직후에 급똥까지 마려워도 그렇게 거칠게는 운전하지 않았을 것이다.

"혹시 나한테 화났어요?"

"내가 왜? 아테네는 신타그마에서 시작하면 돼. 웰컴 투 아테네!"

아테네도 터프했다. 이방인에게 쉽게 숙소를 허락하지 않았다. 해가 질 때까지 숙소를 구하지 못한 내가 흔한 가이드북도 사 오지 않았던 건 문체와 표지 디자인이 맘에 들지 않아서였다. 바보였다. 어드벤처 게임이고 뭐고, 알파, 베타, 감마, 시그마 말고는 생전 한 번도 못 본 그리스 글자들 천지였다. 내게는 고대 페니키아 문자를 해독하는 것과 아무 차이가 없었다. '파르테논 여관, 대실 이만 원 숙박 삼만 원'이라고 적혀 있어도 아예 못 읽는 거다.

영어로 'HOTEL'이라는 간판을 건 곳은 숙소겠지, 설마 거기서 호박을 팔겠어? 싶었지만 너무 비쌀 것 같았다. 그러나 나는 반짝이는 로비를 가진 호텔에 용기 내어 한번 가보았다.

"혹시 예약도 안 한 멍청한 녀석에게 주는 특별히 싼 방 없나요?"

"왜 없겠소. 칠십 유로짜리가 하나 남았소."

어마어마한 금액을 눈 하나 깜빡하지 않고 부르는 걸 보니 거기서 잤다간 눈을 깜빡이지 못해 뜬눈으로 밤을 새야 할 것 같았다.

절망할 무렵 극적으로 관광 안내 센터를 발견해 숙소 몇 군데를 추천받고 지도까지 얻었다. 그러나 어렵게 찾아간 호스텔에서 나는 퇴짜를 맞았다.

"침대가 한 개도 안 남았소."

"안내 센터에서 방이 있댔어요."

"난 거짓말할 이유가 없소. 당신이 너무 늦게 온 거지."

다른 호스텔은 이랬다.

"바깥 간판 말인가? 그건 골목 가로등이 고장 나서 켜놓은 거야. 투숙객을 받으려는 의도는 없어."

"이런 빌어먹을 조르바!"

나는 대표적인 희랍인을 욕했다.

그렇다. 밤은 깊어가고, 공원에 침낭을 깔기 직전이었던 그때 빅뱅의 〈Loser〉를 들었어야 했다는 얘기다. 이 음악이 더욱 엄청나게 들렸을 테니까.

멈출 줄 모르던
나의 위험한 질주
이젠 아무런 감흥도
재미도 없는 기분

나 벼랑 끝에
혼자 있네
I'M GOING HOME
나 다시 돌아갈래
예전의 제자리로

인생, 사랑 등에 제대로 지쳐버린 자의 푸념과, 절망감의 표출이 주제인 이 노랫말이 그때의 내 심정과 딱 통했을 것이다. 이 음악이 너무 좋은 건, 판에 박힌 사랑 타령이나 유치한 허세 없이 유니크한 노랫말 때문이다. 천하의 빅뱅이 깊은 좌절감과

어쩌면 우리들은

너무 외롭거나 절망하지 않기 위해

음악을 듣는 것 아니었나?

아님

말고.

빌어먹을 조르바!

절망감을 드러내면서 훌륭한 음악성까지 곁들여놓다니, 감탄하면서 자주 듣는다. 빅뱅은 누가 뭐래도 훌륭한 아티스트지만 이 곡은 특히 독창적인 표현력을 자랑한다.

그나저나 13년 전 노숙 위기의 루저는 결국 한밤중에 숙소를 구했다. 아테네에서 제일 썩은 호텔이었다. 문을 열자 끼으으하는 소리가 났고, 술 냄새를 풍기는, 혈색이 붉고 목소리가 큰 남자가 나타났다.

"우아, 여행자 아냐? 신기하네. 어서 와! 우리 호텔은 시설이 정말 좋아."

"환대해주셔서 고마워요. 여기 3일 묵을래요."

나는 손가락을 세 개 펼쳤다. 남자가 갑자기 소리를 질렀다.

"뭐? 삼십 유로? 내가 아직도 드라크마랑 유로를 헷갈릴 줄 알아?"

"아니 3일 밤 잘 거라고요."

"그렇게는 안 돼. 유스 호스텔 가서 처자라고. 여긴 호텔이야."

그 말은 '디스 이즈 스파르타'와 같은 어조로 들렸다. 우린 서로 영어가 엉망이라 대화가 통하지 않았다. 마침 카운터에 탁상 달력이 있었다. 나는 날짜를 하나, 둘, 셋을 찍어가며 보디

랭귀지로 자는 시늉을 했다.

"아아, 3박? 진작 그렇게 얘기할 것이지!"

스파르타 피가 많이 섞인 것 같은 그는 껄껄껄 호탕하게 웃은
뒤 1박에 삼십 유로를 불렀다. 뭔가 허무했다. 아마 그때부터
내가 못 웃기는 사람이 된 것 같다. 내가 구십 유로를 건네자
그는 세보지도 않고 주머니에 집어넣더니 열쇠를 내게 던졌다.

"체크인 됐고, 방은 3층이야. 복도 끝이라고. 잘 자."

열쇠엔 33호라고 적혀 있었지만 그 방은 삼삼하지 않았다. 침
대가 바나나처럼 휘었고 가운데엔 스프링이 튀어나와 있었다.
어쨌든 그때가 지금이었다면 그 방에서 또 빅뱅을 하염없이 들
었을 거라는 얘기다.

어쩌면 우리들은 너무 외롭거나 절망하지 않기 위해 음악을 듣
는 것 아니었나? 아님 말고.

음악은
소음을
이
긴
다

베토벤_피아노 협주곡 제3번

어릴 때부터 치과를 하도 많이 다녀서, 참을성 부문에선 항상 선수권에 랭크되던 인간이 있었다. 바로 나다. 매복 사랑니를 네 개나 뽑은 뒤론 안 웃긴 농담을 들어도 참을 수 있고, 입안이 헐어도 매운 음식을 먹을 수 있을 만큼 강한 인간이 되었다. 그런데 요즘 도무지 못 참는 게 생겼다. 집 주변의 지속적인 소음이다. 겨우 소리가 괴롭히는 걸 못 참다니, 어휴 내 체면이 말이 아니다.

지난 1년 동안 소음 때문에 글을 못 써서 이사를 세 번이나 했는데, 귀찮아 죽는 줄 알았다. 헤비메탈을 풀 볼륨으로 꽝꽝 듣고 살아온 주제에 이제 와서 소리를 못 참는 신세가 되다니. 신경 줄이 얇아진 건가? 나이 먹을수록 점점 기능이 못쓰게 되기만 하네. 열 받는데 확 그냥 나이를 안 먹어버릴까 보다.

어쨌든 지금의 집은 소음 문제가 별로 없었는데, 봄부터 어떤 이름도 모르는 새가 딱 내 창문 근처에서 운다. 듣기 좋은 지저귐과는 달리 무슨 녹슨 그네가 삐걱거리는 소리를 낸다. 혹은 어설픈 연주자가 싸구려 피리의 가장 높은 음을 '삑사리' 내는 소리에 가깝다. 상당히 주파수가 높으며, 아침부터 밤까지 1초 간격으로 삑삑삑삑삑 울어댄다.

밥도 울면서 먹고 똥도 울면서 싸는 걸까? 목 안 아프나? 성대가 무슨 타이타늄합금 같은 걸로 되어 있는 건가? 이봐, 좀 음색이 다채롭던가. 낼 수 있는 소리가 '삑' 한 개뿐이라니 안 쪽팔리나? 이런 의문들이 꼬리를 물었다. 급기야 나는 소리를 지르고 말았다.

이런 젠장, 조물주는 왜 요런 음치 같은 새 새끼를 만들었단 말인가!

하지만 인간이 지구에서 다른 생명체와 평화적으로 공존해야 하는 건 당연한 도의이며, 벌레들을 먹어치워 주는 고마운 생명체를 향해 새총 부리를 겨눈다는 건 상상도 할 수 없었다.

나는 가엾은 무명작가니까 부디 딱 한 번만 봐달라고 사정사정하거나, 안 울기만 하면 고품격 먹이와 잠자리를 제공하고 소개팅까지 시켜주겠노라고 거래를 할 수도 없었다.

주정뱅이와 주유소 소음에 시달리다 지쳐 지금의 집에 이사 왔을 때 나는 두 가지 종류의 소음과 싸워 이겼다. 하나는 TV 소리였다. 아래층 사는 사람이 거의 풀 볼륨으로 깊은 밤까지 TV를 시청하는 것이었다. 방음이 거지같이 안 되는 저급 빌라이긴 하지만 그 사람이 뉴스를 틀어놓으면 토씨 하나 안 빼고 완벽하게 들을 수 있었다. 웃고 떠드는 예능 프로그램을 틀어놓으면 글쓰기는커녕 정신을 차릴 수도 없었다.

그래서 내려가 부탁이니 제발 좀 조용히 해달라고 했다. 그 얘기가 안 먹히면 레이먼드 카버의 책을 선물할 생각이었다. 다행히 그 사람은 착했다. 간단한 대화 한 번에 TV 볼륨을 줄여주었다. 지금은 아예 TV를 안 보는 게 아닌가 싶게 아무 소리도 나지 않는다.

그다음은 집 근처 전자 제품 가게의 소음이었다. 한 블록이나 떨어져 있는데 외부 스피커로 음악을 아주 그냥 인정사정없이 크게 틀었다. 그런데 선곡이 주로 질질 짜는 발라드라, 멀리서 들으면 기묘한 울음소리 같은 게 하루 종일 칭얼거리는 걸로 들렸다. 귀신이 곡하는 소리를 내내 듣는 기분인 거다.

항의 전화를 걸어 처음엔 정중히 부탁했고, 두 번째는 쌍욕을 했고, 세 번째는 그런 음악을 틀어재껴서 손님을 끌 수 있다는 생각은 황망하게 저능하며, 과연 음악 저작권료는 내고 트는 건지 궁금하고, 내가 신경쇠약에 걸려 병석에 드러누우면 치료비와 보상금이 깨질 거라고 위협했다.

그제야 그들은 볼륨을 낮추었다. 손해는 안 보려고 하면서 피해는 왜 끼쳤던 거냐.

아무튼 말도 안 통하는 새 새끼에겐 대책이 안 떠오르는 거였다. 어젯밤엔 새벽 5시까지 글을 썼는데 7시에 그 빌어먹을 새 우는 소리에 벌떡 깨버렸고, 강력한 두통이 밀려왔다.

지친 고막이 건성 피부처럼 예민해져 좋아하는 프로야구 중계도 요즘은 음소거를 해놓고 본다. 응원하는 팀 응원단장 호루라기 소리가 딱 그 새소리처럼 높고 날카롭게 퍼지기 때문이

뭔가를 버틴다는 것에 대한 가르침.

사실 귀가 들리지 않게 된 베토벤에겐

내가 지금 못 견뎌 하는 소음들도

얼마나

듣고 싶은 소리였겠는가.

다. 경기 내내 끊임없이 불어재껴서 팀이 이기든 지든 몹시 괴롭다.

어쨌든 듣기 싫은 새소리를 막는 유일한 방법은 내 귀때기에 뭔가 씌우는 것뿐이었다. 그러나 귀에 꽂는 귀마개로는 차단율이 20퍼센트도 안 됐고, 오래 끼면 귀만 아팠다. 외부 소리를 완벽히 막아주는 고성능 노이즈 캔슬링 헤드폰을 사러 갔지만 너무 비싸서 얼른 귀가했다.

그래서 차선책으로 이어폰을 꽂고 음악을 크게 듣는 방법을 써봤다. 가장 좋아하는 뮤지션인 베토벤을 내 맘대로 듣는 건 소음일 수가 없을 테니까. 특히나 신경쇠약 직전일 때 듣게 된 베토벤은 상당한 치유 효과와 일말의 가르침까지 줬다.

가장 효과적인 건 베토벤 피아노 협주곡 제3번이었다.

레너드 번스타인이 지휘한 빈 필하모닉 오케스트라의 연주와, 크리스티안 지메르만이 피아노를 때린 버전을 좋아한다.

이 곡의 효과는 상당했다. 소음에 지친 귀때기에 들이닥치는 1악장의 알레그로 콘 브리오는 다른 시끄러운 소리들을 참을 수 있는 근육을 키우는 게 옳다는 듯 강하고 패기가 넘쳤다. 2악장 라르고로 넘어가면 음량이 많지 않아 새소리가 헤드폰 사이로 스며들었다. 그러나 음에 진득한 참을성이 가득해서 뭔가를 버틴다는 것에 대한 가르침을 깨우쳐줬다. 그에 경도되자 내 귀는 소음의 파상 공세조차 신경 쓰이지 않을 만큼 편안해졌다. 3악장 론도, 알레그로에서는 다시 한 번 터프한 음색이 내 귀때기 근육과 마음가짐을 복습시켜 주며 마무리.

그렇다. 도피보다는 정면 돌파로 방어력을 키우는 게 옳다고 알려주는 명곡이었다. 베토벤 덕분에 새들과 나는 평화를 유지하게 되었다. 새소리를 못 참을 만큼 또 나약해지면 베토벤이라는 영웅의 방패를 꺼내 들면 되는 것이다. 사실 귀가 들리지 않게 된 베토벤에겐 내가 지금 못 견뎌 하는 소음들도 얼마나 듣고 싶은 소리였겠는가. 그렇게 생각하면 무슨 소리든 관대하게 참을 수 있을 것 같다.

또한 베토벤은 나폴레옹 때문에 전란에 휩싸여 쫄쫄 굶을 때도 음악을 만들었다. 겨우 새소리 때문에 글을 못 썼다니, 어휴 내 체면이 말이 아니다.

BONUS
TRACK

카오산 로드의
외다리
타
법

햇살이 무성한 어느 날 몹시 우울했다. 월급은 적고 일은 많고, 퇴근하면 파김치가 되어버리니 본업인 글을 쓸 에너지가 남지 않았다. 1년 가까이 근무했지만 여건이 나아지거나 내가 슈퍼맨이 될 기미는 없었다. 그래서 시원하게 때려치웠다.

오랜만의 자유를 만끽하기 위해 태국 방콕 여행을 결심했고, 특가 항공권을 끊은 것까지는 좋았는데 그만 발을 다치는 사태가 벌어졌다.

"부러졌네?"

동네 정형외과 의사 할아버지는 엑스레이에 찍힌 내 왼쪽 두 번째 발가락뼈의 세 번째 마디를 가리키며 말했다. 전날 술자리에서 친구들 몰래 도망가느라 야트막한 창을 넘었을 뿐이었는데, 이게 뭐야. 내 발가락뼈는 무슨 분필 같은 걸로 되어 있나. 그 점이 웃겨서 더 우울했다.

"3주 뒤 방콕에 가야 해요. 어떻게든 해주십시오."

"방콕 같은 소리 하고 있네. 최소 6주는 방에 콕 처박혀 있어야 해."

방콕 갖고 할 수 있는 농담이 그거밖에 없나, 투덜거리며 집에 돌아온 나는 항공권을 취소하려다 말고 멈칫했다. 방콕에 가려던 이유가 우울해서였고, 비행기 표를 끊는 순간 이미 회복세로 돌아서는 기분이었는데, 만약 취소한다면 걷잡을 수 없는 우울의 요요 현상에 시달릴 게 뻔했다. 발을 다쳤으니 여행을 포기한다는 건 너무 전형적인 짓이잖아. 나는 소설가의 직업 정신을 발휘하기로 했다. 마감이라 생각하고 3주 만에 나아버리면 갈 수 있잖아. 단편소설을 3주 만에 쓴 적도 있는데, 뭘.

의사는 목발을 사라고 했지만 나는 그 돈으로 방콕에서 맛있는 음식을 사 먹겠다는 일념으로 하루에 멸치를 두 주먹씩 쥐어 먹고 한 발로 뜀뛰고 다니며 3주를 보냈다. 3주 뒤 다시 엑스레 이를 찍어보니 내 눈엔 분명히 뼈가 붙은 걸로 보였다. 의사는 아직 멀었다며 말렸지만 나는 반깁스를 한 채 여행용 캐리어를 지팡이 삼아 한 발로 콩콩 뛰어 인천공항으로 향했다. 다만 마음속에선 논쟁이 벌어졌다.

'그냥 다음에 가면 되지. 이게 과연 옳을까?'

'여행은 특별할수록 값지잖아. 뼈가 부러진 채 방콕에 갈 수 있는 기회가 인생에 또 오겠어? 우물쭈물하다간 발이 나아버린다고. 게다가 태국 음식엔 왠지 칼슘이 풍부할 것 같지 않아?'

'우울해서 그릇된 판단을 하는 것 같은데?'

'발이 아파 죽으나 우울해 죽으나. 둘 중의 하나라면 발을 포기한다.'

방콕에 도착하자마자 나는 특별한 여행이고 나발이고 후회했다. 방콕의 여름 날씨는 체감 40도 이상으로 후텁지근했다. 게다가 미리 짜놓은 식순食順에 따라 똠얌꿍 맛집을 찾아 나서다가 그만 길을 잃었다. 한 발로 뜀뛰고 다니는 것에 3주 동안 익

숙해졌다고 생각했는데 낯선 도시에서 긴장한 채 헤매다 보니 금세 다리에 쥐가 났다.

"크하하, 나는 전생에 외다리 캥거루였다."

그런 마인드컨트롤은 개뿔 소용없었다. 셔츠와 바지가 땀에 달라붙은 채로 거의 한 시간을 땀뻘자 나는 쓰러지기 딱 좋은 상태가 되었다. 맛집이고 뭐고 아무 데서나 먹으려고 했는데 하필 식당이라곤 없는 주택가 골목에 접어들어 있었다. 어우, 한적했다. 택시도, 툭툭이도 안 지나다녔다. 음식 천국 방콕에서 식당을 못 찾아 굶어 죽을지도 모른다고 상상하니 웃겨서 더더욱 고통스러웠다.

다행히 쓰러지기 직전에 허름한 레스토랑을 찾아낸 건 캥거루의 신이 베푼 관용이었으려나.

웨이터는 땀투성이 절름발이 거지 똥구멍 신세인 내게 친절하게 대했다. 나는 그 레스토랑에서 감동적인 똠얌꿍을 먹었다. 원래 팍치라 불리는 고수의 독특한 맛 때문에 잘 못 먹는데 워낙 배가 고파선지 그마저도 향긋했다. 시큼, 달달, 매콤하면서 팍치가 잔뜩 들어간 그 똠얌꿍은 마치 끊어진 뼈가 깜짝 놀라 달라붙을 정도로 풍미가 넘쳤다. 팍치를 뚫었으니 이제부턴 방콕에서 뭘 먹든 상관없을 것만 같았다. 그 맛있는 풀과 내외하고 살았던 지난날을 반성하자 세계관이 확장되는 기분이었다. 샹차이고 코리앤더고 다 나오라 그래.

그러나 그 한 번의 외출로 자면서 다리에 쥐가 세 번이나 났고, 근육통, 관절통, 두통 등의 합병증으로 결국 몸져누웠다. 배가 고파 근처 편의점에 나갔다 오는 것만으로도 유격 훈련을 다녀오는 기분이었다. 차라리 물구나무서서 팔로 걸어갔다 오는 게 훨씬 더 편할 것 같았다. 침대에 누워 낑낑거리고만 있자, 다시 우울이 밀려왔다. 내가 기대한 방콕 여행은 이런 게 아니었다. 여기저기 누비며 방콕 사람들의 생활 속에 섞여보고, 온갖 이색적인 음식을 섭렵하고, 친구를 만들어 왁자지껄 술 마시고, 그런 식이어야 했다. 이대로 당할 수는 없었다. 나는 이틀 만에 이를 악물고 일어나 숙소 근처의 마사지 가게를 찾아 나섰다. 타이 마사지를 받으면 다리의 근육통과 골반의 신경통이 좀 완화될까 싶어서였다.

"발은 왜 이래?"
"부러졌으니 거긴 내버려두세요."

"골치 아프겠네. 그냥 잘라버려."

마사지하던 아줌마가 인생 뭐 있냐는 미소를 띠며 말했다. 마사지 손길이 상당히 아파 농담인지 진담인지 구분할 수 없었다. 가기 전에 외운 태국어로 '커 바오바오 너이 캅(살살 해주세요)'이라고 우는소리를 해봤자 내 발음이 안 좋은 건지 못 알아들었다.

그리고 바가지를 썼다. 마사지 내내 농담을 던지던 아줌마가 정색하고 나를 막아서며 팁으로 백 밧을 요구한 것이다. 나는 부드럽게 샤샤샥 피해 나가려고 했지만 다친 발로는 도무지 그런 순발력이 나오지 않았다.

하지만 그 아줌마의 마사지 실력이 출중했던 건지 다음 날 일어나보니, 부러진 발을 제외한 신체 모든 부위가 갓 태어난 것처럼 멀쩡해져 있었다. 타이 마사지가 왜 유명한지 분명하게 눈치 깔 수 있었고, 다시 찾아가서 팁을 이백 밧 더 주고 싶을 정도였다. 그런 기술을 가진 사람이, '그냥 잘라버려' 같은 초현실적인 농담을 할 수 있는 사람이, 백 밧 때문에 사람을 가로막고 아등바등해야 한다는 현실이 퍽 쓸쓸했다.

한국에서 타이 마사지를 받으려면 기본 코스가 육, 칠만 원인데 그 아줌마가 내게 받은 돈은 억지로 받은 팁까지 포함하면 채 이만 원이 안 됐다. 그런 고수를 우리나라에선 찾기도 힘들 텐데 말이다. 나는 방에서 잠시 묵념하며 그녀의 값싸지만 값 진 노동에 경의를 표했다.

어쨌든 다시 한 발로 뜀을 뛸 수 있게 된 나는 일단 카오산 로 드로 나갔다. 아아, 조금 예상하긴 했지만 그곳은 딱 내가 원하 는 뉘앙스를 품고 있었다. 전성기 홍대 앞에서 느낄 수 있었던 독특한 분위기가 그 거리의 군주였다. 전 세계의 약간 삐딱한 히피들에게 소환령을 내린 느낌이랄까. 자유로워서 편안한 무 국적의 4차원이었다. 나는 대낮부터 노천 바에 앉아 인정사정 안 봐주고 맥주를 빨아댔다. 태국 맥주는 싱하고 창이고 레오 고 맛이 별로였지만 상관없었다.
가지고 간 잭 케루악의 소설을 읽으며 술을 한 병 두 병 마시다 보니, 온몸에 기운이 생동하고 취기조차 없었다. 나는 카오산 로드를 돌아다니고 싶었다. 그곳에선 한 발 뜀뛰기가 가능했 고, 외다리 타법의 달인처럼 한 발만 쓰는 게 편안했다. 늘 욱 신거렸던 다친 발도 전혀 아프지 않았다. 카오산 로드에서 마 시는 낮술이 골절상에 그렇게 좋은 줄 몰랐다니, 인생을 허투

루 산 것 같았다.

나는 아프지 않다는 행복감에 도취되어 카오산 로드를 마구 돌아다녔다. 거리의 간판들과 상점들과 사람들이 아래위로 흔들려 보였다. 한 발로 점프를 해서였는데, 아이러니하게도 띄엄띄엄 보이던 사물이 전체적으로 파악됐다. 세상에는 자동차나 오토바이를 타고 가는 사람과, 뛰어가는 사람과, 걸어가는 사람이 있다. 그들 모두는 각자의 속도에 맞는 세상을 보는 것이다. 나는 걷는 것보다 더 느리게, 위아래로 흔들리면서 가고 있었다.

발이 땅에 닿을 땐 현실, 점프해서 떠 있을 땐 비현실. 그 독특한 시야 속의 카오산 로드는 현실과 비현실을 잔상 효과처럼 겹쳐 보이게 했다. 매일 출퇴근하던 길도 회사를 그만두고 걸으면 그동안 보지 못했던 것들이 눈에 들어오기 마련이다. 그동안 나는 여행지에서 바쁘게 걸어 다니며 관광하기만 했는데 왜 그랬나 싶었다. 유흥가일 뿐인 거리도 천천히 뜀뛰며 돌아다니는 것만으로도 현실과 비현실의 높낮이를 인식할 수 있었다. 생계와 생존의 의무가 자리한 아래쪽과 여유와 관용과 낙천성이 자리 잡은 위쪽. 세상이란 아래위로 볼 때 더 다채롭게 보이는 곳이었다. 나중에 한번 데굴데굴 굴러다니고 싶다는 생각도 들었다. 분명 또 다른 세계가 보일 테니.

음식들도 명불허전이었다. 팟타이, 꾸어이띠여우, 쏨땀, 까이 텃, 팟카파오무쌉, 뿌빳뿡커리 등등. 태국 음식은 내 입맛과 딱 맞는 궁합이었다. 맛있고 저렴하며 양이 적어 빨리 소화된다. 고로 하루에 몇 번이나 먹을 수 있다는 점이 융숭했다. 나는 카오산 로드에서 에어컨 나오고, 안주 다양하고, 맛난 생맥주가 있는 술집을 발견해 죽쳤다. 거기 나처럼 죽치고 앉은 레게 머리 남자가 있었는데 범상치 않은 개그 고수였고, 나중엔 그 친구가 말만 하면 웃겼다. 실컷 웃고 떠들자 인생살이에 상처 좀 입었다고 우울할 건 또 뭐냐, 하는 각성이 들었다. 골치 아프면 그렇게 잘라내버리면 되는 거였다. 절름발이로 방콕에 오길 잘했다고 스스로와 건배했다.

그 술집은 밤이 되자 클럽으로 변신했다. 낮엔 손님이 거의 없었는데 밴드가 등장해 라이브 연주를 때리자 사람들이 밀려들어 오더니 마구 춤추고 노는 것이었다. 밴드의 실력은 수준급인 데다 락 정신이 살아 있었고 보컬은 잘생긴 훈남이었다. 그런 아름답고 진귀한 장면을 가만히 보고만 있을 수는 없었다. 나는 발이 아픈 것도 잊고 의자에서 내려와 짝짝이 발로 춤을 추었다. 그 순간이었다. 록 음악에 맞춰 흔드는 춤은 세상의 비현실에 대한 경의를 표한다는 생각이 들었다. 돌고 뜀뛰고 머리를 흔들며 현실에 고정된 순간들을 비현실과 섞어버리는 것이다. 열심히 춤을 춰 칵테일을 만들자 뭔가 완전히 치료되는 기분에 휩싸였다. 자세히 보니 발과 우울, 둘 다였다. 숙소로 돌아가는 길에 은근슬쩍 정상적인 걸음걸이를 취해보았다. 걸음마를 처음 배운 꼬마처럼 어설펐지만 내 발가락뼈가 훌륭히 체중을 버텨주는 것 같았다. 나는 방으로 돌아와 깁스를 벗겨 내버렸다. 지나치게 현실적이야, 깁스는.

하지만 기적은 카오산 로드 전용이었다. 나는 짜오프라야강의 수상 버스를 타러 나섰다가 발이 하도 아파 그냥 카오산 로드로 돌아와야 했다. 그곳에 가야 술을 마시지 않아도 약간 취한 듯한 상태가 되면서 발이 아프지 않았다. 그쯤 되면 카오산 로드의 초현실적인 영험함을 받드는 무속 신앙마저 생길 지경이었다. 나는 딴 도시로 떠날 때까지 카오산 로드에서만 놀았다. 할 수만 있다면 현실과 비현실의 경계가 모호한 그 지점에 영원히 눌러앉고 싶었다. 술 마시고, 밴드가 연주하는 음악 들으며 헤드뱅잉 하고, 잠깐 현실로 돌아와 태국 음식을 먹으며 팍치의 독창적인 세계관을 음미하고, 다시 비현실을 추구하러 술 마시고, 혼자라서 심심하면 아무하고나 이야기하고, 굳이 세련된 주장이나 웃긴 농담을 하지 않아도 쉽게 친구가 되고. 내가 원하는 삶이 바로 그곳에 짬뽕되어 있었다.

어쨌든 방콕에 머물며 한 일이라곤 그렇게 카오산 로드에서 현실과 비현실을 오락가락한 게 전부였지만, 나는 외다리 뜀뛰기 같은 여행으로 인해 다친 마음과 발이 치유되었다는 걸 확실히 알 수 있었다. 나는 농담으로 특별한 여행이 될 거라고 기대했는데 덤으로 특별한 시각이라는 진담을 얻었다. 맨 정신을 유지한 채 취한 것 같은 맥락으로 살면, 우울이 달려들 틈이 없는 건강한 경계가 형성된다는 걸 깨달았다고나 할까.

나는 그것을 인생의 외다리 타법이라 부르기로 했다.

물개가 웃는
호수
바
이
칼

"저기 가면 머리를 비울 수 있겠어!"

팔을 쭉 뻗으며 그렇게 외친 건 노동에 지친 어느 봄날이었다. 여행 관련 TV 프로그램을 보고 있던 나는 만물이 생동하는 봄에도 기운이 나질 않아 축 처져 있다가 화면 속 호수를 보고 벌떡 일어났다. 바로 그 유명한 바이칼이었다. 호수는 신비롭고 고요했으며 일상의 피곤함 같은 건 찍소리도 못 낼 것 같았다.

바이칼에 가기로 결심하고 가장 먼저 한 일은 알바를 그만두는 거였다. 그다음엔 러시아 키릴 문자를 뇌세포에 구겨 넣었다. 단어까지 외울 자신은 없었지만 글자를 읽을 수 있기라도 하면 최소한 보드카를 사이다인 줄 알고 벌컥벌컥 마시지는 않겠지. 그러나 키릴 문자는 좌절감만 불러일으켰다. 'Байкал(바이칼)' 이라는 글자를 읽는 원리를 이해하는 데만 반나절이 걸렸다. '머리 비우려고 여행 가는 거 아니었나?' 그런 핑계를 대며 출발하자 어쩐지 불안했지만 바이칼을 만나러 간다는 설렘이 더 컸다. 내 여정은 블라디보스토크를 경유해 이르쿠츠크로 가서 바이칼을 찾는 것이었다.

블라디보스토크 공항에서 긴 환승 대기를 하는데, 바깥 공기를 쐬러 청사 밖으로 나가면 다시 보안 검색을 받아야 했다. "저기, 안 귀찮으세요?" 물어보고 싶었다. 그 전에 깜짝 놀랐던 건 비행기에서 트랩을 타고 내리자 버스를 태웠는데 겨우 5미터 정도 가서 멈췄다는 점이었다. 물론 보호 구역 내 보안 규정 때문에 그랬겠지만 게이트가 바로 코앞에 있었다. 그 거리를 버스에 태우는 건 웃기려는 의도가 농후했는데 제복 입은 사람들이 인원을 통제하면서 왠지 딱딱한 분위기를 조성해 웃지도 못했다. 러시아인들은 귀찮음을 모른다는 게 내 첫인상이었다.

그렇다면 나도 귀찮아하지 말고 시간을 잘 때우고 싶었다. 우선 나는 공항 청사 건물에 크게 써놓은 키릴 문자를 해독하며 시간을 보내기로 했다.

Владивосток Международный аэропорт

그 글자들을 해석하기 위해 20분 정도 두뇌를 풀가동하자 도대체 왜 이래야 하는가? 하는 물음이 뇌세포 곳곳에서 봉기했다. '블라디보스토크 메즈두나로드니 아예라포르뜨'는 그냥 공항 이름인 것이다. 반드시 깨달아야 할 우주적 진리가 아니었다. 머리를 비우기 위해 여행 떠났으면 그냥 봄 햇볕이나 쬐는 게 더 나아 보였다.

공항 앞마당의 봄볕에 앉자 '딱시(Taxi)' 기사들이 달라붙어 너 인마 차 탈래, 안 탈래? 물어댔다. 미리 외워둔 유일한 러시아어를 구사할 찬스였다.

"녯-트(러시아어로 'Нет', 우리말로 '아니오')."

하지만 그 발음은 '네'와 비슷해서 혼란스러웠다. 내가 아니라고 말하고 있는 건지 네-하고 수긍하는 건지 꽤 헷갈렸다. 헷갈린 김에 가격을 물어보았다. 택시 요금은 시내까지 천오백 루블(당시 환율 기준 한화로 약 칠만 원). 미치지 않고서야! 너무 비쌌다. 나는 세계 최고로 비싸게 환전한 바보짓을 했다. 보통은 루블당 사십 원을 곱해서 육만 원 정도였을 때였다. 지금은 이십 원으로 떨어져 이만 팔천 원 정도다.

나는 손 모양을 비행기처럼 만들어 다시 날아갈 거라는 보디랭귀지를 전했다. 그중 한 명은 공항 근처의 소도시라도 가지 않겠냐며 오백 루블을 불렀다. 그 택시 기사는 간단한 영어를 할 줄 알았다.

"어나더 시티 투어. 트웬티 미닛."

나는 비싸다고 말했고, 그는 '바보같이 생겼는데 안 낚이네' 하는 표정이었다. 사실 블라디보스토크 공항 근처에 다른 도시가 있는지도 의심스러웠다.

그런데 공항 안에서든 밖에서든 내가 만난 러시아인은 단 한 명도 웃는 얼굴이 없었다. 별다른 일도 없는데 괜히 웃을 순 없겠지만 유난히 초상집에 온 듯 정색한 표정으로 통일되어 있다는 게 의아했다. 시간도 때울 겸, 웃는 얼굴도 발굴할 겸 해서 공항 안팎을 탐험했지만 결국 찾는 데 실패했다. 대기 시간은 다섯 시간 이상 남아 있었다. 나는 남은 시간의 무게에 지쳐버렸고, 대합실 의자에 널어놓은 빨래처럼 앉아 죽치기로 했다. 죽-어라고 지루했다. 공항 안에는 미니 마트와 식당, 약국, 꽃집밖에는 없었다. 아무리 조합해도 이 가게들 가지고는 장시간 버틸 묘책을 만들 수가 없었다. 일상이 이렇게 지루하니 러시아에서 대문호가 많이 탄생한 것 아닐까. 나는 그제야 책을 가져왔다는 걸 기억해냈다. 블라디미르 나보코프의 소설이었다.

나는 책을 읽으며 밥 먹는 걸 좋아해서 공항에 딸린 식당에 들어갔다. 으깬 감자 안에 고기가 박혀 있는 동그랑땡 비슷한 거랑 닭곰탕 맛을 내는 수프를 발치카 넘버 3 맥주와 함께 먹었다. 발치카 맥주는 넘버 0부터 넘버 9까지 있는데 숫자가 올라갈수록 알콜 도수가 높아진다고 했다. 내가 마신 넘버 3은 삼삼한 맛이었다.

뭔가 먹긴 했지만 과정은 힘들었다. 항공사 직원은 물론이고 상점 점원도 영어를 전혀 못했다. 일부러 안 하는 게 아니었다. 미소 냉전의 한 축이었던 러시아에서 영어라니 안 되는 게 당연한 거였다. 미국인 중에 러시아어 할 줄 아는 사람이 얼마나 있겠나. 그렇지만 블라디보스토크라는 무역 거점의 공항에서 소통이 안 된다니 근심이 심화되었다. 내가 앞으로 갈 도시는 국제도시도 아닌, 시베리아 한복판에 찌그러져 있는 이르쿠츠크라는 점에서 간담이 서늘했다.

가능한 한 천천히 맥주를 마셨지만 그래도 시간은 어지간히 안 갔다. 예비군 훈련 이후 체감 시간이 그렇게 안 가는 건 처음이었다. 결국 나는 나보코프의 소설을 다 읽어버리고 두꺼운 톨스토이 책을 가져오지 않은 걸 후회했다.

이르쿠츠크 공항에 내리자 이런 깨달음이 밀려왔다.

'우아, 블라디보스토크 공항은 최첨단 초대형이었어.'

특히 도착장 출구는 가건물로 된 그야말로 시골 터미널 비주얼이었다. 남의 나라 공항 형편없는 거랑 나랑은 아무 상관도 없지만, 회전 마차처럼 생긴 걸 수동으로 돌려 캐리어가 나오는 걸 보고 있자니, 조국도 아닌데 불곰국의 국제적 위상이 막 실추되는 느낌이었다.

공항에 떨어진 시간은 새벽 00시 10분. 나는 묵은지 김치찌개가 된 것처럼 피곤했다. 여행사에서 예약해준 한인 민박집에서 한국인 두 명이 픽업을 나왔지만 그들에게 살짝 미소 지을 기운조차 없었다.

나를 태운 승용차는 어수선하고 공터가 많은 거리들을 지나 캄캄한 자작나무 숲으로 들어갔다.

"여기 밤에 올라가면 무서워요."

"그런 얘길 왜 밤에 올라가면서 하나요. 덜덜덜."

"그래도 딴 민박집보단 위치가 좋은 편이죠."

"더 깊은 숲속에도 사람 사는 집이 있다구요? 덜덜덜."

"근데 왜 하필 이딴 곳에 여행 오셨어요? 좋은 데 많을 텐데."

가면서 우리가 나눈 대화는 그리 일반적이지 않았다. 잠시 후 나는 으스스해 보이는 통나무집으로 들어갔고, 서늘한 기운을 풍기는 트윈 베드 룸에 안내되었다. 그 방의 음산함은 숲보다 깊게 느껴졌다. 불을 끄면 비어 있는 침대에서 누군가 뒤척이는 소리가 계속 나는 듯도 했지만, 무시하고 그냥 자고 싶었다. 하지만 창밖의 자작나무 숲을 스치는 기괴한 바람 소리는 눈을 감는 순간 악몽을 꾸게 만드는 신기한 소리였다. 살면서 러시아 귀신을 처음 만나보게 되는 건가? 반짝거리는 호기심에 결국 나는 잠을 설쳤다.

다음 날 아침, 민박집 테라스에서 멀리 이르쿠츠크 시가가 보였다. 잿빛이고 썰렁했다. 그래도 자작나무 숲은 아침에 보니 제법 운치가 있었고, 하얀 나무껍질이 햇볕을 받아 반짝반짝 빛나자 마치 맑은 호수 같았다.

호수라는 단어를 떠올리는 순간 바이칼을 어서 보고 싶었다. 이번 여행의 목적이었으니까.

바이칼 맛보기 외출을 하려는데 민박집 유학생이 나가는 길이라며 차를 태워줬다. 자작나무 숲을 통과해 한참 내려가니 시내버스 종점이 나왔다. 그곳에 오는 노선버스는 그레이스 같은 국산 중고 승합차들로, 썩기 직전의 차들이 대부분이었고 굴러다니는 게 신기할 정도였다. 밤에는 자작나무 바람 소리에 시달리고 낮에는 낡은 승합차라는 악몽에 시달렸다. 승합차는 15인승에 150명 정도가 타는 느낌으로 꽉 채워 운행했다. 요금은 십 루블. 싸긴 했지만 한국의 묵은 공해와 이르쿠츠크의 흙먼지가 엎친 데 덮친 대중교통의 실내 컨디션은 가관이었다. 차만 타면 비염이 도져 가져간 티슈가 모자랐다.

도심으로 나가자 큰 시내버스도 있었다. 그것도 국산 중고차였다. 여행에서나 소설에서나 낯선 것을 추구하는 게 가장 중요한 덕목이라고 나는 믿고 있다. 그런데 거리의 한국 버스들과 거기 붙은 한글들은 '낯설게 하기'를 훼방 놓았다. 한글이 많이 붙은 중고차일수록 비싸다는데 이르쿠츠크 사람들에겐 이국적으로 보여서 그러려나.

"이봐, 나도 좀 이국적이자고. 이르쿠츠크에서 상왕십리 가는 버스를 타다니 여행 온 것 같지가 않잖아."

그렇지만 나는 바이칼을 보러 온 것이었으므로 이르쿠츠크에게 실망할 필요가 없었다. 기대도 안 했다. 시베리아의 파리로 불린다는 말만 듣고 뭐 그렇겠지 했을 뿐이었다. 다만 좀 못되게 말하면 '칙칙하다'라는 단어를 위해 존재하는 것 같은 이 도시에서, 마주치는 시민들 모두 약속이라도 한 듯 경직된 표정 일색이라는 점에만 흥미를 느꼈다. 그거 하나만은 확실히 '낯설게 하기'를 충족시켜 줬다.

나는 시내의 버스 터미널에서 또 승합차를 타고 바이칼 호수 곁에 있는 리스트비얀카로 향했다. 시내버스는 관대한 교통수단이었다. 시외버스 역할을 하는 작은 승합차에 사람과 짐을 이토록 빈틈없이 테트리스처럼 꽉 채울 수 있는 건가? 하고 경악하며 한 시간가량 달리는 여정이었다. 바이칼에 가니까 신나야 마땅했지만 내가 사람인지 짐짝인지 자꾸 헷갈려 신나는 기분을 유지하는 데 실패했다. 그런데 바이칼 호수 연안의 리스트비얀카에 도착하자, 시야가 확 트이면서 모든 고통을 잊을 수 있었다. 그것이 바이칼의 위력이었다.

바이칼 호수는 바다 코스프레를 하고 있었다. 수평선 라인이 살아 있었고, 호수가 품은 기운도, 호수를 둘러싼 풍광도 위력적으로 신비로웠다. 밀려드는 감상을 멈추고 나는 근처 카페로 쏙 들어갔다. 너무 추웠기 때문이었다. 5월이었지만 호숫가의 바람은 매서웠다. 러시아 사람들 얼굴이 굳어 있는 것도 추위 때문이라는 짐작이 들었다.

카페에 들어가 삼엄한 표정의 점원이 이상한 컵에 담아주는 네스카페 커피를 한 잔 마시고 나자, 몸은 금방 녹았지만 걱정스러웠다. 후드 티로는 버틸 수 없는 날씨였다.

아니나 다를까, 네르파라는 바이칼 물개를 보러 박물관에 가는데 1킬로미터쯤 걸어가다 너무 추워서 정말 바보가 될 것 같았다. 덜덜 떨면서 이를 악물고 걷다가 갑자기 치통이 도지고 무릎이 굳어 잘 움직이지도 않자 신세한탄이 절로 나왔다.

나는 가이드북 없이 여행하는 게 더 재미있고 창의적이라는 생각을 늘 해왔지만 그게 시베리아라면 밥통 같은 생각이라는 걸 바이칼에서 알았다. 마을에서 4킬로미터 떨어진 박물관이 입장료를 비싸게 쳐받는다는 걸 미리 알았으면 안 갔을 테니까. 여하간 울면서 거금을 낸 나는 귀한 물개 네르파를 만났다. 다 필요 없고, 녀석의 인상은 감동적일 만큼 강렬했다. 러시아에서 무언가가 처음으로 웃고 있었다.

네르파는 물개라기보단 좀 물고기 형태였다. 바이칼의 마스코트이기에 충분했다. 이렇게 생긴 애가 저 차갑고 신비한 호수 아래에 산단 말이지. 호수도 신비하고 거기 사는 물개도 신비하고 어항 서너 개 놓인 조악한 박물관 입장료가 비싼 것도 신비했다. 바이칼에 사는 다른 생선들과 새우들도 다른 조촐한 수족관에 전시되어 있었지만 나는 네르파만 계속 봤다. 녀석들의 동작과 동그란 몸통도 외계 생명체처럼 신비스러웠다.

네르파를 실컷 구경하고 박물관에서 나왔다. 바이칼이 아름다운 건 사실이었으나, 체력이 엉망이 되어 이르쿠츠크에 돌아갈 수 있을까 걱정되었다. 박물관 앞에 버스 정류장이 있었지만 시간표를 보니 차는 한 시간에 한 대 있을까 말까였고, 러시아어로만 적혀 있어 확신할 수 없는 정보였다. 나는 정류장 앞에서 다시 히치하이킹을 시도했다. 30분 동안 추위에 덜덜 떤 뒤에 승용차 한 대가 섰다. 남녀 커플이 타고 있었다.

"리스트비얀카!"

그들은 타라는 손동작을 했다. 커플 역시 전혀 웃지 않았다. 이들은 연애를 해도 즐겁지 않은 걸까, 아니면 남매 사이인 걸까. 어쩌면 추위 때문에 안면 근육의 극히 일부만 미세하게 움직여 감정 표현을 하는 건 아닐까. 조수석의 여자가 초콜릿 바를 건네자 운전하는 남자의 뺨이 1밀리쯤 움직였는데 시베리아에선 사실상 파안대소가 아닐지 연구해보고 싶었다. 다들 습관적으로 표정이 굳어 있지만 '자네 뭐 좋은 일이라도 있나?' 하는 표정인지도 모르는 거다.

나는 리스트비얀카에 내릴 때 백 루블을 건네며 고맙다고 했다. 히치하이킹을 하면 돈을 내야 한다고 민박집에서 알려줬기 때문이었다. 그들의 표정은 '불쌍해 보여서 태워줬더니 겨우 백 루블이야?'에 가까웠지만, 글쎄 어쩌면 파안대소일지도 모른다.

이르쿠츠크 시내로 돌아오는 길에 빡빡한 승합차에 한 번 더

빡세게 시달려주고 나는 간단히 시내 구경을 했다. 일부러 보존하는지 낡은 목조 주택이 굉장히 많았다. TV 여행 프로그램에서 볼 때는 그런 주택들이 고풍스러워 보였는데 실제로 보니 대낮에 유령이 튀어나와 따귀를 때려도 놀랍지 않을 분위기였다. 나는 이르쿠츠크 사람들의 무뚝뚝하고 불친절한 표정과, 낡은 건물과, 피로와 추위와 막막함에서 처연한 쓸쓸함을 느꼈다.

민박집에 돌아오는 길은 험난했다. 자작나무 숲으로 가는 승합버스 64번은 시내에서 타려니 만원이라 몇 대를 그냥 보냈다. 해가 지도록 숙소에 못 돌아가면 어쩌나 똥줄이 탔다. 한 시간을 기다려 간신히 승합차를 탔더니 여자들이 짧은 치마를 입고 잔뜩 앉아 있었다. 다들 다리가 길었는데 좁은 승합차에서 다리가 닿지 않게 배려하자니 참 불편했다. 자기 다리에 내 무릎이 닿으면 핸드백에서 총을 꺼낼 것 같은 표정이었다.

간신히 자작나무 숲 입구에 내렸을 때 또 문제가 있었다. 차로만 오갔던 길을 걸어 오르려니 길이 좀체 기억나지 않았다. 희미한 방향감각에 의지해 자작나무 숲길을 더듬어야 했다. 민박집 주소는 무슨무슨 길 11번지였고, 그 무슨무슨 길 4번지 5번지 6번지 7번지 식으로 집들이 나열된 길까지 찾았는데 10번지에서 딱 끊기면서 막다른 골목이 되었다. 아니 그럼 11번지는? 내가 묵는 민박은 존재하지 않는 집이었단 말인가. 쭈뼛 소름이 돋았다.

나는 다시 버스 종점으로 내려와 다른 길로 산을 올랐다. 그러나 한참 오르고 보니 어째서인지 아까 길이 막힌 그 지점이 나왔다. 숲의 길은 막다른 10번지로만 통하는 건가. 해는 져서 캄캄해졌고, 나는 쓸쓸한 미소를 머금었다.

'내 인생은 러시아 숲에서 불곰을 만나며 끝나는 거였군.'

그동안 즐거운 인생이었다고 추억하며 산속에 난 희미한 길의 흔적을 따라 다른 길로 가보았다. 자작나무 사이로 바람이 스치는 기괴한 울음소리가 또 시작되었다. 간신히 집을 찾고 보니 하필 11번지만 외따로 떨어져 있었다. 그러는 건 체계적이지도 않고 과학적이지도 않고 웃기지도 않는 것 아니냐고 따질 데도 없었다. 아, 왜 숲속에 민박집이 있는 것이며 왜 이런 곳을 예약한 걸까. 숙박비도 2박에 무려 삼천삼백 루블이었으니 내가 거지같이 환전한 환율로는 십오만 오천 원이었다.

민박집에 돌아와 거울을 보니 나도 시베리아인 같은 표정이 되어 있었다. 탈진 상태였고, 밤 9시 30분이었다. 시내에서 숙소까지 두 시간이나 걸린 셈이었다. 이런, 시베리아! 이렇게 교통 불편한 숲속의 무서운 집이 하룻밤에 칠만 칠천오백 원이라니. 돈이 아까워 또 잠을 못 이뤘다. 다음 날 바이칼 한복판에 있는 알혼 섬에 들어가기 위해 일찍 자야 했는데도.

못 잔 건 사실 괜찮았다. 나는 최종 목적지 바이칼 호수의 알혼 섬에서 모든 걸 만회해 이 여행을 훌륭하게 반전시키겠다는 다 짐을 하고, 아침 일찍 승합차에 올랐다. 리스트비얀카에 갈 때 처럼 승합차는 짐과 사람으로 테트리스를 했다. 15인승 승합차에 우걱우걱 16명을 태웠는데 그들의 커다란 여행 가방이나 배 낭까지 구석구석 끼워 맞췄다. 다시 봐도 신기했지만 엉덩이가 배겨도 자세를 바꿀 수 없었다. 고생스러울수록 추억이 오래 남을 거라 생각하며 버텼다.
'고통스럽다는 생각도 비우자. 머리 비우러 나왔잖아.'

나는 다섯 시간 가까이 마인드컨트롤을 한 끝에 바이칼 호의 알혼 섬으로 넘어가는 어느 부두에 도착할 수 있었다.
아, 그곳은 뭐라고 표현해야 할지 모를 만큼 맑았다. 해서 아무 렇게나 표현했다.

"이건 세 살 때 내 뇌세포 같아!"

엄청나게 푸른 바이칼이 거기 쫙 펼쳐져 있었다. 이건 뭐 아무 데나 시선을 멈춰도 색감 좋고 디자인 빼어난 그림엽서였다. 바이칼의 신묘한 깊이를 가까이에서 바라보자 그간의 모든 고통이 반전 같은 환희를 위한 노이즈 마케팅 같았다. 호수 한복판에 있는 알혼 섬도 나에게 새콤한 광휘를 줄 것 같았다.

지갑을 계속 열었다 닫았다 교통비 바가지를 쓰며 도착한 알혼 섬의 숙소는 세면 방식이 재미있었다. 물을 바가지로 퍼서 매달아놓은 통에 부으면 쪼르륵 흘러내리는 식이었다. 웃기게 씻는 방식인 건가. 내가 무슨 귀족도 아니고 아무렇게나 씻으면 어떠냐만, 거 씻기 되게 불편했다. 차라리 그냥 대야에 떠서 씻고 싶었다. 다행히 화장실은 방 앞에 있었지만 재래식 구덩이 위에 양변기를 올려놓고 그 위에 앉으면 문이 계폐되는 식이었다. 뭐 그 정도는 괜찮았다. 호강하려고 여행하는 건 아니니까. 그런데 샤워장은 찬물밖에 나오지 않아 이용할 수 없었다. 나는 집에선 잘 안 씻지만 여행 가면 샤워를 많이 하기로 유명한데 추워서 그 유명세를 떨치기가 어려웠다. 머리카락과 몸에서 흙먼지가 서걱거리는 기분을 떨칠 수가 없었다.

하지만 기대에 못 미치는 여행도 결국 즐거운 여행이다. 쓸쓸한 일상보다는 백배 나은 것이다. 밥 잘 먹고 조금 행복해진 나는 알혼 섬의 북쪽 끝까지 다녀오는 투어를 선택했다. 예약할 때보다 실제로 값을 지불할 때는 2.5배나 비쌌다. 둘 중에 하나였다. 내 영어 리스닝 능력이 귀에 떡볶이를 박은 수준이거나 혹은 내 러시아 여행이 계속 바가지를 쓰는 팔자거나.

차는 군용 승합차였다. 실내는 계속 탔던 극악의 승합차들보단 조금 넓어서 안심이었다. 레트로 디자인이 맘에 들었고 명칭은 '푸르공'이라고 했다. 그 차는 운전을 하면서 단 1초도 쉬지 않고 하루 종일 말하는 신기한 아저씨가 몰았다.

알혼 섬의 황량한 벌판엔 군데군데 성황당 같은 토템이 있었다. 함께 투어하는 유럽인들은 거기 동전을 올려놓으며 뭔가를 빌었지만 나는 아무것도 빌지 않았다. 깨진 유리 조각과 쓰레기와 똥이 만연한 벌판과, 녹슬어가는 동전들을 바라보며 황량한 쓸쓸함만 느꼈다.

내가 투어한 날은 날씨가 흐려서 애석했다. 바이칼은 음산한 음기를 띠고 있었고 잠시 서서 심호흡을 해보자 그 기운이 내가 가진 쓸쓸함을 위안하지 않는다는 걸 알았다.

그렇지만 뭐랄까, 시였다. 방송에서 처음 알혼 섬을 봤을 때도 엄청난 시심을 느꼈다. 시공을 초월한 상징과 비유들이 시선을 옮기는 곳마다 행간 없이 연결되어 있었던 것이다. 그것은 키릴 문자로 된 시였고, 나는 그 시의 바다에서 아무것도 읽어낼 수 없었다. 소설가가 되기 전엔 시만 썼었는데 내 문학의 시원이 희석되어 없어진 게 아닐까 불안했다. 아무리 오래 쳐다봐도 바이칼을 해석해내긴 어려웠다.

그러고 보니 황량한 들판과 고즈넉한 호수 풍경은, 실연이라든가 뭔가 인생의 난관에 봉착했을 때 혼자서 불쑥 떠나기 좋은 장소로 보이지 않았다.

바이칼의 매력은 의외의 지점에서 터졌다. 명물 생선 오믈이었다. 숙소에서 저녁 식사 때도 먹었는데 이 생선은 정말 맛있었다. 나는 고양이의 원혼이라도 씐 듯 그 생선을 탐했다. 젓가락이 없어 손가락으로 생선을 먹는데 비린내가 전혀 나지 않을 정도로 오믈이란 생선은 특별했다. 담백한 살결이 바이칼의 성격을 닮아 있는 식감이었다. 오믈은 바이칼 인근의 산 구릉에서 운전수 아저씨가 요리용 불을 지펴 석쇠에다 구워주었다. 숲속 야외 식탁에서 그렇게 옹기종기 손으로 오믈을 먹는 건

운치까지 있었다.

그리고 야생마들이 뛰어 노는 걸 구경하며 또 푸르공에 시달리다가 마침내 바이칼 호수 물을 만질 수 있는 곳에 당도했다.

바이칼은 확실히 맑았다. 이 호숫가에 야구장을 지으면 투수들의 제구가 잘될 거라는 생각이 들 정도로 맑았다. 그리고 진지했다. 웃기지 않고, 웃을 수 없는, 웃어선 안 되는 느낌.

나는 투어에서 돌아와 마을에 있는 술집을 찾아 나섰다. 보드카가 잔뜩 있었지만 의사소통이 안 돼 가장 싼 걸 마셨다. 매우 웃긴 맛이 났다. 한국에서 흔히 사 먹을 수 있는 앱솔루트나 스미노프는 천상에서 신들이 마시는 보드카라는 생각이 들었다. 다음 날 숙취에 시달리며 이르쿠츠크로 돌아가는 승합차에서 나는 슬금슬금 웃었다. 향후 10년간은 비포장도로를 승합차로 달리는 여행지라면 안 갈 거라는 결심을 하는데 이상하게 웃겼다. 아마 미친 거겠지.

문명 세계 이르쿠츠크에 돌아와 나는 시내의 한 호스텔에 들어갔다. 노면전차가 코앞에 다니는 그 호스텔은 음침한 건물 뒷골목에 출입문이 있었다는 점을 제외하곤 모든 게 좋았다. 영어도 통하고 중년의 여주인도 거의 미친 게 아닐까 싶을 정도로 친절했다. 심지어 방을 보여주면서 웃기까지 했다. 뜨거운 물이 좍좍 나오는 욕실과 뚜껑이 달린 현대식 양변기도 반가웠다. 가격은 도미토리 1박에 삼백 루블밖에 받지 않았다. 착한 숙소였다.

날씨는 여전히 쌀쌀했지만 나는 기분이 좋아져 외출했다. 집 바로 앞의 삼위일체 성당도 구경하고 중앙 시장도 기웃기웃 구경하고 다녔다. 나로선 좋은 경치를 보는 것보다 현지인들의 삶 속에 섞여보는 게 더 흥미로운 여행이었다. 그렇게 돌아본 낡은 이르쿠츠크는 처음 봤을 때보다 쓸쓸해 보이지 않았다. 사람들은 딱딱한 표정이 아니라 꿋꿋한 표정으로 추위와 낡은 소외감을 견디는 걸로 보였다. 나도 일상의 쓸쓸함을 견디기 위해선 감정의 진폭을 줄여보는 게 좋겠다고 생각했다. 재미있는 걸 너무 좋아하는 나머지 재미없는 현실을 못 견디면 우울해지기 쉬웠다는 걸 깨달았다. 인생이란 그다지 즐거운 게 아닌데 재미만 좇다간 당연히 일희일비하게 되는 것이다.

이르쿠츠크 어느 골목을 걷다 잘 보이지 않던 레스토랑 간판이 걸린 건물을 발견했다. 분명 식당일 것이었다. 비싸 보였지만 기분이 좋아진 김에 들어갔다.

식당은 깔끔했고 친절했지만 내 러시아어는 마법의 단어 '빠좔스따(please)' 외엔 전혀 늘지 않았고 메뉴판은 로제타스톤을 보는 것과 크게 다를 바 없어 보였다. 나는 아무거나 음식으로 보이는 항목 가운데 두 개를 주문하고 '삐버(Beer)'도 한 잔 시켰다. 내가 찍은 요리는 생선이었다. 단기간에 너무 많은 생선을 먹고 있다는 판단이 들었지만 상관없었다.

그러곤 침대에 길게 뻗었다. 나는 어떤 상황에서도 눈을 붙일 수 있을 만큼 다량의 피로를 보유하고 있었다. 내 인생에서 그렇게 깊이 자본 건 처음이었다.

잘 자고 나자 쓸쓸함이 뾰로롱 사라져 있었다. 바이칼은 나를 치유하지 않았으나, 웃는 얼굴의 시베리아 아주머니와 생선 요리와 작은 깨달음이 나를 극적으로 치유했던 셈이다.

다음 날 밤이 깊을 때 이르쿠츠크를 떠났다. 나는 새벽 01시 55분 비행기라 11시쯤 호스텔을 나서야 했다. 친절한 호스텔 여주인이 나를 위해 택시를 불러주었다.

"내가 부르면 바가지 못 씌워."

나는 이르쿠츠크의 그 호스텔 여주인에게 단순한 친밀감이 아닌 사랑을 느꼈다. 이런 사람은 행복해져야 해. 돈 많이 벌어야

해. 알혼 섬의 토템들을 떠올리며 빌었다.

아주머니가 불러준 택시 기사는 여느 러시아인 운전자들과 마찬가지로 문자를 보내거나 통화를 하며 운전했지만(그건 아마도 러시아의 교통법규 같았다) 아주머니의 예측대로 공항까지 딱 백칠십 루블만 받았다.

공항은 시스템이 엉망이라 수속하는 동안 전 세계의 오뎅탕이 다 불어 터지는 것 같았다. 나는 예약자 명단에도 없었고, 데스크의 발권기는 보딩 패스 두 장 출력 시 한 번, 수화물 스티커 3장 출력 시 한 번의 빈도로 고장이 났다. 마치 찰리 채플린의 코미디를 보는 것 같았다. 걸리면 기계를 열어 씹힌 종이를 꺼낸 다음 새로 끼우는 작업을 반복하는 직원 아줌마의 경직된 표정을 보니 안타깝기보단 재밌게 느껴졌다. 그런 표정을 짓는 것도 이해가 갔다. 바위 같은 멘탈이 아니라면 바보 같은 기계의 지속적인 조롱을 견딜 수가 없는 것이다.

블라디보스토크에 돌아와 환승 대기 시간에 시내로 나갔다. 시베리아에 비해 아주 살짝 쾌활한 느낌이었고, 나는 그 쾌활함을 희귀품 수집하듯 천천히 걸어 다녔다. 그 잠깐의 산책 덕분에 나는 바이칼 여행을 기분 좋게 마무리 지을 수 있었던 것 같다. 마지막으로 공항에 돌아가기 전 아무 식당에 들어가 먹은 만두가 맛있어, 계산할 때 고맙다고 말하며 살짝 웃으려는데 안면 근육이 뻑뻑함을 느꼈다. 러시아에선 나 역시 너무도 웃지 않았던 것이다.

사람이 웃을 수도 있다는 걸 러시아 땅에 조금이라도 알려주고 싶었지만 실패했다.

멋진 인천공항에 돌아오자 간신히 내 얼굴은 조금 펴졌다. 그리고 쾌속으로 나온 짐을 찾아 팻숍 보이스를 들으면서 랄랄라 집에 돌아왔다.

한국은 따뜻하고 편안했고 어쩐지 대단히 이성적인 국가로 보였다. 나는 문명 세계로 회귀한 기분을 만끽하며 만세를 한 번 불렀다. 그 순간 어이없게도 여행의 카오스에 다시 휘말리고 싶어졌다. 집으로 돌아가기 몹시 싫었다.

내 자취방엔 여행을 떠나기 전 쓸쓸함이 밴 베갯잇과 이부자리가 그대로 널브러져 있었다. 거기 쭉 뻗어서 세상이 망해도 모르게 잤다.

아침에 일어났을 땐 문득 가슴속에서 바이칼 호수의 신비로운 광경이 선명하게 재생되었다. 그 맑고 고요하고 차가운 곳에서 웃으며 헤엄치는 귀여운 물개 네르파가 떠올랐다. 바이칼이란 돌아와서 곱씹게 되어 있고, 오래 남는 종류였다. 그제야 슬며시 웃음이 났다.

저 바람둥이

아

닌

데

요

가까운 나라에 여행 가면 좋은 건 비행 시간이 지루하지 않다는 점이다. 통장에 오랜만에 원고료가 꽂힌 어느 날, 트위스트를 추며 즐거워하다 나는 문득 상하이를 떠올렸다. 중국의 축소판이라는 핵심 도시를 한번 느껴보고 싶었다. 중국 본토 여행을 한 번도 해본 적 없었는데 기대가 컸다. 기대가 큰 이유는 상하이에 아는 누나가 살고 있어서였다. 중국인인 Y누나는 선한 눈동자를 가졌고 잘 웃으며 피부 미인인 데다 노처녀였다.

친한 출판사가 중국 및 일본 출판사와 교류를 많이 했는데 그런 자리에서 알게 된 사람이었다. 그녀는 출판기획자였다. 나보다 훨씬 누나지만 나보다 훨씬 어려 보이는 여자였다. 우린 명함과 농담을 주고받으며 금방 친해졌다.

"이 남자 바람둥이예요. 조심하세요."
Y누나와 한참 웃고 떠들 때 출판사 직원이 주의를 줬다. 엥? 내가 연애를 좀 많이 하긴 했지만 나처럼 말발 없고 아우라 없고 면봉처럼 생긴 놈이 무슨 재주로 바람둥이 짓을 하지? 내가 가진 건 타고난 상냥함과 여자들 얘기 듣는 걸 좋아하는 것뿐이고 연애를 하면 다른 여자가 세상에 있는 줄도 모른다. 믿든 안 믿든 진짜다.
하지만 Y누나는 그 얘기를 진지하게 듣는 것 같았다. 그리고 자리를 옮겨 술을 마시다 3차쯤에 다시 같은 테이블에 앉게 되었을 때, 내가 이산가족을 상봉한 듯 반가워했더니 누구에게 배웠는지 더듬더듬 한국어로 말했다.
"수작 부리지 마."
그 말을 듣고 껄떡쇠가 된 기분이었는데 정색하는 게 아니라 웃으면서 얘기하는 걸 보니 농담이었다.

"진짜 줄 알았잖아요."

"진짠데? 여자에게 친절하게 구는 남자는 다 이유가 있는 거지."

"아니에요. 당연한 매너잖아요."

몇 번 더 그런 술자리에서 마주치고 난 뒤, 우리는 이메일을 주고받을 정도로 제법 친해졌다. 누나는 상하이에 한번 놀러오라고 여러 번 청했다. 빈말이 아닌 것 같았다.

"박상, 상하이에 한번 온다며. 언제 와?"

"알았어요. 곧 갈게."

"보고 싶어."

이메일에 '보고 싶어'라는 한국어가 찍혀 있었다. 이 지구상에 날 보고 싶어 하는 여성이 있다니, 나는 상하이행 항공권을 끊으며 묘하게 두근거렸다. 누나에게 미리 연락해 저녁 식사 약속도 잡았다.

그러나 여행 준비라는 걸 잘 하지 않는 고질적인 악습 때문에 헛돈을 썼다. 항공권만 끊어놓고 깜빡하고 있던 중국 비자를 최대한 급행으로 받았더니 항공권 가격에 육박하는 거금이 날아갔다. 젠장, 이제 좀 성숙한 여행자가 되어야지, 바보짓은 그만해야지. 나는 비행기 안에서 다짐하고 또 다짐했다.

상하이 푸둥 공항에 내려 택시를 탔다. 나는 미리 연습한 중국어로 말했다.

"워야오 취 허핑판디엔(화평반점 가주세요)."

"앙?"

"피스 호텔 플리즈."

"항?"

그는 내 중국어나 영어를 전혀 알아듣지 못했다. 숙소에 가긴 가야 하니까 한문으로 적힌 호텔 이름을 보여주자 기사가 아무 대답 없이 출발했다. 한국 사람은 '화평반점'이라고 읽게 되는 유서 깊은 곳이었다. 그곳은 중국 음식점이 아니라 고급 호텔이었지만, 내가 가려는 곳은 그 옆에 숨어 있는 싸구려 호텔이었다. 택시를 타고 가는 동안 비싼 호텔 간다는 기분만 냈다. 공항을 벗어나 상하이 시내가 나타나자, 뭔가 색다른 느낌이 망막에 맺혀왔다. 동방의 빛나는 보석. 런던, 뉴욕의 뒤를 이은 국제 금융의 중심지였던 느낌이 찬란했다! 현재도 거대한 문명 도시이긴 하지만 영화와 몰락, 재건의 흔적이 공존하는 도시는 처음이었다. 본격적으로 상하이를 체험하려고 하는데 Y누나가 일단 커피를 마시자며 연락해 왔다.

"누나. 중국에서 만나니 정말 반가워."

"누나라고 부르지 마. 박상이 더 오빠 같잖아."

"동안이라 좋겠다."

Y누나는 한국말이 계속 늘고 있었다. 예전에는 맛있어요, 멋있어요, 수작 부리지 마, 밖엔 못 하더니. 누나와 커피를 마신 곳은 푸둥의 깔끔한 빌딩가였다. 그곳은 강남 혹은 여의도 이상으로 번듯했다. 나는 누나에게 관광 정보를 구해 듣고 숙소로 돌아왔다.

상하이 구시가는 말할 수 없이 시끄러웠다. 자동차와 오토바이에 달린 경적을 열심히 누르는 것이 인생을 열심히 사는 것이고, 도시를 활기차 보이게 한다고 믿는 게 아닐까 싶을 정도로 툭하면 눌러댔다. 시내에서 빵빵거리는 소리를 계속 듣다 보니 머리가 나빠질 것 같았다. 어떤 사람들은 중국 사람들이 웃통을 까고 있거나, 헐렁한 사각팬티만 입고 축 늘어져 있는 모습이 정말 보기 싫다고 하지만 그런 건 최소한 시끄럽진 않잖아. 눈이 괴로운 건 딴 데를 보면 그만이지만 귀가 괴로운 건 대책이 없어서 더 괴로웠다. 내가 조용한 걸 미친 듯이 선호하는 인간도 아니고, 20년 가까이 헤비메탈 마니아였는데도 그런 소음은 견디기 힘들었다. 한번은 택시를 탔는데 기사가 정확히 5초 간격으로 경적을 누르기에 궁금해서 물었다.

"그거 왜 누르는 거예요?"

"앙?"

"그러니까 뛰뛰빵빵 말입니다."

그러자 기사는 슬쩍 웃더니 경적을 2초 간격으로 누르기 시작했다. 이렇게 하면 만족하겠느냐는 듯이. 내가 좀 띄엄띄엄 눌렀다고 실망한 거야? 하는 듯이.

할 수 없이 상하이 관광에 나서자마자 경적 소리로 인한 두통을 앓았다. 그 두통을 상쇄시켜 준 건 와이탄의 건축박람회장 분위기였다. 숙소가 마침 와이탄 근처라 밤에 와이탄 33호(페닌술라 호텔)부터 와이탄 1호(아시아 빌딩)까지 걷다 보니, 내가 유럽에 있는 건지 상하이에 있는 건지 헷갈릴 지경이었다. 야경은 더욱 아름다웠다. 13억 인구 중에서 야경에 대한 식견이 가장 깊고, 건물 조명 좀 때릴 줄 아는 사람이 최선을 다해 장치해놓은 것 같았다. 과하지도, 모자라지도 않은 채 건물의 특징을 잘 살려놓은 조명들의 클래스를 보니, 예술적인 감흥마저 일렁였다. 그 거리를 다양한 인종의 관광객이 끊임없이 밀려다니는 모습이 흡사 유럽이라고 해도 무방할 것 같았다. 워낙 유럽 도시를 좋아하는 나로선 이렇게 가까이 유럽 같은 곳이 있으니 자주 와야겠다는 생각을 했다. 그 순간 경적 소리가 내 감상을 깨트렸다.

'빵-빵-(바보야) 빵빠방-(여긴 상하이야) 빵빠라빵빵빵-(유럽 아닌데?)'

경적의 언어에서 중국인의 강한 자존심이 느껴졌다. 나는 그 자존심에 경의를 표했다.

아주 조심스럽게 중국인에 대해 이야기를 좀 하자면, 난 중국인에 대한 편견이 없다. 일부 중국인의 행동을 일반화해서 폄하하거나, 약 올리고 싶은 생각 따위가 없다는 얘기다. 내가 알고 지내는 몇 안 되는 중국인들은 모두 신사적이고 똑똑하며 유머러스해서 아주 좋아한다.

다만 비위생적이거나, 공중도덕을 모르거나, 무례하거나, 시끄럽거나, 내 발등에 침을 뱉고 있다거나, 내게 욕하거나, 못 먹는 걸 음식이라고 속이는 건 상당히 싫어한다. 그러다 보니 상하이를 여행하는 동안 꽤 많은 사람을 싫어하게 되었다. 그럼에도 그렇지 않은 중국인의 경우, 나는 결코 편견을 갖고 대하지 않으려 하는 신념을 갖고 있다. 그런데 어떤 유형의 중국인은 그 신념을 깰 뻔했다.

나는 유럽처럼 보이는 상하이 말고, 중국다운 상하이를 만나기 위해 예원에 가는 길이었다. 왕복 8차선 대로가 나와 횡단보도 신호등이 파란불로 바뀔 때 건넜는데 건너는 사람이 나 혼자뿐이었다. 멀리서 승합차가 달려오고 있었지만 설마, 횡단보도가 파란불인데, 하며 나는 그냥 건너려 했다. 그러나 그 승합차는 멈출 기미가 보이지 않았다. 그대로 가면 딱 치일 것 같았다. 나는 최고 속력으로 펄쩍 뛰어 간신히 중앙 분리대까지 피했다. 내 등 뒤로 차가 쌩하고 지나갔다. 뒤통수가 서늘했다. 순간적으로 펄쩍 뛰지 않았다면 즉사했을 것이다. 그 운전자는 멈추려는 시도도, 차로를 바꾸려는 제스처도 없었다. 그냥 나를 받겠다는 느낌만 있었다. 그토록 인명을 경시하며 질서를 지키지 않는 놈은 중국인이건 외계인이건 정말 싫다. 상하이에 있는 동안 그때처럼 차에 치일 뻔한 적이 최소한 다섯 번은 더 있었다. 한 도시를 느긋하게 여행하는 게 아니라, 내게 달려드는 차를 잘 피하려 눈을 부릅뜨고 정신을 바짝 차려야 한다니. 택시를 타고 가더라도, 내가 탄 차가 행인을 칠 까봐 아슬아슬

했던 적이 정말 많았다. 아아, 중국 내에서도 상당한 수준에 다다른 도시인 상하이가 이렇다면, 다른 곳은 어떨까. 혹시 상하이만 괴팍한 걸까.

개발과 성장 속도에만 초점이 맞춰진 중국의 전반적인 분위기가 환경과 인간 존중의 문제로 옮아가려면 시간이 많이 필요하겠다 싶었다. 길을 헤매다 잘못 들어간 빈민가의 모습은 다 쓰러져가고 있었는데, 번듯한 겉모습과는 달리 너무나 초라하고 애잔한 이면을 보는 것 같았다. 상하이로선 계층 격차를 줄이는 게 커다란 숙제 아닐까 싶었다.

그런 일부 문제를 제외하면 상하이는 참 멋진 곳이었다. 내가 가장 좋아한 곳은 예쁜 중국식 정원인 예원도 아니고 프랑스식으로 모던한 신텐지도 아니었다. 티엔지팡이었다. 빵의 한 종류가 아닐까 생각했지만 아니었다. Y누나가 추천한 그곳의 골목들은 아기자기하면서도 예술적인 정서를 고조시키는 맛이 있었다. 낡은 골목을 창의 산업 단지로 개발한 곳이라는데 나처럼 글 쓰는 사람이 지내면 책을 팡팡팡 써낼 것 같았다. 미로처럼 복잡하게 굽이진 골목이란 다양한 이야기의 자궁이 아니겠는가.

티엔지팡에서 이채로운 영감을 받고 있는데 누나가 연락했다.

"저녁에 중국 작가들 모임 있는데 같이 갈래?"

나는 좀 피곤해서 거절하려 했다.

"말이 잘 안 통할 텐데 제가 끼면 불편할 것 같아요."

"전부 여자 작가야."

"네, 어디로 가면 되죠?"

"바람둥이!"

모임 장소는 마침 티엔지팡 근처에 있는 식당이었다. 중국의
유명 문예지를 내는 출판사도 그 동네에 있었다. 식사 자리는
편집장인 W선생이 주최한 자리였다. 그와도 한국에서 한 번
본 안면이 있었다.

"어휴, 한국 하면 산낙지가 기억나요."

W선생이 말했다.

"저도 그 자리에 있었죠. 굉장히 곤란해하시던 게 생각나네요."

한국의 술자리에서 누군가 산낙지 한 마리를 젓가락으로 통째
휘휘 감아 그에게 권한 것이었다.

"문화 충격이었죠. 뱉을 수도 없고, 계속 먹을 수도 없고, 정말
힘들더군요."

"그분한테 중국 음식으로 복수하고 싶지 않아요?"

"하고 싶지만 방법이 없어요. 쓰촨 요리 중에 좀 심각한 걸로 복수할 수 있을 것 같은데 그건 나도 못 먹으니 어쩔 수 없잖아? 그 사람은 자기가 먼저 산낙지를 먹고 나한테 권했단 말이죠. 난 그렇게 못해."

그렇게 말하며 그는 내게 개구리 요리를 권했다. 다행히 커다란 개구리가 입 벌리고 벌렁 누워 있는 비주얼은 아니었다. 심지어 맛도 있었다. 닭고기와 흡사했고 탕처럼 만든 요리라 시원한 국물을 뜰 수 있어 술안주로 좋았다.

그 자리에서 만난 중국 작가들은 길에서 만난 중국 사람들과는 확연히 달랐다. 아마 한국 작가들도 길에 다니는 다른 한국인과는 많이 다를 것이다. 마감에 시달리면서 술을 많이 마시므로 다른 사람들보다 때깔이 꼬질꼬질할 테니까. 중국은 그 경우와 반대였다. 일반 사람들보다 상당히 세련된 옷차림에, 깊이 있는 눈매를 갖춘 이들이 대여섯 명 모여들었다. 누나 말대로 전부 여자 작가였고, 도도하거나, 미소가 밝거나, 이지적이거나, 히피 같거나, 헤어스타일과 패션 감각이 전복적이거나, 하면서 나름의 매력을 가진 분들이었다. 사람이 많은데도 전혀 시끄럽지 않았다. 다들 조곤조곤 교양 있게 말했다. 영어를 할 수 있는 사람도 없고 내가 할 줄 아는 중국어도 거의 없어 많은 대화를 나누지는 못했지만, 그 자리에서 나는 중국식 만찬을 제대로 즐겼다. 엄청나게 많이 시켜 테이블에 쫙 깔아놓은 채 먹는 방식이었다. 대체 이걸 어떻게 다 먹나 걱정될 만큼 음식이 많은데도 계속 시켰다. 역시나 모두 애썼지만 반도 못 먹었다. 음식이 좀 아깝다는 생각이었다.

중국 작가 중 한 명은 정말 예쁜 포메라니안을 안고 나왔다. 강아지는 술자리에서도 얌전히 품에 안겨 있었다. 그녀는 유쾌하고 호방하며 패션 감각이 독특해 아마도 나와 비슷한 글을 쓸 것 같았다. 그녀와 문학에 대해 얘기하고 싶었지만 통하는 언어가 없으니 난감했다. 나로선 그저 잔을 들어 건배를 청할 뿐이었다. 여자는 강아지 때문에 술을 못 마시니 부디 양해해달라는 제스처를 취했다. 이미 알아들었는데 Y누나가 이렇게 통역해줬다.

"수작 부리지 말래."

중국어를 좀 배워야겠다는 생각을 했다. 그 술자리에서 편집

장을 다들 선생님이라고 부르기에, 라오슈~, 라오스~ 뭐 그
런 발음을 따라해보았는데 내가 암만 비슷하게 발음해도 틀렸
다고 깔깔거리는 것이었다. 아니 내가 듣기엔 완전 성대모사를
해도 그게 아니란다. 아마도 성조 문제거나 내 아구창 모양의
문제겠지. 나는 그들이 건배할 때마다 건배하고, 조금은 알딸
딸한 기분이 되어 호텔로 돌아왔다. 술을 마시지 않은 Y누나가
자기 차로 호텔까지 바래다주었다. 누나의 운전 습관은 의외
였다. 상하이에서 이렇게 운전하면 어떻게 살아남지? 하는 의
문이 들 만큼 신호도 다 지키고, 사람도 들이받으려 하지 않고,
속도도 내지 않는 운전이었지만 주위 차들이 암만 빵빵거려도
그녀는 당당하게 자기 길을 갔다. 나는 쓰촨성 청두 출신의 이
여걸에게서 대륙의 기상을 느꼈다. 게다가 그녀는 경적을 한
번도 사용하지 않았다.

"누나는 운전 참 멋있게 하네요."
"말 시키지 마. 나 초보야. 지금 정신 하나도 없어."
정신없어서 경적도 안 누르는 거였나. 하지만 나중에 운전을
잘하게 되더라도 누나는 매너 있게 운전할 것 같았다. 다양한
성질과 계층의 사람이 섞여 사는 상하이에서 누나 같은 사람이

많아지길 바랐다.

차 안에서 지난 여행을 정리해보니 상하이만큼 전체적으로 활력이 넘치는 도시도 세상에 드물 것 같았다. 런던이나 도쿄도 바쁘게 돌아가지만 상하이만큼의 역동적인 에너지는 없지 싶다. 역사는 오래됐지만 한창 젊은 이십 대 남자 같은 도시라고 할 수 있었다. 그래서 어설픈 면도 많은 거고.

상하이는 순간순간 눈길을 과거로 돌려주는 아름답고 고풍스러운 것들을 지키면서 최신식 거대 도시의 화려함을 두루 갖추고 있었다. 게다가 산해진미가 넘치고 문 닫은 공장을 예술 전시 공간으로 바꾸는 문화적 저력까지 있는 셈이다. 이 도시에서 산다면 최소한 심심하지는 않을 것 같았다. 단, 경적 소리를 견딜 수 있다면.

호텔에 도착하자 아름답고 지적인 Y누나가 나를 숙소까지 안전하게 바래다준 게 너무 고마웠다.
"제가 누나를 바래다드려야 했는데, 미안하네요. 내일 떠나기 전에 점심을 살게요."
"수작 부리지 마."

아, 이런! 이 누나에게 이 말 가르친 사람 도대체 누구지?
발음이 완벽해.

숙취와

엿 바꾼

파

리

오래전 파리에 갔을 때 긴 여행으로 지쳐 있던 나는 한식이 너무 먹고 싶어 한인 민박집을 선택했다. 파리 관광을 알차게 끝낸 다음 민박집에 돌아가다 맥주를 폭탄 세일 중인 동네 슈퍼마켓을 발견했다. 프랑스와 낭만적으로 이별하기 위해 딱 열 병만 샀다. 민박집 뒤뜰의 테이블에서 혼자 분위기 잡는데 휴가 나온 군인 둘이 민박집에 들어왔다. 주인 누나 친구들이었다. 그들은 내가 앉은 자리 옆에 맥주를 두 박스 내려놓았다.

"피곤하니까 각자 한 박스씩만 하자."

한 박스엔 스무 병이 들어 있었다. 그것만으로도 6000cc가 넘는 거였다.

그들은 한국 사람이지만 프랑스에서 직업군인으로 돈 버는 용병들이었다. 체구나 눈빛에 상당한 포스가 있었다. 그들은 내게 뭐 하는 사람인지 물었다.

"작가 지망생입니다."

그땐 작가가 되기 전이었다. 그들은 내게 흥미를 느꼈는지 같이 마시자고 했다. 박스 단위로 마시는 사람들과 보조를 맞추다 보니 내 맥주 열 병은 금방 사라졌다. 용병들은 그사이에 한 박스씩을 다 마셔버렸다. 가위바위보에 진 한 용병이 술을 두 박스 더 사 왔다. 나도 더 사 오겠다고 했지만 그들은 술 같이 마신 남자끼리 조잔하게 내외하지 말자며 만류했다.

나는 다음 날 기차를 타고 딴 도시로 가야 했다. 많이 마시면 곤란했는데 공짜 술인 데다 직업의 특성상 재미있는 경험담이 굉장히 많아 그들의 이야기에 쏙 빠져버렸다.

한창 마시던 중에 또 다른 손님 무리가 집에 돌아왔다. 프랑스에 훈련하러 온 펜싱 선수 팀이었다. 그들은 네 명인데 맥주 두 박스를 내려놓았다.

"내일도 훈련 일정이 빠듯하니 우린 목만 축이자."

리더인 듯한 남자가 말했다. 민박집 뒤뜰의 긴 테이블은 그렇게 남자들로만 가득 차게 되었다. 민박집 주인장 누나가 술 좀 작작 마시라며 소리를 질렀지만 곧 우리와 합류했다. 펜싱 선수 팀도 우리와 합류했다.

"거 얘기가 재미있는 것 같은데 같이 마십시다."

술판이 커지자 술이 또 금방 바닥났다. 이번엔 펜싱 팀이 네 박스를 사 왔다. 나로선 아주 곤란했지만 펜싱에 대한 이야기도 용병 경험담 못지않게 흥미로웠다.

그런데 술기운이 오르자 용병들과 펜싱 선수들 사이에 술로 자존심을 대결하는 분위기가 조성되었다. 나도 왠지 빠지고 싶지 않았다. 술깨나 마신다고 자부하던 시절이었고, 쉽게 만나기 힘든 부류의 사람들에게 글을 쓰기 위한 소재거리도 더 많이 캐내고 싶었기 때문이었다. 하지만 누울 자리를 보고 다리를 뻗었어야 했다. 나는 술고래들 중에서도 덩치가 큰 흰긴수염고래와 향유고래 가운데에 낀 새우 같은 신세였다. 결국 더 버티지 못하고 납작하게 뻗어버렸다.

"야, 작가 지망생, 오전에 기차 타야 된다며!"

다음 날 아침에 괄괄한 민박집 누나가 때려 깨워서 눈을 뜨긴 했지만 술이 깨질 않았다. 프랑스 용병들의 내무반 생활은 어떻고 펜싱 선수로 사는 건 어떤지, 질문하고 대답하며 술을 마셨는데 무슨 얘기를 했던 건지 전혀 기억나지 않았다. 한번 입어본 펜싱 경기복이 엄청 무거웠다는 촉감만 남아 있었다.

간신히 일어나 보니 용병들은 아침 운동을 하러 갔고, 펜싱 선수들은 훈련하러 나갔다고 했다. 대단한 사람들이었다. 나는 안 죽은 게 다행인 상태였는데 나보다 많이 마신 자들이 멀쩡하다니.

기차 시간이 촉박해 퍼뜩 정신 차리고 역에 가야만 했다. 파리 북역에 도착하자 숙취가 절정에 달해 죽을 것 같았다. 머릿속은 숙취 때문에 전투화 발길질과 펜싱 기술이 난무했다. 시간이 조금 남아 노천카페에 앉아 커피와 햇빛으로 해장을 시도해보기로 했다.

"아이스커피 부탁해요."

"아일-쉬?"

"네."

나는 주문을 받는 웨이터의 발음이 약간 이상하다는 걸 눈치

채지 못하고 고개를 끄덕였다. 그냥 '아이스'를 프랑스어 섞어 발음한다고만 판단했다. 아님 술이 안 깨 잘못 들었거나. 그땐 순진해서 유럽에도 어딜 가나 당연히 아이스커피가 있을 줄 알았다. 그러나 그런 거 없었다. 커피란 무조건 뜨겁게 즐기는 것이며 아이스커피란, 패스트푸드점이나 스타벅스 같은 이교도의 이물이라고 생각하는 듯했다. 그러므로 내게 주어진 건 뜨거운 커피였다.

"주문한 아이리시 커피 여기 있소."
아, 그것은 아이리시 커피였다. 알다시피 그건 커피 칵테일이라 술이 들어가 있었다. 나는 마실까 말까 고민했다. 그러나 살짝 입에 대보니 커피가 꽤 맛있었다. 슬슬 마시다 보니 잘 넘어갔고 일시적이나마 해장이 되는 것 같았다. 그러나 술맛이 나기 시작하는 중간 부분을 마셨다가 역한 술기운 때문에 몹시 곤란한 상태가 되었다. 전날 마신 술이 패잔병처럼 퇴각하다 말고 방금 목구멍으로 넘어온 알코올을 지원군으로 생각하며 다시 봉기하는 것 같았다. 나는 커피 마시기를 중단하고 기차를 타려고 일어났다. 배낭을 꿍차 하고 멨더니 곧 얼굴이 붉어지면서 온몸에서 나사가 다 풀리는 느낌이 났다. 주화입마에 빠질 것 같았다. 발걸음은 만취한 사람처럼 비틀거렸다. 배낭을 멜 때 힘을 주면서 술이 역류해버린 것 같았다. 큰일이다 싶어 다시 앉아 운기조식을 해보았으나 조각배에 탄 것처럼 땅이 울렁거렸고 어지러움과 메스꺼움이 뇌수에 파도쳤다. 그대로 정신 줄을 놓으면 큰일이었다. 술기운에 엉망이 된 뇌의 한 부분은 사람 많은 파리 북역 앞에서 웃통을 벗고 춤을 추면 재미있겠다며 자꾸만 부추겼다.

아아 사랑스러운 파리에서 그럴 수는 없었다. 개인적 불명예에, 나라 망신에, 기차표 날리고 경찰에 끌려갈지도 몰랐다. 나는 사력을 다해 정신을 차리려 애썼다. 어떻게 하면 정신을 차릴 수 있을까. 취기에 잠식된 뇌론 아이디어가 떠오르지 않았지만 신의 가호로 나는 '얼음물'이란 단어를 기억해냈다. 나는 근처 마트에서 얼음물을 사서 노드역 화장실 세면대에서 머리에 끼얹었다. 서늘한 봄 날씨 정도였는데 찬물을 끼얹자 정신이 번쩍 들기는 했다. 한 병으로 안 돼 두 병을 끼얹었다. 그제야 정신이 반쯤 온전해졌다. 나는 배낭에서 수건을 꺼내 머리를 닦고, 모자를 눌러쓴 다음 간신히 기차를 탈 수 있었다.

나중에 술이 깨고, 몸이 정상으로 돌아왔을 때 나는 파리를 여행하며 기억 속에 담아둔 것들이 모조리 날아가버렸다는 걸 알

게 되었다. 마치 메모리 카드를 쏙 빼버린 것처럼 하나도 기억나지 않았다. 분명 오르세 미술관에서 쿠르베의 그림을 보았고 센 강변을 걸었고 루브르도 갔고 에펠탑에도 올라갔는데 그게 어떤 느낌이었는지 기억나지 않았다. 파리의 음악가들이 지하철에서 얼마나 멋진 연주를 들려주었는지도 깡그리 잊어버렸음은 물론이고 과연 내가 파리를 여행했던 걸까 의심마저 들었다.

나는 파릇해진 입술을 꽉 깨물었다. 아름다운 파리를 술로 엿 바꿔 먹고 만 것이다. 심각한 바보 같았다. 나는 그 뒤로 어딜 여행하든 술을 많이 마시지 않기로 백번 다짐했다. 물론 직업군인이나 운동선수랑은 말이다.

■ Thanks To

읽어주셔서 고맙습니다. 책을 묶고 보니 오래된 음악들과 한참 지난 여행 얘기를 추억처럼 떠들었네요. 저로선 어제 들었던 음악이나 지난주에 다녀온 여행 같기만 한데 시간의 속도가 무서워 머리털이 다 곤두섭니다(이 헤어스타일도 나쁘진 않군요).

시간의 흐름을 다시 느리게 하려면 새로운 음악과 새로운 여행지에 대한 호기심에 또 눈을 부릅떠야겠습니다. 흥미로운 음식도 먹고, 즐거운 연애도 하고, 새 소설도 쓰고요.

몇 년 전 작가정신에서 장편소설을 내고, 이어서 첫 에세이집까지 출간하게 되었습니다. 참 좋은 출판사입니다. 불황에도 무명작가의 책을 흔쾌히 내주신 작가정신에게 두터운 정과 단단한 고마움을 느낍니다.

칼럼 연재를 도와주신 채널예스와 S, Y, K, J님께도 달콤한 애정을 표합니다.

내내 기억력을 꼬집으면서 고마움을 잊지 않겠습니다.

부디 모두 모두 하루에 백 번씩 즐거운 농담이 생각나길 빕니다.

읽어주셔서 고맙습니다.
.
.
.

부디 모두 모두
하루에 백 번씩
즐거운 농담이
생각나길 빕니다.

사랑은 달아서 끈적한 것

초판 1쇄 2017년 9월 9일

지은이 / 박상
펴낸이 / 박진숙
펴낸곳 / 작가정신
편집 / 김종숙 황민지
디자인 / 정인호
마케팅 / 김미숙
디지털콘텐츠 / 김영란
홍보 / 박중혁
관리 / 윤선미
인쇄 및 제본 / 한영문화사

주소 (10881) 경기도 파주시 문발로 207
대표전화 031-955-6230 팩스 031-944-2858
이메일 editor@jakka.co.kr 블로그 blog.naver.com/jakkapub
페이스북 facebook.com/jakkajungsin 인스타그램 instagram.com/jakkajungsin
출판 등록 제406-2012-000021호

ISBN 979-11-6026-056-4 03810

이 도서의 국립중앙도서관 출판시도서목록(CIP)은 서지정보유통지원시스템 홈페이지(http://seoji.nl.go.kr)와 국가자
료공동목록시스템(http://www.nl.go.kr/kolisnet)에서 이용하실 수 있습니다.
(CIP제어번호 : CIP2017021134)